日本文學大師映象

泉《いずみ》鏡《きょう》花《か》

名作選【日中對照】

田澤 編著

編者的話

秉持名家作品也應平易近人的精神，我們為台灣讀者譯介最適合國人研讀的日本文學。繼《森鷗外》後，我們推出〈大師映象〉系列的第二輯《泉鏡花》，帶您透過閱讀、聆聽，走進文學名家的深層作品世界，感受篇章中隱逸的文字之美。

文學大師泉鏡花，師承以《金色夜叉》為傳世代表作的尾崎紅葉，但在文壇上的評價更勝其師，被喻為日本古典幻想文學的先驅。他筆下的世界充滿了異色幻想，炫爛華麗的詞藻，讓美不僅止於感官上的視覺，也融入了文字之中。作品並融合了江戶、明治、大正時期的時代元素，古色古香卻不流於俗套，再加上筆下複雜而立體的人物面貌，造就了獨特的「鏡花文學」。

泉鏡花的寫作風格對後世影響甚鉅，一年一度的「泉鏡花文學賞」就發掘了眾多小說家，吉本芭娜娜的處女作小說《廚房》、柳美里《FULL HOUSE》、山田詠美《野獸邏輯》、京極夏彥《嗤笑伊右衛門》都曾經獲頒此獎。

本書摘錄了三篇泉鏡花的代表作品。〈外科室〉奇妙不可解的戀情，矛盾卻又令人驚嘆，為泉鏡花一舉成名之作；〈夜行巡查〉透過滑稽可笑的人物模樣，反諷不合理的當代情勢；〈掩眉靈〉講述主角在山林鄉野間的奇聞怪談，為泉鏡花的靈異奇譚代表作，古典奇幻文學最高傑作！

我們從「青空文庫」摘錄日文原文，全篇漢字標上假名，對照清晰易懂的中文翻譯，並請來專業日籍老師朗誦，讓讀者在認識日本名家、享受閱讀樂趣的同時，也能訓練聽力，加強日文文章的讀解能力。

為方便讀者閱讀學習，我們在原文內做了小幅度的調整，將舊有漢字改為今日常用單字，例如：

〈睜く〉改為〈見開く〉

〈辷る〉改為〈滑る〉

此外，文中的部分漢字會使用異於一般用法的特殊唸法如：

〈弟〉發音為〈おとと〉，非一般用法的〈おとうと〉

〈棚〉發音為〈だな〉，非一般用法的〈たな〉

若對發音有疑問，或想一覽原文全貌的讀者，建議可至「青空文庫」的網站查詢。

目錄

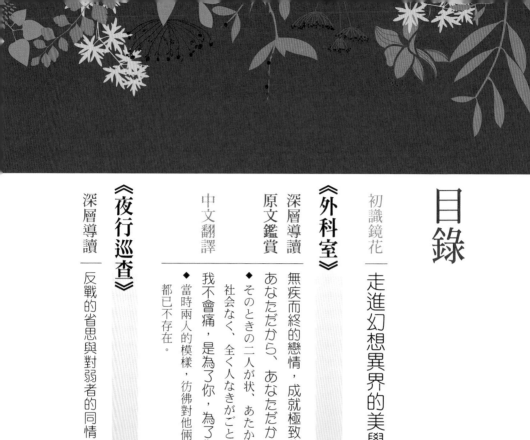

游移幻想異界的美學

泉《いずみ》鏡《きょう》花《か》

本名鏡太郎，
筆名泉鏡花，
別號畠芋之助。

泉鏡花，本名鏡太郎，一八七三年十一月四日生於石川縣金澤市下新町，一九三九年九月七日逝世，享年六十五。「鏡花」一名來自「鏡花水月」一詞，為恩師尾崎紅葉所命名，意喻著無法掌握在手中的美。

泉鏡花為雕金師之子，幼年時出身能樂世家的母親經常為其朗讀草双紙（類似現在的繪本），九歲時母親因病逝世，帶給他莫大的打擊。一八八九年泉鏡花十五歲，閱讀了尾崎紅葉的〈兩人比丘尼色懺悔〉後大為感佩，因而立志走上文學之路。十七歲時他為拜師而上京，隔年順利成為尾崎紅葉的門下生。泉鏡花十分崇拜這位老師，在拜師求學的期間為尾崎紅葉看守門舍，除了在金澤發生大火及父親去世時曾回鄉片刻之外，據說四年間不曾獨自離開房舍一步。一八九三年經尾崎紅葉批改後，泉鏡花發表了處女作〈冠彌左衛門〉，隔年也在恩師的指導下，陸續於讀賣新聞發表了〈預備兵〉、〈義血俠血〉等作品。

一八九五年發表的〈夜行巡查〉、〈外科室〉社會風格兩作獲得好評，而後的〈高野聖〉、〈婦系圖〉等作幽幻唯美的作品世界觀，獲得眾多讀者青睞，讓泉鏡花奠定了在文壇上的地位，作品也陸續被搬上舞台。一九〇三年受到尾崎紅葉去世及自然主義抬頭的影響，泉鏡花沉寂了一段時間，但一九一〇年發表的〈歌行燈〉、〈繪國貞〉讓他又重新受到注目；一九二四年，發表了後期的代表作〈掩眉靈〉。此外，還著有〈夜叉之池〉、〈天守物語〉等戲曲作品。

泉鏡花的性格在他的作品上充分表露無疑，幼年喪母的他，將母親的形象投射在作品中，〈夜叉之池〉、〈天守物語〉等著裡的公主都有著泉鏡花母親的身影。他的作品中對另一個世界也有著淒美的憧憬，如〈外科室〉、〈春晝後刻〉裡的戀人在現實中不被祝福，只能在死後結合，從這一點也可看出母親的死深深影響了他的生死觀。另外，在文壇上廣為流傳有關於他對生活細節的要求，那就是他患有重度的潔僻，他只吃夫人料理過的熟食，所有的器皿用具等也都要消毒後才能使用。據說某次他誤食了蛙肉，結果竟然一口氣吞下了一袋的提神藥。

泉鏡花的作品主要可以分為戀愛小說和幻想小說兩大類，而兩類作品中共同的特色就是戀愛至高無上的意念。在江戶文化影響下發展出獨特趣味和耽美浪漫的文風，被評為是近代日本幻想文學的先驅。

外科室
げ
か
しつ

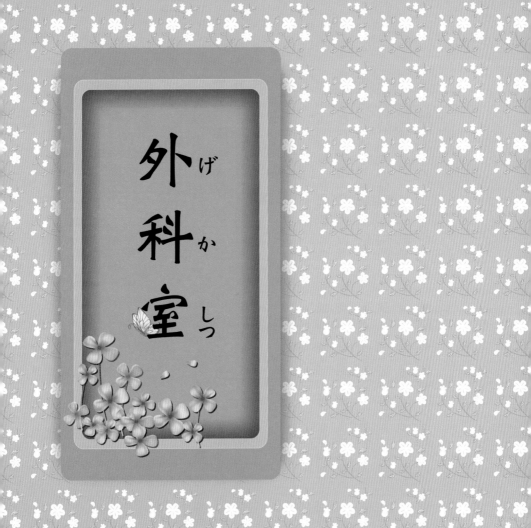

導讀 無疾而終的戀情，成就極致的浪漫純愛

泉鏡花的作品交錯於現實和夢幻之間，富有傳統戲劇的本質，經常被改編成戲劇作品，至今仍深受喜愛。一八九五年（明治二十八年）發表的作品〈外科室〉，刊登於《文藝俱樂部》六月號的卷首，本部作品曾在一九九二年由阪東玉三郎改編成電影，由吉永小百合主演，轟動一時。

這部作品篇幅雖短，卻呈現出極致浪漫的純潔之愛和詭異懸疑的恐怖情境。

一切的開端，竟是兩人在九年前偶遇的一瞥，一位貴族女子和醫學院的學生，在植物園裡一見鍾情，彼此並沒有言語的交談，分別的九年間也未曾會面，直到醫院手術室再度相逢。道德禮教與社會規範，緊緊地束縛住兩人，他們根本無力抗拒，苦戀註定是沒有結果的悲劇。在明治時代，愛上有夫之婦可是觸犯了通姦罪，然而這一見鍾情，卻是兩人刻苦銘心，願意拋卻生命的永恆之愛。這對相愛的男女，在手術室裡以沒有麻醉的手術，在極致的殘酷中，體現了彼此的愛，沈浸於全然的喜樂中而後死

去。堅貞純潔的愛情，僅靠一眼瞬間，便強烈地結合住兩人的靈魂，超越了世俗、時空，有如超現實的神話故事，不見容於人世的愛情，唯有死亡得以成全。

在和此作同年發表的〈夜行巡查〉中，已可窺見泉鏡花對於以死結束悲戀的浪漫憧憬，而〈外科室〉更是將這一點發揮到淋漓盡致。自幼年和母親死別後，死亡與陰陽靈界成為泉鏡花不斷探討的主體。事實上，在發表〈夜行巡查〉的前一年，飽嚐生活苦楚的泉鏡花，曾想過以死了結自己的性命，因此在往後的作品中，時時圍繞著不完美的悲戀為主題。他將陰陽靈界描寫成幸福的國度，如〈天守物語〉中的妖怪天守夫人與〈夜叉之池〉的妖姬白雪公主，這兩個泉鏡花筆下的妖怪生前都死於非命，但死後並未對人世間有所懷恨，而是在妖界無憂無慮地生活著。對泉鏡花來說，死後的世界是相當光明、正面的，在人間無法完結的戀情，透過「死」的方式，才能真正解脫束縛，開花結果。這或許是因為終身思慕母親的他，期盼母親在逝世後，能在天界過著神仙般的生活吧。因此，「愛」與「死」可說是泉鏡花窮盡一生不停探尋、歌詠的課題。

泉鏡花對於愛情的想望，或許正如他個性中的潔癖一般，容不得任何的雜質和汙垢，僅追求愛情最純粹的本質。如品德高尚的高峰醫師，既已把心給了伯爵夫人，生命中便再無其他女子的位置，也無娶妻的打算。而伯爵夫人雖已身為人妻與人母，但心中最深處的角落，卻始終隱藏著願付出生命代價的愛情。男女主角死守著這份祕密，完全不透露任何口風，因為他們不寄望任何人的理解，也不願世俗的眼光玷污了他們純潔的愛情。事實上，泉鏡花對愛情的態度，正如他筆下故事中的男女主角，堅貞不移。他的妻子是出身東京神樂坂的藝妓，兩人的戀情受到老師尾崎紅葉大力的反對。對泉鏡花而言，尾崎紅葉不僅是他敬愛的小說家、指導他寫作的導師，更是從他默默無名時代起，便一直照顧栽培自己的恩人。泉鏡花終生把老師當成神明般的崇敬，老師重病時隨侍在床，逝世後還在自宅佛壇供奉老師的相片，每日祭拜。因此當尾崎紅葉對他說出：「你要選擇那個女人，還是選擇老師我？」被迫作出抉擇的泉鏡花，只能含淚道別心愛的女人，到老師死後，才迎娶了那位藝妓。夫婦倆人感情甚篤，彼此佩戴著刻有對方姓名的手鐲，終生不離身邊。

從〈外科室〉這篇作品，可以看出泉鏡花的感情觀，浪漫至上的思想一直在他的作品中不斷延續，而「鏡花文學」的寫作風格，於此時已可見雛形。一見鍾情在我們的周遭和日常生活中並不算稀奇，霎時扯動心扉、目眩神迷的感情，也確實沒有道理可言。然而，一般的小說多半會描寫主角們那一瞬間的心裡狀態，之後在當事者的生活中起了怎樣的變化，並導致何種結果，以便傳達出那瞬間情愫的重要性。但〈外科室〉的撰寫方式可說是背離常道，採用了跳躍式的鋪陳，簡潔的勾勒，讓讀者身陷離奇難解的意境中，被詭譎的驚駭掐住；主角間短暫的相會與三言兩語，便已成就生死契闊的愛情，而滅亡的淒絕之美，正是浪漫的極致追求。

作品中多處描述呈現出極大的反差，除了男女主角的身分地位差距，全篇雖然沒有著墨在主角的心境描寫，然而藉由畫家敘說醫師極度沈著的冷靜態度，從而察覺到醫師略微發顫的聲音，可以得知醫師內心之混亂，夫人的柔弱與堅毅，亦如強烈的黑與白。而描寫夫人令醫師一見傾心的絕色美貌，並不從醫師的角度出發，而是藉由園中的路人，兩個浪蕩成性的年輕小夥子的對談，呈現那震撼人心的美與感動。這些小地方，處處可見泉鏡花文筆之細膩，沒有多餘的贅述，甚至有特意的留白，給讀者留下了許多的想像空間，讓人回味無窮。

在這篇作品之後，泉鏡花陸續發表了〈琵琶傳〉〈化銀杏〉等作品，但是獲得的評價有褒有貶。期間他深受病痛之苦，但仍持續旺盛的寫作，到了〈照葉狂言〉（一八九六年）這部作品之後，徹底轉為浪漫主義作風，發表了許多幻想性的作品。但在自然主義全盛時期的文壇上，泉鏡花富於誇張離奇想像的作品，可說是背道而馳的異類，受到全面性的否定，發表作品的園地也受到侷限。備受排擠非議的泉鏡花，卻始終堅持著自己的藝術信念，認為「幻視方是透視一切」，遊走於人世與靈界之間，從現實跳躍到幻境之中，洞察人類心中最幽微的情感，以華麗的詞藻、獨特的寫作風格堆砌出鏡花文學綺麗、妖異、唯美浪漫的世界。

あなただから、あなただから。

外科室《げかしつ》

そのときの二人が状、
あたかも二人の身辺には、
天なく、地なく、社会なく、
全く人なきがごとくなりし

Track 1

上《じょう》

実《じつ》は好奇心《こうきしん》のゆえに、しかれども予《よ》は予《よ》が画師《えし》たるを利器《りき》として、ともかくも口実《こうじつ》を設《もう》けつつ、予《よ》と兄弟《きょうだい》もただならざる医学士《いがくし》高峰《たかみね》をしいて、某《それ》の日《ひ》東京《とうきょう》府下《ふか》の一病院《あるびょういん》において、渠《かれ》が刀《とう》を下《おろ》すべき、貴船伯爵夫人《きふねはくしゃくふじん》の手術《しゅじゅつ》をば予《よ》をして見《み》せしむることを余儀《よぎ》なくしたり。

その日《ひ》午前九時《ごぜんくじ》過《す》ぐるころ家《いえ》を出《い》でて病院《びょういん》に腕車《わんしゃ》を飛《と》ばしつ。直《ただ》ちに外科室《げかしつ》の方《かた》に赴《おもむ》くとき、むこうより戸《と》を排《はい》してすらすらと出《い》で来《き》たれる華族《かぞく》の小間使《こまづかい》とも見《み》ゆる容目《みめ》よき婦人《おんな》二《に》、三人《さんにん》と、廊下《ろうか》の半《なか》ばに行《ゆ》き違《ちが》えり。

見《み》れば渠《かれ》らの間《あいだ》には、被布《ひふ》着《き》たる一個七《いっこしち》、八歳《はっさい》の娘《むすめ》を擁《よう》しつつ、見送《みおく》るほどに見《み》えずなれり。これのみならず玄関《げんかん》より外科室《げかしつ》、外科室《げかしつ》より二階《にかい》なる病室《びょうしつ》に通《かよ》うあいだの長《なが》き廊下《ろうか》には、フロックコート着《き》たる紳士《しんし》、制服《せいふく》着《つ》けたる武官《ぶかん》、あるいは羽織袴《はおりはかま》の扮装《いでたち》の人物《じんぶつ》、その他《た》、貴婦人令嬢《きふじんれいじょう》等《とう》いずれもただならず気高《けだか》きが、あなたに行《ゆ》き違《ちが》い、こなたに落《お》ち合《あ》い、あるいは歩《ほ》し、あるいは停《てい》し、往復《おうふく》あたかも織《お》るがごとし。予《よ》は今門前《いまもんぜん》において見《み》たる数台《すだい》の馬車《ばしゃ》に思《おも》い合《あ》わせて、ひそかに心《こころ》に頷《うなず》けり。渠《かれ》らのある者《もの》は沈痛《ちんつう》に、ある者《もの》は憂慮《きづか》わしげに、はたある者《もの》はあわただしげに、いずれも顔色穏《かおいろおだ》やかならで、忙《せわ》しげなる小刻《こきざ》みの靴《くつ》の音《おと》、草履《ぞうり》の響《ひび》き、一種寂寞《いっしゅせきばく》たる病院《びょういん》の高《たか》き天井《てんじょう》と、広《ひろ》き建具《たてぐ》と、長《なが》き廊下《ろうか》との間《あいだ》にて、異様《いよう》の跫音《きょうおん》を響《ひび》かしつつ、うたた陰惨《いんさん》の趣《おもむき》をなせり。

予《よ》はしばらくして外科室《げかしつ》に入《い》りぬ。

ときに予《よ》と相目《あいもく》して、脣辺《しんぺん》に微笑《びしょう》を浮《う》かべたる医学士《いがくし》

は、両手《りょうて》を組《く》みてややあおむけに椅子《いす》に凭《よ》れり。今《いま》にはじめぬことながら、ほとんどわが国《くに》の上流社会全体《じょうりゅうしゃかいぜんたい》の喜憂《きゆう》に関《かん》すべき、この大《おお》いなる責任《せきにん》を荷《にな》える身《み》の、あたかも晩餐《ばんさん》の筵《むしろ》に望《のぞ》みたるごとく、平然《へいぜん》としてひややかなること、おそらく渠《かれ》のごときはまれなるべし。助手三人《じょしゅさんにん》と、立《た》ち会《あ》いの医博士《いはかせ》一人《ひとり》と、別《べつ》に赤十字《せきじゅうじ》の看護婦《かんごふ》五名《ごめい》あり。看護婦《かんごふ》その者《もの》にして、胸《むね》に勲章《くんしょう》帯《お》びたるも見受《みう》けたるが、あるやんごとなきあたりより特《とく》に下《くだ》したまえるもありぞと思《おも》わる。他《た》に女性《にょしょう》とてはあらざりし。なにがし公《こう》と、なにがし侯《こう》と、なにがし伯《はく》と、みな立《た》ち会《あ》いの親族《しんぞく》なり。しかして一種形容《いっしゅけいよう》すべからざる面色《おももち》にて、愁然《しゅうぜん》として立《た》ちたるこそ、病者《びょうしゃ》の夫《おっと》の伯爵《はくしゃく》なれ。

　室内《しつない》のこの人々《ひとびと》に瞻《みまも》られ、室外《しつがい》のあのかたがたに憂慮《きづか》われて、塵《ちり》をも数《かぞ》うべく、明《あか》るくして、しかもなんとなくすさまじく侵《おか》すべからざるごとき観《かん》あるところの外科室《げかしつ》の中央《ちゅうおう》に据《す》えられたる、手術台《しゅじゅつだい》なる伯爵夫人《はくしゃくふじん》は、純潔《じゅんけつ》なる白衣《びゃくえ》を絡《まと》いて、死骸《しがい》のごとく横《よこ》たわれる、顔《かお》の色《いろ》あくまで白《しろ》く、鼻高《はなたか》く、頤《おとがい》細《ほそ》りて手足《てあし》は綾羅《りょうら》にだも堪《た》えざるべし。脣《くちびる》の色《いろ》

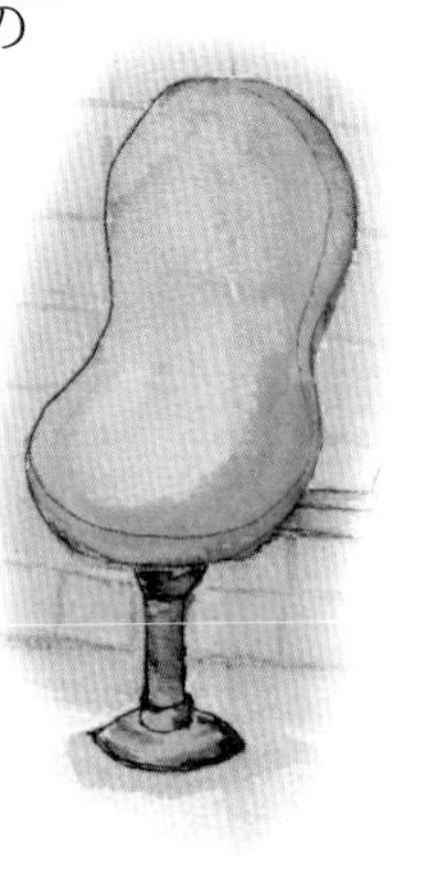

少《すこ》しく褪《あ》せたるに、玉《たま》のごとき前歯《まえば》かすかに見《み》え、眼《め》は固《かた》く閉《と》ざしたるが、眉《まゆ》は思《おも》いなしか顰《ひそ》みて見《み》られつ。わずかに束《つか》ねたる頭髪《とうはつ》は、ふさふさと枕《まくら》に乱《みだ》れて、台《だい》の上《うえ》にこぼれたり。

そのかよわげに、かつ気高《けだか》く、清《きよ》く、貴《とうと》く、うるわしき病者《びょうしゃ》の俤《おもかげ》を一目見《ひとめみ》るより、予《よ》は慄然《りつぜん》として寒《さむ》さを感《かん》じぬ。

医学士《いがくし》はと、ふと見《み》れば、渠《かれ》は露《つゆ》ほどの感情《かんじょう》をも動《うご》かしおらざるもののごとく、虚心《きょしん》に平然《へいぜん》たる状《さま》露《あら》われて、椅子《いす》に坐《すわ》りたるは室内《しつない》にただ渠《かれ》のみなり。そのいたく落《お》ち着《つ》きたる、これを頼《たの》もしと謂《い》わば謂《い》え、伯爵夫人《はくしゃくふじん》の爾《しか》き容体《ようだい》を見《み》たる予《よ》が眼《め》よりはむしろ心《こころ》憎《にく》きばかりなりしなり。

おりからしとやかに戸《と》を排《はい》して、静《しず》かにここに入《い》り来《き》たれるは、先刻《さき》に廊下《ろうか》にて行《ゆ》き逢《あ》いたりし三人《さんにん》の腰元《こしもと》の中《なか》に、ひときわ目立《めだ》ちし婦人《おんな》なり。

そと貴船伯《きふねはく》に打《う》ち向《む》かいて、沈《しず》みたる音調《おんちょう》もて、

「御前《ごぜん》、姫様《ひいさま》はようようお泣《な》き止《や》みあそばして、別室《べっしつ》におとなしゅういらっしゃいま

す」

伯《はく》はものいわで頷《うなず》けり。

看護婦《かんごふ》はわが医学士《いがくし》の前《まえ》に進《すす》みて、

「それでは、あなた」

「よろしい」

と一言答《ひとことこた》えたる医学士《いがくし》の声《こえ》は、このとき少《すこ》しく震《ふる》いを帯《お》びてぞ予《よ》が耳《みみ》には達《たっ》したる。その顔色《かおいろ》はいかにしけん、にわかに少《すこ》しく変《か》わりたり。

さてはいかなる医学士《いがくし》も、驚破《すわ》という場合《ばあい》に望《のぞ》みては、さすがに懸念《けねん》のなからんやと、予《よ》は同情《どうじょう》を表《ひょう》したりき。

看護婦《かんごふ》は医学士《いがくし》の旨《むね》を領《りょう》してのち、かの腰元《こしもと》に立《た》ち向《む》かいて、

「もう、なんですから、あのことを、ちょっと、あなたから」

腰元《こしもと》はその意《い》を得《え》て、手術台《しゅじゅつだい》に擦《す》り寄《よ》りつ、優《ゆう》に膝《ひざ》のあたりまで両手《りょうて》を下《さ》げて、しとやかに立礼《りつれい》し、

「夫人《おくさま》、ただいま、お薬《くすり》を差《さ》し上《あ》げます。どうぞそれを、お聞《き》きあそばして、いろはでも、数字《すうじ》でも、お算《かぞ》えあそばしますように」

伯爵夫人《はくしゃくふじん》は答《こたえ》なし。

腰元《こしもと》は恐《おそ》る恐《おそ》る繰《く》り返《かえ》して、

「お聞《き》き済《ず》みでございましょうか」

「ああ」とばかり答《こた》えたまう。

念《ねん》を推《お》して、

「それではよろしゅうございますね」

「何《なに》かい、痲酔剤《ねむりぐすり》をかい」

「はい、手術《しゅじゅつ》の済《す》みますまで、ちょっとの間《あいだ》でございますが、御寝《げし》なりませんと、いけませんそうです」

夫人《ふじん》は黙《もく》して考《かんが》えたるが、

「いや、よそうよ」と謂《い》える声《こえ》は判然《はんぜん》として聞《き》こえたり。一同顔《いちどうかお》を見合《みあ》わせぬ。

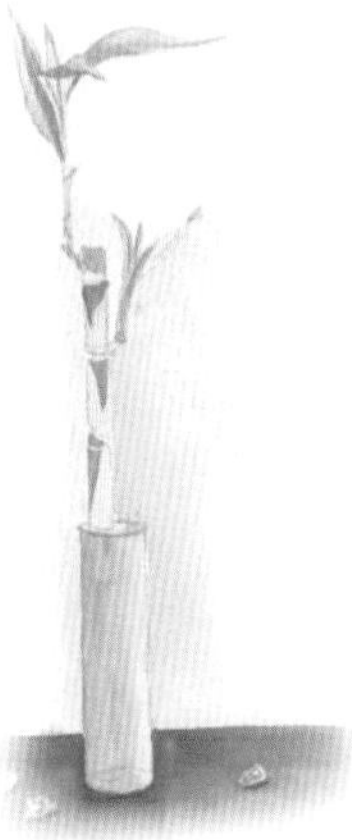

腰元《こしもと》は、諭《さと》すがごとく、

「それでは夫人《おくさま》、御療治《ごりょうじ》ができません」

「はあ、できなくってもいいよ」

腰元《こしもと》は言葉《ことば》はなくて、顧《かえり》みて伯爵《はくしゃく》の色《いろ》を伺《うかが》えり。伯爵《はくしゃく》は前《まえ》に進《すす》み、

「奥《おく》、そんな無理《むり》を謂《い》ってはいけません。できなくってもいいということがあるものか。わがままを謂《い》ってはなりません」

侯爵《こうしゃく》はまたかたわらより口《くち》を挟《はさ》めり。

「あまり、無理《むり》をお謂《い》やったら、姫《ひい》を連《つ》れて来《き》て見《み》せるがいいの。疾《はや》くよくならんでどうするものか」

「はい」

「それでは御得心《ごとくしん》でございますか」

腰元《こしもと》はその間《あいだ》に周旋《しゅうせん》せり。夫人《ふじん》は重《おも》げなる頭《かぶり》を掉《ふ》りぬ。看護婦《かんごふ》の一人《ひとり》は優《やさ》しき声《こえ》にて、

「なぜ、そんなにおきらいあそばすの、ちっともいやなもんじゃございませんよ。うとうとあそばすと、すぐ済《す》んでしまいます」

このとき夫人《ふじん》の眉《まゆ》は動《うご》き、口《くち》は曲《ゆが》みて、瞬間苦痛《しゅんかんくつう》に堪《た》えざるごとくなりし。半《なか》ば目《め》を見開《みひら》きて、

「そんなに強《し》いるなら仕方《しかた》がない。私《わたし》はね、心《こころ》に一《ひと》つ秘密《ひみつ》がある。痲酔剤《ねむりぐすり》は譫言《うわごと》を謂《い》うと申《もう》すから、それがこわくってなりません。どうぞもう、眠《ねむ》らずにお療治《りょうじ》ができないようなら、もうもう快《なお》らんでもいい、よしてください」

聞《き》くがごとくんば、伯爵夫人《はくしゃくふじん》は、意中《いちゅう》の秘密《ひみつ》を夢現《ゆめうつつ》の間《あいだ》に人《ひと》に呟《つぶや》かんことを恐《おそ》れて、死《し》をもてこれを守《まも》ろうとするなり。良人《おっと》たる者《もの》がこれを聞《き》ける胸中《きょうちゅう》いかん。

この言《ことば》をしてもし平生《へいぜい》にあらしめば必《かなら》ず一条《いちじょう》の紛紜《ふんぬん》を惹《ひ》き起《お》こすに相違《そうい》なきも、病者《びょうしゃ》に対《たい》して看護《かんご》の地位《ちい》に立《た》てる者《もの》はなんらのこともこれを不問《ふもん》に帰《き》せざるべからず。しかもわが口《くち》よりして、あからさまに秘密《ひみつ》ありて人《ひと》に聞《き》かしむることを得《え》ずと、断乎《だんこ》として謂《い》い出《い》だせる、夫人《ふじん》の胸中《きょうちゅう》を推《すい》すれ

ば。

伯爵《はくしゃく》は温平《おんこ》として、

「わしにも、聞《き》かされぬことなんか。え、奥《おく》」

「はい。だれにも聞《き》かすことはなりません」

夫人《ふじん》は決然《けつぜん》たるものありき。

「何《なに》も痲酔剤《ますいざい》を嗅《か》いだからって、譫言《うわごと》を謂《い》うという、極《き》まったこともなさそうじゃの」

「いいえ、このくらい思《おも》っていれば、きっと謂《い》いますに違《ちが》いありません」

「そんな、また、無理《むり》を謂《い》う」

「もう、御免《ごめん》くださいまし」

投《な》げ棄《す》つるがごとくかく謂《い》いつつ、伯爵夫人《はくしゃくふじん》は寝返《ねがえ》りして、横《よこ》に背《そむ》かんとしたりしが、病《や》める身《み》のままならで、歯《は》を鳴《な》らす音聞《おとき》こえたり。

ために顔《かお》の色《いろ》の動《うご》かざる者《もの》は、ただあの医学士《いがくし》一人《ひとり》あるのみ。渠《かれ》は先刻《さき》にいかにしけん、ひとたびその平生《へいぜい》を失《しっ》せしが、いまやまた自若《じじゃく》となりたり。

侯爵《こうしゃく》は渋面造《じゅうめんつく》りて、

「貴船《きふね》、こりゃなんでも姫《ひい》を連《つ》れて来《き》て、見《み》せることじゃの、なんぼでも児《こ》のかわいさには我折《がお》れよう」

伯爵《はくしゃく》は頷《うなず》きて、

「これ、綾《あや》」

「は」と腰元《こしもと》は振《ふ》り返《かえ》る。

「何《なに》を、姫《ひい》を連《つ》れて来《こ》い」

夫人《ふじん》は堪《たま》らず遮《さえぎ》りて、

「綾《あや》、連《つ》れて来《こ》んでもいい。なぜ、眠《ねむ》らなけりゃ、療治《りょうじ》はできないか」

看護婦《かんごふ》は窮《きゅう》したる微笑《えみ》を含《ふく》みて、

「お胸《むね》を少《すこ》し切《き》りますので、お動《うご》きあそばしちゃあ、危険《けんのん》でございます」

「なに、わたしゃ、じっとしている。動《うご》きゃあしないから、切《き》っておくれ」

予《よ》はそのあまりの無邪気《むじゃき》さに、覚《おぼ》えず森寒《しんかん》を禁《きん》じ得《え》ざりき。おそらく今日《きょう》の切開術《せっかいじゅつ》

は、眼《まなこ》を開《ひら》きてこれを見《み》るものあらじとぞ思《おも》えるをや。

看護婦《かんごふ》はまた謂《い》えり。

「それは夫人《おくさま》、いくらなんでもちっとはお痛《いた》みあそばしましょうから、爪《つめ》をお取《と》りあそばすとは違《ちが》いますよ」

夫人《ふじん》はここにおいてぱっちりと眼《め》を開《ひら》けり。気《き》もたしかになりけん、声《こえ》は凛《りん》として、

「刀《とう》を取《と》る先生《せんせい》は、高峰様《たかみねさま》だろうね！」

「はい、外科科長《げかかちょう》です。いくら高峰様《たかみねさま》でも痛《いた》くなくお切《き》り申《もう》すことはできません」

「いいよ、痛《いた》かあないよ」

「夫人《ふじん》、あなたの御病気《ごびょうき》はそんな手軽《てがる》いのではありません。肉《にく》を殺《そ》いで、骨《ほね》を削《けず》るのです。ちっとの間御辛抱《あいだごしんぼう》なさい」

臨検《りんけん》の医博士《いはかせ》はいまはじめてかく謂《い》えり。これとうてい関雲長《かんうんちょう》にあらざるよりは、堪《た》えうべきことにあらず。しかるに夫人《ふじん》は驚《おどろ》く色《いろ》なし。

「そのことは存《ぞん》じております。でもちっともかまいません」

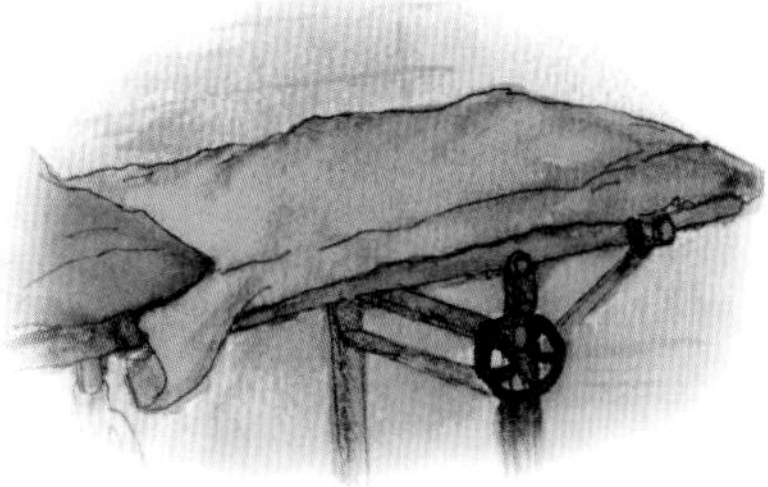

「あんまり大病《たいびょう》なんで、どうかしおったと思《おも》われる」

と伯爵《はくしゃく》は愁然《しゅうぜん》たり。侯爵《こうしゃく》は、かたわらより、

「ともかく、今日《きょう》はまあ見合《みあ》わすとしたらどうじゃの。あとでゆっくりと謂《い》い聞《き》かすがよかろう」

伯爵《はくしゃく》は一議《いちぎ》もなく、衆《しゅう》みなこれに同《どう》ずるを見《み》て、かの医博士《いはかせ》は遮《さえぎ》りぬ。

「一時後《ひとときおく》れては、取《と》り返《かえ》しがなりません。いったい、あなたがたは病《やまい》を軽蔑《けいべつ》しておらるから埒《らち》あかん。感情《かんじょう》をとやかくいうのは姑息《こそく》です。看護婦《かんごふ》ちょっとお押《おさ》え申《もう》せ」

いと厳《おごそ》かなる命《めい》のもとに五名《ごめい》の看護婦《かんごふ》はバラバラと夫人《ふじん》を囲《かこ》みて、その手《て》と足《あし》とを押《おさ》えんとせり。渠《かれ》らは服従《ふくじゅう》をもって責任《せきにん》とす。単《たん》に、医師《いし》の命《めい》をだに奉《ほう》ずればよし、あえて他《た》の感情《かんじょう》を顧《かえり》みることを要《よう》せざるなり。

「綾《あや》！来《き》ておくれ。あれ！」

と夫人《ふじん》は絶《た》え入《い》る呼吸《いき》にて、腰元《こしもと》を呼《よ》びたまえば、慌《あわ》てて看護婦《かんごふ》を遮《さえぎ》りて、

「まあ、ちょっと待《ま》ってください。夫人《おくさま》、どうぞ、御堪忍《ごかんにん》あそばして」と優《やさ》し

き腰元《こしもと》はおろおろ声《こえ》。

夫人《ふじん》の面《おもて》は蒼然《そうぜん》として、

「どうしても肯《き》きませんか。それじゃ全快《なお》っても死《し》んでしまいます。いいからこのままで手術《しゅじゅつ》をなさいと申《もう》すのに」

と真白《ましろ》く細《ほそ》き手《て》を動《うご》かし、かろうじて衣紋《えもん》を少《すこ》し寛《くつろ》げつつ、玉《たま》のごとき胸部《きょうぶ》を顕《あら》わし、

「さ、殺《ころ》されても痛《いた》かあない。ちっとも動《うご》きやしないから、だいじょうぶだよ。切《き》ってもいい」

決然《けつぜん》として言《い》い放《はな》てる、辞色《じしょく》ともに動《うご》かすべからず。さすが高位《こうい》の御身《おんみ》とて、威厳《いげん》あたりを払《はら》うにぞ、満堂斉《まんどうひと》しく声《こえ》を呑《の》み、高《たか》き咳《しわぶき》をも漏《も》らさずして、寂然《せきぜん》たりしその瞬間《しゅんかん》、先刻《さき》よりちとの身動《みうご》きだもせで、死灰《しはい》のごとく、見《み》えたる高峰《たかみね》、軽《かる》く身《み》を起《お》こして椅子《いす》を離《はな》れ、

「看護婦《かんごふ》、メスを」

「ええ」と看護婦《かんごふ》の一人《ひとり》は、目《め》を見張《みは》りて猶予《ためら》えり。一同斉《いちどうひと》しく愕然《がくぜん》として、医学士《いがくし》

の面《おもて》を瞻《みまも》るとき、他《た》の一人《ひとり》の看護婦《かんごふ》は少《すこ》しく震《ふる》えながら、消毒《しょうどく》したるメスを取《と》りてこれを高峰《たかみね》に渡《わた》したり。

医学士《いがくし》は取《と》るとそのまま、靴音軽《くつおとかる》く歩《ほ》を移《うつ》してつと手術台《しゅじゅつだい》に近接《きんせつ》せり。

看護婦《かんごふ》はおどおどしながら、

「先生《せんせい》、このままでいいんですか」

「ああ、いいだろう」

「じゃあ、お押《おさ》え申《もう》しましょう」

医学士《いがくし》はちょっと手《て》を挙《あ》げて、軽《かる》く押《お》し留《とど》め、

「なに、それにも及《およ》ぶまい」

謂《い》う時疾《ときはや》くその手《て》はすでに病者《びょうしゃ》の胸《むね》を掻《か》き開《あ》けたり。夫人《ふじん》は両手《りょうて》を肩《かた》に組《く》みて身動《みうご》きだもせず。

かかりしとき医学士《いがくし》は、誓《ちか》うがごとく、深重厳粛《しんじゅうげんしゅく》たる音調《おんちょう》もて、

「夫人《ふじん》、責任《せきにん》を負《お》って手術《しゅじゅつ》します」

ときに高峰《たかみね》の風采《ふうさい》は一種神聖《いっしゅしんせい》にして犯《おか》すべからざる異様《いよう》のものにてありしなり。

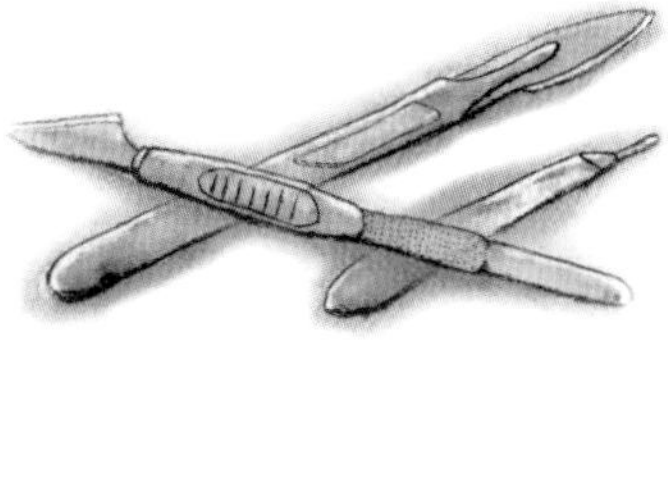

「どうぞ」と一言《ひとこと》答《いら》えたる、夫人《ふじん》が蒼白《そうはく》なる両《りょう》の頬《ほお》に刷《は》けるがごとき紅《くれない》を潮《ちょう》しつ。じっと高峰《たかみね》を見詰《みつ》めたるまま、胸《むね》に臨《のぞ》めるナイフにも眼《まなこ》を塞《ふさ》がんとはなさざりき。

と見《み》れば雪《ゆき》の寒紅梅《かんこうばい》、血汐《ちしお》は胸《むね》よりつと流《なが》れて、さと白衣《びゃくえ》を染《そ》むるとともに、夫人《ふじん》の顔《かお》はもとのごとく、いと蒼白《あおじろ》くなりけるが、はたせるかな自若《じじゃく》として、足《あし》の指《ゆび》をも動《うご》かさざりき。

ことのここに及《およ》べるまで、医学士《いがくし》の挙動脱兎《きょどうだっと》のごとく神速《しんそく》にしていささか間《かん》なく、伯爵夫人《はくしゃくふじん》の胸《むね》を割《さ》くや、一同《いちどう》はもとよりかの医博士《いはかせ》に到《いた》るまで、言《ことば》を挟《さしはさ》むべき寸隙《すんげき》とてもなかりしなるが、ここにおいてか、わななくあり、面《おもて》を蔽《おお》うあり、背向《そがい》になるあり、あるいは首《こうべ》を低《た》るるあり、予《よ》のごとき、われを忘《わす》れて、ほとんど心臓《しんぞう》まで寒《さむ》くなりぬ。

三秒《スリーセコンド》にして渠《かれ》が手術《しゅじゅつ》は、ハヤその佳境《かきょう》に進《すす》みつつ、メス骨《ほね》に達《たっ》すと覚《おぼ》しきとき、

「あ」と深刻《しんこく》なる声《こえ》を絞《しぼ》りて、二十日《はつか》以来《いらい》寝返《ねがえ》りさえもえせずと聞《き》きたる、夫人《ふじん》は俄然《がぜん》器械《きかい》のごとく、その半身《はんしん》を跳《は》ね起《お》き

つつ、刀取《とうと》れる高峰《たかみね》が右手《めて》の腕《かいな》に両手《りょうて》をしかと取《と》り縋《すが》りぬ。

「痛《いた》みますか」

「いいえ、あなただから、あなただから」

かく言《い》い懸《か》けて伯爵夫人《はくしゃくふじん》は、がっくりと仰向《あおむ》きつつ、凄冷極《せいれいきわ》まりなき最後《さいご》の眼《まなこ》に、国手《こくしゅ》をじっと瞻《みまも》りて、

「でも、あなたは、あなたは、私《わたくし》を知《し》りますまい！」

謂《い》うとき晩《おそ》し、高峰《たかみね》が手《て》にせるメスに片手《かたて》を添《そ》えて、乳《ち》の下深《したふか》く掻《か》き切《き》りぬ。医学士《いがくし》は真蒼《まさお》になりて戦《おのの》きつつ、

「忘《わす》れません」

その声《こえ》、その呼吸《いき》、その姿《すがた》、その声《こえ》、その呼吸《いき》、その姿《すがた》。伯爵夫人《はくしゃくふじん》はうれしげに、いとあどけなき微笑《えみ》を含《ふく》みて高峰《たかみね》の手《て》より手《て》をはなし、ばったり、枕《まくら》に伏《ふ》すとぞ見《み》えし、脣《くちびる》の色変《いろか》わりたり。

そのときの二人《ふたり》が状《さま》、あたかも二人《ふたり》の身辺《しんぺん》には、天《てん》なく、地《ち》なく、社会《しゃかい》なく、全《まった》く人《ひと》なきがごとくなりし。

Track 2

下《げ》

数《かぞ》うれば、はや九年前《きゅうねんまえ》なり。高峰《たかみね》がそのころはまだ医科大学《いかだいがく》に学生《がくせい》なりしみぎりなりき。一日《あるひ》予《よ》は渠《かれ》とともに、小石川《こいしかわ》なる植物園《しょくぶつえん》に散策《さんさく》しつ。五月五日《ごがついつか》躑躅《つつじ》の花盛《はなさか》んなりし。渠《かれ》とともに手《て》を携《たずさ》え、芳草《ほうそう》の間《あいだ》を出《で》つ、入《い》りつ、園内《えんない》の公園《こうえん》なる池《いけ》を繞《めぐ》りて、咲《さ》き揃《そろ》いたる藤《ふじ》を見《み》つ。

歩《ほ》を転《てん》じてかしこなる躑躅《つつじ》の丘《おか》に上《のぼ》らんとて、池《いけ》に添《そ》いつつ歩《あゆ》めるとき、かなたより来《き》たりたる、一群《ひとむ》れの観客《かんきゃく》あり。

一個《ひとり》洋服《ようふく》の扮装《いでたち》にて煙突帽《えんとつぼう》を戴《いただ》きたる蓄髯《ちくぜん》の漢前衛《おとこぜんえい》して、中《なか》に三人《さんにん》の婦人《ふじん》を囲《かこ》みて、後《あと》よりもまた同一《おなじ》様《さま》なる漢《おとこ》来《きた》れり。渠《かれ》らは貴族《きぞく》の御者《ぎょしゃ》なりし。中《なか》なる三人《さんにん》の婦人等《おんなたち》は、一《いち》様《よう》に深張《ふかば》りの涼傘《ひがさ》を指《さ》し翳《かざ》して、裾捌《すそさば》きの音《おと》いとさやかに、するすると練《ね》り来《き》たれる、と行《ゆ》き違《ちが》いざま高峰《たかみね》は、思《おも》わず後《あと》を見返《みかえ》りたり。

「見《み》たか」

高峰《たかみね》は頷《うなず》きぬ。「むむ」

かくて丘《おか》に上《のぼ》りて躑躅《つつじ》を見《み》たり。躑躅《つつじ》は美《び》なりしなり。されどただ赤《あか》かりしのみ。

かたわらのベンチに腰懸《こしか》けたる、商人体《あきゅうどてい》の壮者《わかもの》あり。

「吉《きち》さん、今日《きょう》はいいことをしたぜなあ」

「そうさね、たまにゃおまえの謂《い》うことを聞《き》くもいいかな、浅草《あさくさ》へ行《い》ってここへ来《こ》なかったろうもんなら、拝《おが》まれるんじゃなかったっけ」

「なにしろ、三人《さんにん》とも揃《そろ》ってらあ、どれが桃《もも》やら桜《さくら》やらだ」

「一人《ひとり》は丸髷《まるまげ》じゃあないか」

「どのみちはや御相談《ごそうだん》になるんじゃなし、丸髷《まるまげ》でも、束髪《そくはつ》でも、ないししゃぐまでもなんでもいい」

「ところでと、あのふうじゃあ、ぜひ、高島田《ぶんきん》とくるところを、銀杏《いちょう》と出《で》

たなあどういう気《き》だろう」

「銀杏《いちょう》、合点《がてん》がいかぬかい」

「ええ、わりい洒落《しゃれ》だ」

「なんでも、あなたがたがお忍《しの》びで、目立《めだ》たぬようにという肚《はら》だ。ね、それ、まん中《なか》の水《みず》ぎわが立《た》ってたろう。いま一人《ひとり》が影武者《かげむしゃ》というのだ」

「そこでお召《め》し物《もの》はなんと踏《ふ》んだ」

「藤色《ふじいろ》と踏《ふ》んだよ」

「え、藤色《ふじいろ》とばかりじゃ、本読《ほんよ》みが納《おさ》まらねえぜ。足下《そこ》のようでもないじゃないか」

「眩《まばゆ》くってうなだれたね、おのずと天窓《あたま》が上《あ》がらなかった」

「そこで帯《おび》から下《した》へ目《め》をつけたろう」

「ばかをいわっし、もったいない。見《み》しやそれとも分《わ》かぬ間《ま》だったよ。ああ残《のこ》り惜《お》しい」

「あのまた、歩行《あるき》ぶりといったらなかったよ。ただもう、すうっとこう霞《かすみ》に乗《の》って行《ゆ》くようだっけ。裾捌《すそさば》き、褄《つま》はずれなんということを、なるほどと見《み》たは今日《きょう》がはじめてよ。どうもお育《そだ》ちがらはまた格別違《かくべつちが》ったもんだ。ありゃもう自然《しぜん》、天然《てんねん》と雲上《うんじょう》になったんだな。どうして下界《げかい》のやつばらが真似《まね》ようたってできるものか」

「ひどくいうな」

「ほんのこったがわっしゃそれご存《ぞん》じのとおり、北廓《なか》を三年《さんねん》が間《あいだ》、金毘羅様《こんぴらさま》に断《た》ったというもんだ。ところが、なんのこたあない。肌守《はだまも》りを懸《か》けて、夜中《よなか》に土堤《どて》を通《とお》ろうじゃあないか。罰《ばち》のあたらないのが不思議《ふしぎ》さね。もうもう今日《きょう》という今日《きょう》は発心《ほっしん》切《き》った。あの醜婦《すべった》どもどうするものか。見《み》なさい、アレアレちらほらとこうそこいらに、赤《あか》いものがちらつくが、どうだ。まるでそら、芥塵《ごみ》か、蛆《うじ》が蠢《うご》めいているように見《み》えるじゃあないか。ばかばかしい」

「これはきびしいね」

「串戯《じょうだん》じゃあない。あれ見《み》な、やっぱりそれ、手《て》があって、足《あし》で立《た》って、着物《きもの》も羽織《はおり》もぞろりとお召《め》しで、おんなじような蝙蝠傘《こうもりがさ》で立《た》ってるところは、憚《はばか》りながらこれ人間《にんげん》の女《おんな》だ。しかも女《おんな》の新造《しんぞ》だ。女《おんな》の新造《しんぞ》に違《ちが》いはないが、今拝《いまおが》んだのと較《くら》べて、どうだい。まるでもって、くすぶって、なんといっていいか汚《よご》れ切《き》っていらあ。あれでもおんなじ女《おんな》だっさ、

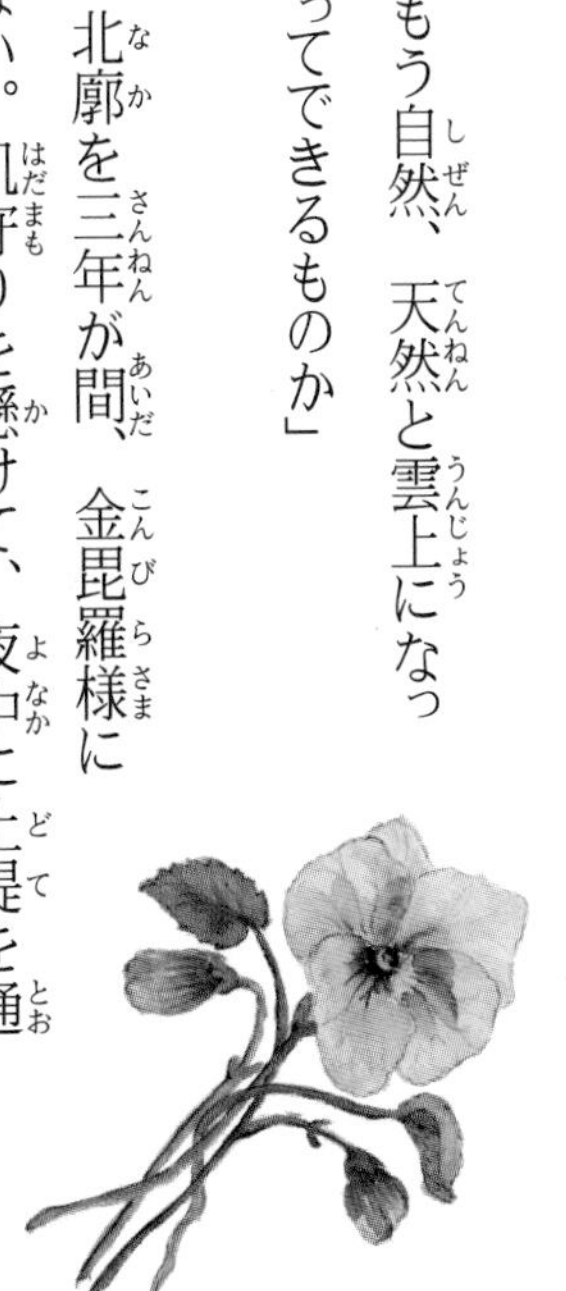

へん、聞《き》いて呆《あき》れらい」

「おやおや、どうした大変《たいへん》なことを謂《い》い出《だ》したぜ。しかし全《まった》くだよ。私《わたし》もさ、今《いま》まではこう、ちょいとした女《おんな》を見《み》ると、ついそのなんだ。いっしょに歩《ある》くおまえにも、ずいぶん迷惑《めいわく》を懸《か》けたっけが、今《いま》のを見《み》てからもうもう胸《むね》がすっきりした。なんだかせいせいとする、以来女《いらいおんな》はふっつりだ」

「それじゃあ生涯《しょうがい》ありつけまいぜ。源吉《げんきち》とやら、みずからは、とあの姫様《ひいさま》が、言《い》いそうもないからね」

「罰《ばち》があたらあ、あてこともない」

「でも、あなたやあ、ときたらどうする」

「正直《しょうじき》なところ、わっしは遁《に》げるよ」

「足下《そこ》もか」

「え、君《きみ》は」

「私《わたし》も遁《に》げるよ」と目《め》を合《あ》わせつ。しばらく言途絶《ことばとだ》えたり。

「高峰《たかみね》、ちっと歩《ある》こうか」

予《よ》は高峰《たかみね》とともに立《た》ち上《あ》がりて、遠《とお》くかの壮佼《わかもの》を離《はな》れしとき、高峰《たかみね》はさも感《かん》じたる面《おも》色《もち》にて、

「ああ、真《しん》の美《び》の人《ひと》を動《うご》かすことあのとおりさ、君《きみ》はお手《て》のものだ、勉強《べんきょう》したまえ」

予《よ》は画師《えし》たるがゆえに動《うご》かされぬ。行《ゆ》くこと数《す》百歩《ひゃっぽ》、あの樟《くす》の大樹《たいじゅ》の鬱蓊《うつおう》たる木《こ》の下《した》蔭《かげ》の、やや薄暗《うすぐら》きあたりを行《ゆ》く藤色《ふじいろ》の衣《きぬ》の端《はし》を遠《とお》くよりちらとぞ見《み》たる。

園《えん》を出《い》ずれば丈高《たけたか》く肥《こ》えたる馬二頭《うまにとう》立《た》ちて、磨《す》りガラス入《い》りたる馬車《ばしゃ》に、三個《みたり》の馬丁《べっとう》休《やす》らいたりき。その後九年《のちきゅうねん》を経《へ》て病院《びょういん》のかのことありしまで、高峰《たかみね》はかの婦人《ふじん》のことにつきて、予《よ》にすら一《こ》言《と》をも語《かた》らざりしかど、年齢《ねんれい》においても、地位《ちい》においても、高峰《たかみね》は室《しつ》あらざるべからざる身《み》なるにもかかわらず、家《いえ》を納《おさ》むる夫人《ふじん》なく、しかも渠《かれ》は学生《がくせい》たりし時代《じだい》より品行《ひんこう》いっそう謹厳《きんげん》にてありしなり。予《よ》は多《おお》くを謂《い》わざるべし。

青山《あおやま》の墓地《ぼち》と、谷中《やなか》の墓地《ぼち》と所《ところ》こそは変《か》わりたれ、同一日《おなじひ》に前後《ぜんご》して相逝《あいゆ》けり。

語《ご》を寄《よ》す、天下《てんか》の宗教家《しゅうきょうか》、渠《かれ》ら二人《ふたり》は罪悪《ざいあく》ありて、天《てん》に行《ゆ》くことを得《え》ざるべきか。

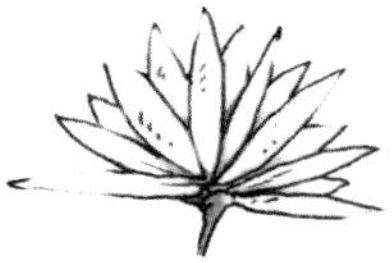

外科室

當時兩人的模樣，彷彿對他倆而言，
天地、社會、人群，
週遭的一切都已不存在。

那天高峰醫師要在東京府裡的一座醫院為貴船伯爵夫人動手術，我出於好奇心的驅使，利用畫家此一身份作為藉口，硬逼著這位和我親如手足的友人讓我去參觀。

當天上午九點多鐘，我離家搭乘人力車趕赴醫院。我直接走向外科室，途中有兩三位容貌秀麗的婦女推開門走來，在走廊和我擦身而過。看她們的打扮，像是貴族家的貼身侍女。只見她們簇擁著一個穿著和式背心的七八歲小女孩，轉眼間就失去了蹤影。此外，從正門通往外科室，以及從外科室通往二樓病房的長廊裡，穿梭著身穿禮服大衣的紳士、制服筆挺的武官、和服裝扮的人士，還有貴婦千金等等，個個雍容華貴，不同凡響。他們走走停停，時而擦身而過、時而聚在一起，來來往往有如不停忙碌織布的規律動作。我想起剛才在大門口前看到的幾輛馬車，心中頓時明瞭。他們有的面露悲痛，有的神色凝重，還有人慌慌張張，每個人都是一副焦慮不安的模樣。異常匆促的皮鞋聲與草鞋聲，迴盪在挑高的天花板、寬敞的門廳和長廊之間，在寂靜的環境中更增添一股慘澹的氣息。

沒多久，我走進了外科室。

此時醫師和我對望了一眼，他嘴邊浮現一絲笑意，雙手交叉坐在椅子上，稍微仰起身來。儘管他總是這副德行，但眼前這位身負重任，可說是牽動著整個上流社會悲喜的人，冷靜沉著的模樣，彷彿不過是要赴宴吃頓晚餐那般輕鬆，像他這樣的人實在少見。在場的還有三位助手、一名會診的醫學博士，以及五名紅十字會的護士。護士當中還有人佩帶著勳章，我猜想那是地位崇高的人士特別頒贈的。此外就沒有任何女性了，在場的幾位公、侯、伯爵，都是病人的親戚。病人的丈夫，貴船伯爵臉上呈現難以形容的神情，哀愁地佇立在一旁。

外科室內一塵不染、光線明亮，中央座落著手術台，不知為何讓人看了肅然起敬。房裡的人們關切地注視著手術台上的伯爵夫人，房外的人們則憂心忡忡地等候著。伯爵夫人穿著純潔白衣，如同屍體一般橫躺著。她臉色白皙，有著高挺的鼻樑、削瘦的下巴，四肢瘦弱地彷彿就要支撐不住華麗的衣裳。她的唇色黯淡、微微露出潔白的貝齒，雙目緊閉、眉頭緊蹙。那頭濃密的秀髮簡單地束起，披散的髮絲從

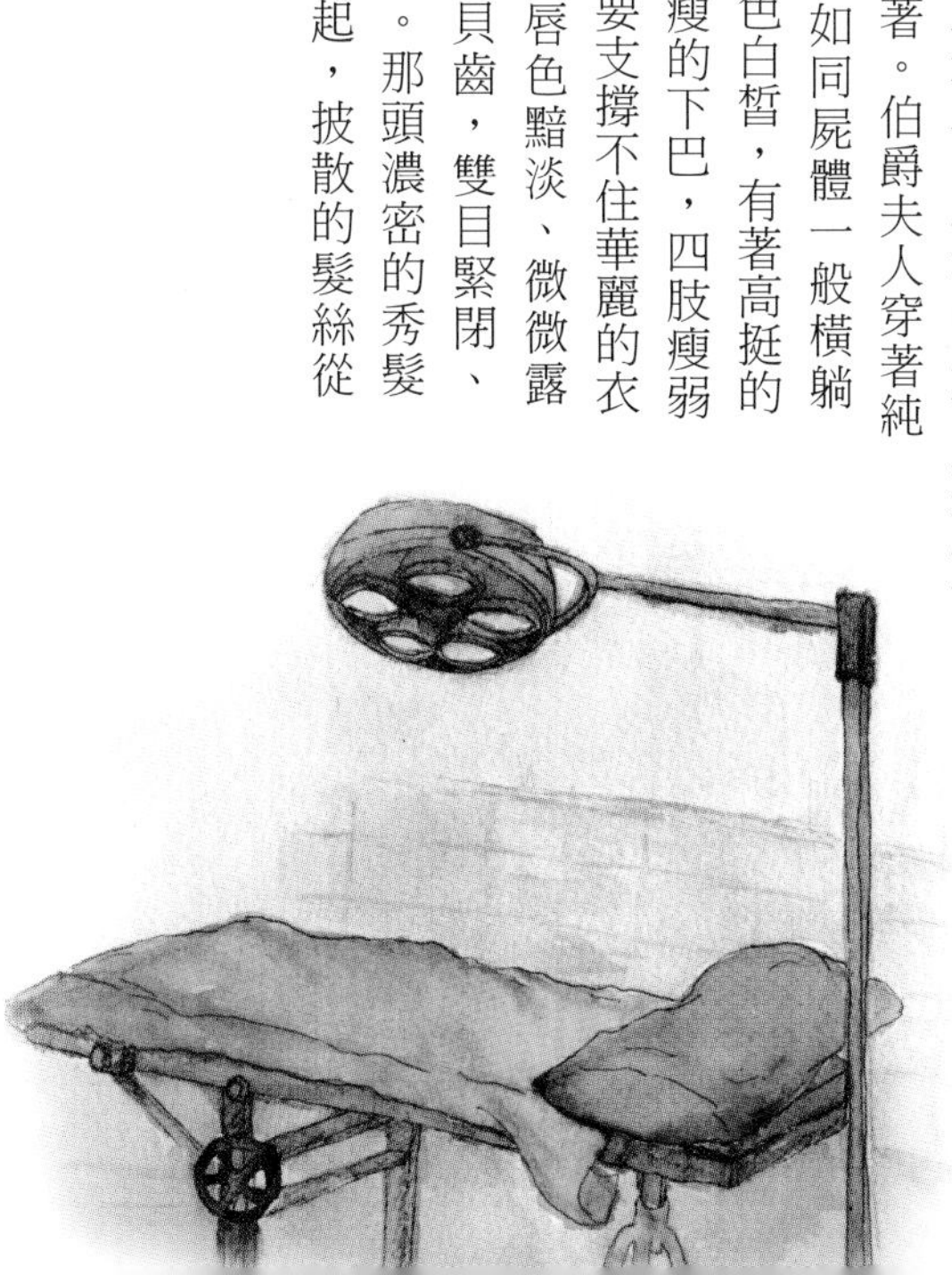

枕邊滑落到了手術台上。

這位高貴、純潔、美麗而又孱弱的病人一映入我的眼簾，我倏地感到不寒而慄。

我無意中瞥了醫師一眼，他看來無動於衷、態度誠懇，一派坦然，房間裡唯有他一人坐在椅子上。這種極端沉著的態度固然讓人覺得可靠，但我既已見到伯爵夫人的病容，也不免覺得他實在太過冷靜了。

此時門被輕輕推開，有人安靜地走了進來，就是方才在走廊上遇見的三名侍女中，特別出色的那位。

她悄悄地面向貴船伯爵，用低沉的語調說：「老爺，小姐總算不哭了，乖乖地待在另一間房裡。」

伯爵默默地點了點頭。

護士走向醫師面前，說了聲：「那麼，請您……」

醫師回答道：「好的。」

這時我聽見醫師的聲音有點發顫，不知怎地，他稍微變了臉色。

我心想不論是本領多高強的醫師，面臨緊要關頭，也不免會緊張，不由得同情起他來。

護士明白了醫師的意思，點點頭對侍女說：「那麼，就由妳……」

侍女聽明白了，走到手術台前，雙手優雅地放在膝上，端莊地行了個禮，說道：「夫人，我給您呈藥上來，勞駕您嗅一嗅，再唸一下假名或是數字都行。」

伯爵夫人沒有作聲。

侍女戰戰兢兢地重複了一遍：「您聽見了嗎？」

夫人只回答了聲：「嗯。」

侍女追問道：「那麼您是同意了囉？」

「什麼？妳是說麻醉藥嗎？」

「是的，手術完成前，您得睡上一會兒。」

夫人沉思片刻，字字清楚地說：

「不，我不要。」

眾人面面相覷。侍女規勸道：「夫人，那手術可就做不成啦！」

「唔，做不成也沒關係。」

侍女無言以對，回頭窺伺伯爵的臉色。

伯爵向前走了幾步，說：

「夫人，妳可別無理取鬧，怎能說不動手術也沒關係呢？妳不要任性啊！」

侯爵也從旁插嘴道：「要是不聽話，就把小女兒帶來給母親瞧瞧。不趕緊治好那怎麼成呢！」

「噯！」

侍女從中周旋道：「那麼，您是同意囉？」

夫人吃力地搖了搖頭。一位護士溫柔地問道：「您為何那麼排斥聞藥呢？這一點也不難受，迷迷糊糊的，一下子就結束了。」

這時夫人揚揚眉，歪了歪嘴，一時之間似乎痛苦難耐。她半睜著眼說：「這樣逼我，我實在無奈。我聽說聞了麻醉藥之後就會胡言亂語，而我心裡有個秘密，我怕會說出來。要是不睡著就不能治療，那我就不要治病了，算了吧！」

照伯爵夫人的話聽來，她是生怕在意識不清的情況下洩漏了秘密，寧死也要守口如瓶。做丈夫的聽了，心中做何感想呢？這樣的一句話，在平日必定會引起紛爭，但考慮到病人的立場，不論任何事情，也都不好過問了。更何況夫人親口坦承，她有不可告人的秘密，考量到她的心情，就更不好多說些什麼了。

伯爵和藹地問道：「連我都不能知道嗎？夫人。」

「是的，不可以告訴任何人。」

夫人的態度無比堅定。

「就算是聞了麻醉藥，也未必會胡言亂語的呀！」

「不，我心事重重，肯定會說出來的。」

「妳又無理取鬧了！」

「好了，你饒了我吧！」

伯爵夫人斬釘截鐵地說完後想側過身去，但因病痛而身不由己，只聽她咬得牙齒咯咯作響。

在場的人當中，唯有醫師不動聲色。方才他不知怎地曾一度失常，而今又冷靜下來了。

侯爵愁眉苦臉地說：

「貴船，還是把小女兒帶來給夫人看看吧！她那麼疼愛孩子，見了以後總會回心轉意的吧！」

伯爵點點頭喚道：

「喂，阿綾。」

侍女回頭應聲：「是。」

「吶，去把小姐帶過來。」

夫人情不自禁地阻攔道：「阿綾，用不著帶她過來。為什麼非得睡著才能治療呢？」

護士無可奈何地微笑著說：「等下要在您的胸口上開刀，若是您移動了身子，就會有危險。」

「不，我會動也不動的，儘管開刀吧！」

這話說得太天真了，我不禁渾身發顫。今天的手術，恐怕沒人敢睜著眼睛看。

護士又說道：「夫人，不管怎麼說，動手術總是會痛的呀，這跟剪指甲可不一樣哪！」

這下子夫人睜大了眼睛，神志似乎也清楚了，厲聲問道：「執刀的可是高峰醫師？」

「是的，他是外科主任。但即便是由高峰醫師開刀，也是會痛的呀！」

「不要緊的，我不會痛的。」

這時會診的醫學博士頭一次開口：「夫人，您的病情可不輕，還要割肉削骨哪，就請您忍耐一下吧！」

除了關雲長，這種痛楚誰能挺得住呢？然而夫人毫無驚慌之色。

「這我也明白，但真的沒關係。」

伯爵哀愁地說：「看來是病得厲害，有點糊塗了。」

侯爵在旁邊說道：「總之，今天就算了吧！之後再慢慢說服她好了。」

醫學博士看到伯爵沒有異議，眾人也一致同意，連忙阻攔道：「再拖延下去就沒救了！說來說去，都怪你們太輕忽這病情了，所以總是拖拖拉拉，感情用事，那可是姑息養病。護士們，過來

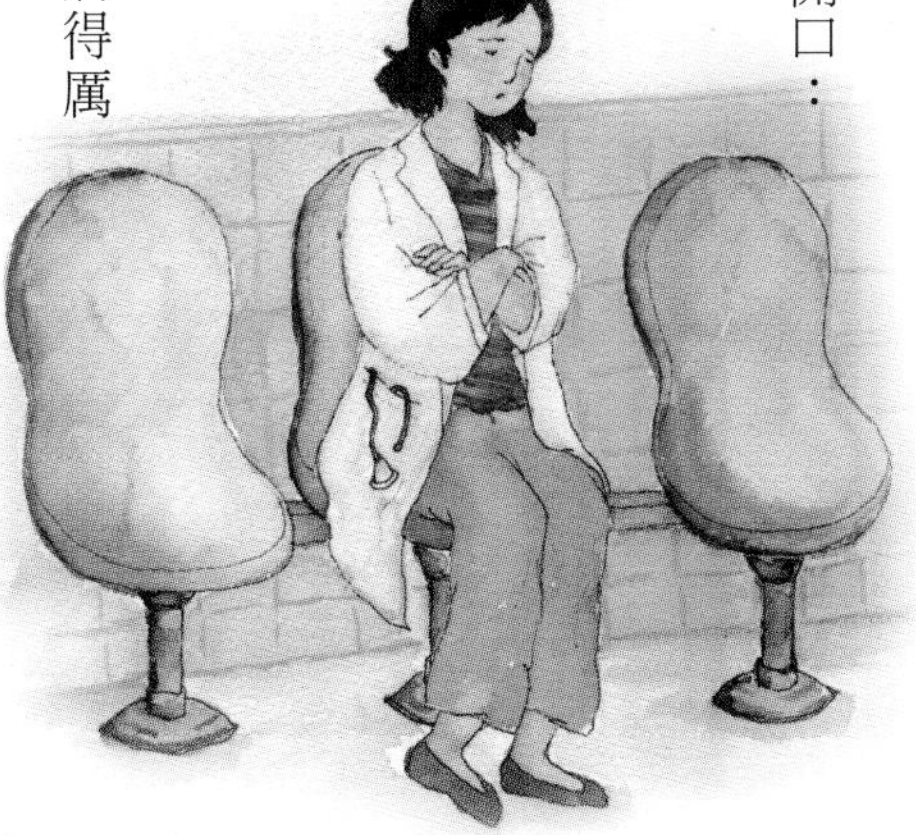

壓住病人。」

聽了這聲嚴厲的命令，五名護士一擁而上圍住夫人，想要按住她的手腳。她們的責任就是服從，只要聽從醫生的命令就行了，不需要夾雜著私人的感情。

夫人氣息微弱，聲嘶力竭地呼喚著侍女：「阿綾！過來，哎呀！」

溫柔的侍女慌忙推開護士，嗚咽地說：「喏，請稍等一下。夫人，您要忍耐呀！」

夫人臉色蒼白，說道：「說什麼也不肯聽我的嗎？那麼，就是治好我的病，我也會去死。不要緊的，就這樣開刀吧！」

她伸出白皙纖細的玉手，費了很大勁才將前襟鬆開一點，微微露出潔白如玉的胸脯，聲色俱厲斷然地說：「哪，就算殺了我也不會痛。放心，我不會亂動的，開刀吧。」

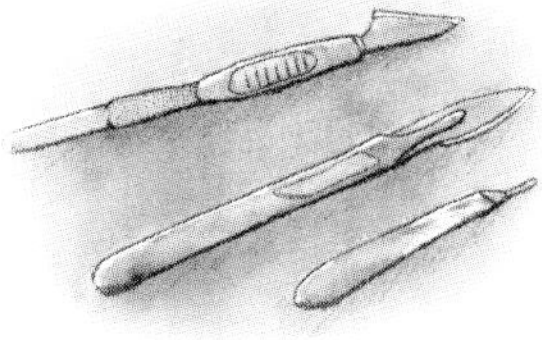

夫人畢竟身分尊貴，她的威嚴懾服眾人，在場的人莫不屏息以對，連個咳嗽聲也沒有。在這滿室沉寂的當下，從方才就一動也不動，面如死灰的高峰，這時輕輕起身，離開了座椅。

「護士，給我手術刀。」

其中一個護士杏眼圓睜，猶豫不決地「哦」了一聲，大家也都愣然地盯著醫師的臉。另一位護士微微打著哆嗦，拿起一把消毒過的手術刀，遞給高峰。

醫師接過手術刀，步履輕盈地走近手術台前。

護士戰戰兢兢地問道：「醫師，這樣可好？」

「嗯，沒問題。」

「那麼，按住病人吧。」

醫師稍微抬起手來，輕輕阻攔道：

「不，用不著。」

說時遲那時快，他已經用手把病人的衣服撩開，讓胸部袒露出來。

夫人將雙手交抱在肩上，身體一動也不動。

此時，醫師像是立下誓言一般，聲調嚴肅，語重心長地說：「夫人，我會負責完成這次的手術。」

一時之間，高峰的神色彷彿神聖不可侵犯似的。

夫人只回了聲「請」，蒼白的雙頰驀然漲紅了。她目不轉睛地盯著高峰，對於逼近胸口的利刃，似乎視而不見。

只見鮮血瞬間從胸口湧出，染紅了白色衣裳，猶如雪地中艷麗的紅梅。夫人面不改色，只是臉色益發蒼白。她果然鎮靜，連腳指頭都沒動一下。

醫師的動作自始至終都神速無比，以利刃割開了伯爵夫人的胸膛。在場所有人，包括那位醫學博士，都沒有插嘴的餘地。這時有人打起哆嗦，有人掩面不敢觀看，或是轉過身去，也有人低下頭來。我則是失神忘我，感到一陣透澈心扉的寒意。

三秒鐘後，手術刀似乎已順利地割到骨頭部分。聽說這二十天以來，伯爵夫人連翻身都很困難，當下卻像是從內心深處發出「啊」的一聲喊叫，突然僵硬地直立起上半身，雙手牢牢抓住高峰拿刀的右手臂。

「會痛嗎？」

「我不會痛，是為了你，為了你呀！」

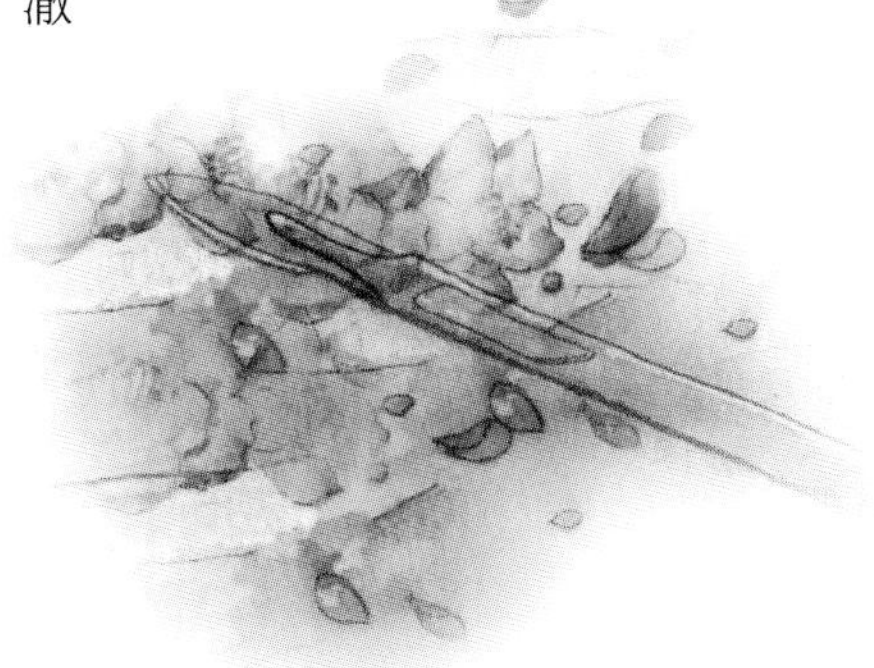

伯爵夫人說到這，頹喪地仰起臉龐，以無比悽涼、絕望的眼神凝視著這位名醫，說道：「但是，你……你大概不認得我了！」

語畢，她一手扶著高峰手裡的刀，深深刺入乳房下方。醫師的臉色瞬間變得慘白，渾身顫抖著說：「我沒忘啊！」

霎時，眼裡淨是他的聲音、呼吸和身影，伯爵夫人欣喜地露出純真的微笑，放開高峰的手，猛然倒在枕頭上，只見她唇色已然發紫。

當時兩人的模樣，彷彿對他倆而言，天地、社會、人群，週遭的一切都已不存在。

算起來是九年前的事了，那時高峰還是個醫科的大學生。有天我和他在小石川植物園內散步，那天是五月五號，杜鵑花盛開的日子。我們並肩而行，穿梭在芬芳的草地間，繞著園內的公園池畔，欣賞盛開的藤花。

我們轉過身去，想攀登開滿杜鵑花的山崗，正沿著池邊漫步時，一群遊客迎面而來。

走在前頭的是位身穿西服、頭戴高禮帽，蓄著鬍子的男子。中間有三名女子，還有位同樣裝扮的男士隨侍在後。兩名男子是貴族的車夫，三名女子高舉著洋傘，和服下擺窸窣作響，緩緩走來。和這群人擦身而過時，高峰情不自禁地回頭望了望。

「看見了嗎？」

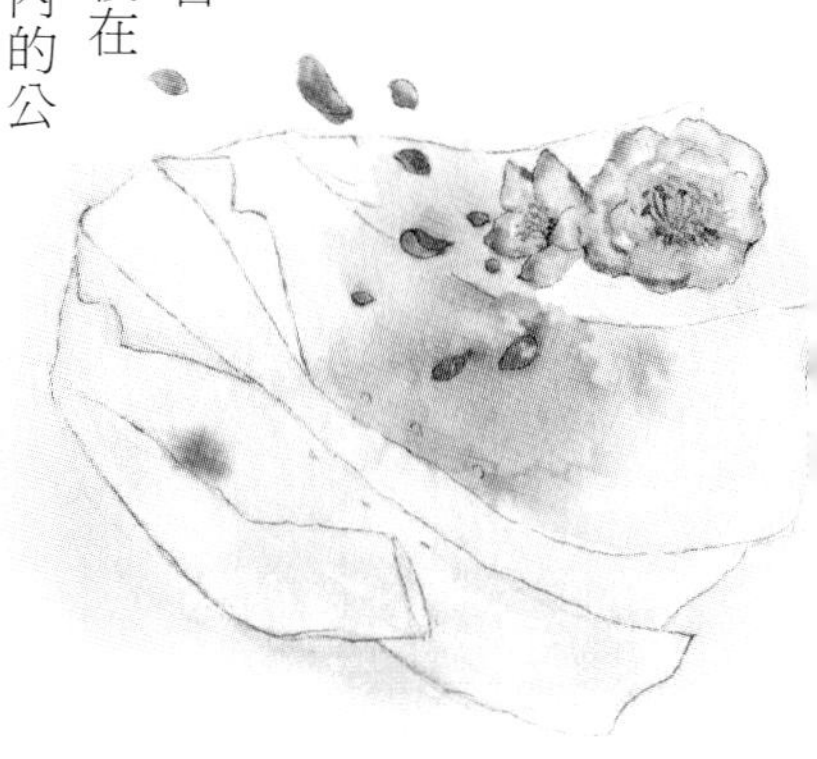

高峰點點頭：「嗯。」

於是我們爬上山崗去賞杜鵑。杜鵑花雖然僅是顏色轉紅，卻艷麗無比。旁邊的長椅上坐著兩位商人打扮的年輕人。

「阿吉，咱倆今兒個可遇上了好事！」

「可不是嘛！偶爾也該聽聽你的。要是去逛淺草而沒來這兒，哪能夠這般大飽眼福呢！」

「三位美女各有特色，笑顏如花、艷若桃李。」

「當中有一個好像梳著圓髻。」

「管她是梳著圓髻、束著秀髮，或是頂著頭捲髮，反正咱們可是高攀不起哪！」

「不過，照理說她們應該要梳高髮髻的貴族髮型，為何梳了個雙髮髻呢？」

「可真是搞不懂。」

「嗯，真是奇怪的打扮。」

「其實，這是貴族出門為了掩人耳目，所以特別低調。吶，你看站在中間的那位不是特別漂亮嗎？旁邊的另一位是喬裝的替身。」

「你看她穿的是什麼顏色的衣服？」

「是淡紫色的。」

「哦，光是看衣服的顏色，就感到心滿意足了嗎？你應該不是這種人吧！」

「實在美得令人目眩神迷，我根本

抬不起頭來，只好往下看。」

「所以你就盯著腰帶以下的地方囉？」

「少胡說八道啦！我不過看了一眼而已，哪知道呀！哎，怪可惜的！」

「瞧她款款步行的姿態，恍若乘著彩霞飄然遠去。今兒個我才頭一遭見識到何謂舉止合宜、端莊高雅。人家畢竟出身不凡，很自然地就養成了高貴的習性，下等人怎樣也學不來呀！」

「瞧你說得多誇張啊！」

「說實在的，你也知道，我曾對金毗羅大神許願，三年不逛北廓的妓院。不過，許願歸許願，我還是貼身掛著護身符，半夜三更上青樓去，怪的是還沒受到報應。今日我可打定了主意，誰還稀罕那些醜婆娘！瞧，那邊東一點、西一點，若隱若現的幾個穿著紅衣的娘們，簡直像是垃圾，又像是蛆在蠕動，實在太糟糕啦！」

「你說得也太惡毒啦！」

「我說的可是真話！你瞧，她們同樣有手有腳，一樣身穿華麗的和服以及和服外套，都打著洋傘站在那兒，是不折不扣的女人，而且是年輕女人。沒錯，是年輕的女人，但跟方才見到的比起來，算什麼呢？怎麼說好呢，卡著層灰、黯淡無光的骯髒模樣，那也算是女人嘛？哼！說著說著都惹人生厭了呢！」

「哎呀！越說越離譜啦！不過也的確如此。我過去只要一看到頗有姿色的女人，就不安分起來了，也給你這個同伴添過不少麻煩。但打從剛才見到了那一位，我心情豁然開朗，不知怎地，心裡很痛快。以後，絕不再同女人打交道啦！」

「那麼你可就一輩子娶不了老婆啦！那位小姐才不可能會開口說要嫁給源吉你這傢伙呀！」

「那可是會遭天譴的，我可不敢癡心妄想。」

「倘若她指名要嫁你，那你打算怎麼辦？」

「說實話，我會逃走。」

「你也是嗎？」

「嗯，你呢？」

「我也會逃跑。」

兩個年輕人看著對方，一時默默無語。

「高峰，我們散個步吧。」

我和高峰一道起身，等到遠離了那兩個年輕人，高峰彷彿感觸良多地說：

「呵，真正的美，竟能這般打動人心。這正是你拿手的，好好下點苦功吧！」

我是個畫家，因此聽了這番話，心中滿是感動。我們走了幾百步，遠遠地看見，高大的樟樹茂密幽暗的樹蔭下，那淡紫色的裙擺一閃而過。

走出植物園，只見那頭立著一對高大壯碩的馬匹，在鑲著毛玻璃的馬車上，三位馬夫正在休息。自此之後已經過了九年，直到發生醫院那件事為止，關於那位女子的事，高峰連對我都隻字未提。論年齡地位，高峰理應娶妻成家了，卻始終沒有一個妻子來為他打理家事，而且他比學生時代更為謹守紀律、品行端正，其餘的我就不多說了。

他們倆人是在同一日先後辭世的，只不過分別葬在青山和谷中的墓地。

試問天下的宗教家們，這兩個有罪的人，是否能夠升天呢？

夜《や》行《こう》巡《じゅん》査《さ》

導讀 反戰的省思與對弱者的同情

泉鏡花在就讀北陸英和學校時，開始迷上報紙副刊的連載小說，為了拜尾崎紅葉為師，更在東京過了近一年潦倒窘迫的日子，深刻體驗到社會低下層階層的艱辛困苦。這段人生經歷對於日後的寫作產生深遠的影響，因此在泉鏡花充滿浪漫唯美、異色耽美的奇幻風格中，也可窺見描述社會底層生活的寫實面和深切的悲憫之意。

泉鏡花的作品受到江戶文藝的影響，除了發展出如〈婦系圖〉的耽美文風，同時也創作出饒富江戶人情趣味的作品。如〈夜行巡查〉的角色便在東京登場，故事一開場登場的年輕人講的是一口東京年輕人的腔調，作品中也隨處可見東京街坊的人文風情。以市井小民的角度寫作，也才能更貼切地挖掘出隱藏在社會角落的貧苦與不合理。對江戶文化的極度推崇，也或許是來自他對明治時代的反動。

一八九三年泉鏡花在《京都日出新聞》上發表的處女作〈冠彌左衛門〉，就是取材於當時知名的農民暴動殺人事件，對於社會封建制度和階級觀念頗有發人深省之意，生動地描寫出下層人民備受壓迫的處境。兩年後於當代最權威的文藝雜誌《文藝俱樂部》上發表了〈夜行巡查〉和〈外科室〉兩部觀念小說，作品獲得不錯的評價，躍登文壇新銳作家之列。所謂觀念小說，乃是對於世俗道德與一般觀念提出批評的主張；觀念小說的誕生，主要是由於日本在甲午戰爭與日俄戰爭中大獲全勝，驗證了明治維新的成功，崇尚西化與享樂主義、資本主義的風潮席捲了整個明治社會。對於社會一面倒追求功利、名利的現象，文壇上開始有了反彈的聲浪，匯集成一股派系。泉鏡花敬愛的老師——尾崎紅葉即是日本寫實小說的鼻祖，上述兩部作品都是經尾崎修改後發表，依循著老師社會批判影子的意味濃厚。

〈夜行巡查〉主要分成三個部份，首先是男主角八田忠於職守卻不通人情、冷酷無情性格的事證；再者是女主角伯父對其婚姻之事百般阻撓的原由；最後則又回到男主角墨守成規、不知變通，使他不僅丟了性命，連愛情也一併葬送的悲劇故事。泉鏡花作品中的人物大多有著極端的個性和偏執，但他用客觀的角度描寫，不對角色直接作評論，而是在輕描淡寫的文字之間留下想像和批判的空間，讓讀者自行意會故事裡的殘酷現實。〈夜行巡查〉與〈外科室〉裡的戀人最後同樣以悲劇收場，但與其說〈夜行巡查〉是戀愛小說，本篇對女性的描寫，毋寧說是對遭受苛刻壓迫的女性的深切哀憐。由一個悲劇緊扣著另一個悲劇，殘忍的伯父飽受悲戀之苦而心生報復，衷心憧憬著幸福婚姻的阿香，先是被疼愛扶養自己的伯父折磨，再被深愛的男人棄之不顧，對方寧願執著於職務，捨棄自己的性命和愛情。通篇文章雖然是著眼於男性的描寫，但也藉由兩個偏執到殘酷的男人，強烈對照出故事中無辜弱女子的可憐處境，泉鏡花文學中的女性思想特質，顯露無遺。

在軍國主義盛行的時期，泉鏡花從社會平民的角度去描寫戰爭帶來的負面影響，透露出反戰的省思。對於男主角八田的著墨，其意並不在抨擊當時警察的橫行霸道，或是工作與戀愛不能兩立的時代背景，而是暗諷當時社會的迂腐、愚忠與不知變通。在〈夜行巡查〉文末，泉鏡花便對於社會所信仰的「仁」提出了質疑。當時蓬勃發展的軍國主義，在社會上釀成了一股「一切應以國家利益為重」的風氣，即便國家可能是令人憎惡的存在，不懂戰術的平民百姓仍要上戰場為國家拋頭顱、灑熱血，因為犧牲小我成就國家，才是絕對的榮耀。這種風氣從明治時期延續到了大正、昭和，在第二次世界大戰更盛，也因此造成了二次大戰末期的「自殺炸彈」、皇民被迫集體自害、愛國人士紛紛切腹自殺等慘事，直到日本戰敗後此現象才受到了質疑。當時的人們無法選擇自己的未來，只好臣服於社會情勢，變得苛刻而不通人情，而反戰、被奪去親人的弱勢族群無法吭聲，只能暗自傷神。

以人物的角度來看，〈夜行巡查〉中的八田、阿香、伯父三位主角或許就分別影射了戰爭中人們所扮演的不同角度——上戰場作戰的軍人、被戰爭奪去父兄的眷屬、發動戰爭的政府。故事開頭出現的老車夫，在言談間並無批判戰爭的壞處，也沒有抱怨兒子從軍的意味，然而，戰爭讓貧困家庭中原本的經濟支柱得離家打仗，對家中生計來講可說是雪上加霜，逼得年近六十的老者還得拖著老骨頭上街討生活。但自滿於戰爭勝利果實的人們，又何嘗在乎這些社會下層人民的真實生活？在這種時代氣氛下，反戰的思想可說是一種叛國罪！正如同無情的巡查大人對老車夫的悲苦非但視若無睹，還會嚴加斥責一般。細膩敏銳的泉鏡花，從潦倒歲月的經歷中，萃取出對現實犀利的觀察，對於這些貧民弱者寄予深厚的同情。

西方有徐四金作品《香水》對於嗅覺精湛的描寫，泉鏡花則在〈夜行巡查〉展現出視覺的不凡功力。男主角八田巡警有過人的眼力，即便是暗夜之中，僅靠靈活的雙眼，便能將細微的事物盡收眼底。但他的腦袋卻是冥頑不靈，對於他人的悲慘視若無睹，毫無憐憫之心，可說是心眼全盲，諷刺十足。另外，泉鏡花文體中最為人稱道的地方，即是故事中有故事，每個故事層層相疊卻又緊緊相扣，有如抽絲剝繭般地耐人尋味，讓讀者情緒隨之起伏，反覆咀嚼卻又不失韻味。

職務だ！断念ろ。

夜《や》行《こう》巡《じゅん》査《さ》

なあ、お香、
さぞおれがことを無慈悲なやつと怨んでいよう。
吾ゃおまえに怨まれるのが本望だ。

Track 3

一《いち》

「こう爺《じい》さん、おめえどこだ」と職人体《しょくにんてい》の壮佼《わかもの》は、そのかたわらなる車夫《しゃふ》の老人《ろうじん》に向《む》かいて問《と》い懸《か》けたり。車夫《しゃふ》の老人《ろうじん》は年紀《とし》すでに五十《ごじゅう》を越《こ》えて、六十《ろくじゅう》にも間《ま》はあらじと思《おも》わる。餓《う》えてや弱々《よわよわ》しき声《こえ》のしかも寒《さむ》さにおののきつつ、

「どうぞまっぴら御免《ごめん》なすって、向後《こうご》きっと気《き》を着《つ》けまする。へいへい」

と、どぎまぎして慌《あわ》ておれり。

「爺《じい》さん慌《あわ》てなさんな。こう己《おり》ゃ巡査《じゅんさ》じゃねえぜ。え、おい、かわいそうによっぽど面《めん》食《く》らったと見《み》える、全体《ぜんたい》おめえ、気《き》が小《ちい》さすぎらあ。なんの縛《しば》ろうとは謂《い》やしめえし、あ

んなにびくびくしねえでものことさ。おらあ片一方《かたいっぽう》で聞《き》いててせえ少癇癪《すこかんしゃく》に障《さわ》って堪《こた》えられなかったよ。え、爺《じい》さん、聞《き》きゃおめえの扮装《みなり》が悪《わる》いとって咎《とが》めたようだっけが、それにしちゃあ咎《とが》めようが激《はげ》しいや、ほかにおめえなんぞ仕損《しぞこな》いでもしなすったのか、ええ、爺《じい》さん」

問《と》われて老車夫《ろうしゃふ》は吐息《といき》をつき、

「へい、まことにびっくりいたしました。巡査《おまわり》さんに咎《とが》められましたのは、親父今《おやじいま》がはじめてで、はい、もうどうなりますることやらと、人心地《ひとごこち》もござりませせなんだ。いやもうから意気地《いくじ》がござりません代《か》わりにゃ、けっして後《うし》ろ暗《ぐら》いことはいたしません。ただいまとても別《べつ》にぶちょうほうのあったわけではござりませんが、股引《ももひ》きが破《やぶ》れまして、膝《ひざ》から下《した》が露出《むきだ》しでござりますので、見苦《みぐる》しいと、こんなにおっしゃります、へい、御規則《おきそく》も心得《こころえ》ないではござりませんが、つい届《とど》きませんもんで、へい、だしぬけにこら！って喚《わめ》かれましたのに驚《おどろ》きまして、いまだに胸《むね》がどきどきいたしまする」

壮佼《わかもの》はしきりに頷《うなず》けり。

「むむ、そうだろう。気《き》の小《ちい》さい維新前《むかし》の者《もの》は得《え》て巡的《じゅんてき》をこわがるやつよ。なんだ、高《たか》がこれ股引《ももひ》きがねえからとって、ぎょうさんに咎《とが》め立《た》てをするにゃあ当《あ》たらねえ。主《ぬし》の抱《かか》え車《ぐるま》じゃあるめえし、ふむ、よけいなおせっかいよ、なあ爺《じい》さん、向《む》こうから謂《い》わねえたって、この寒《さむ》いのに股引《ももひ》きはこっちで穿《は》きてえや、そこがめいめいの内証《ないしょう》で穿《は》けねえから、穿《は》けねえのだ。何《なに》も穿《は》かねえというんじゃねえ。しかもお提灯《ちょうちん》より見《み》っこのねえ闇夜《やみ》だろうじゃねえか、風俗《ふうぞく》も糸瓜《へちま》もあるもんか。うぬが商売《しょうばい》で寒《さむ》い思《おも》いをするからたって、何《なに》も人民《じんみん》にあたるにゃあ及《およ》ばねえ。ん！寒鴉《かんがらす》め。あんなやつもめったにゃねえよ、往来《おうらい》の少《すく》ない処《ところ》なら、昼《ひる》だってひよぐるぐらいは大目《おおめ》に見《み》てくれらあ、業腹《ごうはら》な。おらあ別《べつ》に人《ひと》の褌襠《ふんどし》で相撲《すもう》を取《と》るにもあたらねえが、これが若《わか》いものでもあることか、かわいそうによぼよぼの爺《じい》さんだ。こう、腹《はら》あ立《た》てめえよ、ほんにさ、このざまで腕車《くるま》を曳《ひ》くなあ、よくよくのことだと思《おも》いねえ。チョッ、べら棒《ぼう》め、サーベルがなけりゃ袋叩《ふくろだた》きにしてやろうものを、威張《いば》るのもいいかげんにしておけえ。へん、お堀端《ほりばた》あこちとらのお成《な》り筋《すじ》だぞ、まかり間《ま》違《ちがい》やあ胴上《どうあ》げして鴨《かも》のあしらいにしてやらあ」

口《くち》を極《きわ》めてすでに立《た》ち去《さ》りたる巡査《じゅんさ》を罵《ののし》り、満腔《まんこう》の熱気《ねっき》を吐《は》きつつ、思《おも》わず腕《うで》を擦《さす》りしが、四谷組合《よつやくみあい》と記《しる》したる煤《すす》け提灯《ちょうちん》の蝋燭《ろうそく》を今《いま》継《つ》ぎ足《た》して、力《ちから》なげに梶棒《かじぼう》を取《と》り上《あ》ぐる老《ろう》車夫《しゃふ》の風采《ふうさい》を見《み》て、壮佼《わかもの》は打《う》ち悄《しお》るるまでに哀《あわ》れを催《もよお》し、「そうして爺《じい》さん稼人《かせぎて》はおめえばかりか、孫子《まごこ》はねえのかい」

優《やさ》しく謂《い》われて、老車夫《ろうしゃふ》は涙《なみだ》ぐみぬ。

「へい、ありがとう存《ぞん》じます、いやも幸《さいわ》いと孝行《こうこう》なせがれが一人《ひとり》おりまして、よう稼《かせ》いでくれまして、おまえさん、こんな晩《ばん》にゃ行火《あんか》を抱《だ》いて寝《ね》ていられるもったいない身分《みぶん》でござりましたが、せがれはな、おまえさん、この秋兵隊《あきへいたい》に取《と》られましたので、あとには嫁《よめ》と孫《まご》が二人《ふたり》みんな快《こころよ》う世話《せわ》をしてくれますが、なにぶん活計《くらし》が立《た》ちかねますので、蛙《かえる》の子《こ》は蛙《かえる》になる、親仁《おやじ》ももとはこの家業《かぎょう》をいたしておりましたから、年紀《とし》は取《と》ってもちっとは呼吸《こきゅう》がわかります

ので、せがれの腕車《くるま》をこうやって曳《ひ》きますが、何《なに》が、達者《たっしゃ》で、きれいで、安《やす》いという、三《さん》拍子《びょうし》も揃《そろ》ったのが競争《きょうそう》をいたしますのに、私《わたし》のような腕車《くるま》には、それこそお茶人《ちゃじん》か、よっぽど後生《ごしょう》のよいお客《きゃく》でなければ、とても乗《の》ってはくれませんで、稼《かせ》ぐに追《お》い着《つ》く貧乏《びんぼう》なしとはいいまするが、どうしていくら稼《かせ》いでもその日《ひ》を越《こ》すことができにくうございますから、自然装《しぜんなり》なんぞも構《かま》うことはできませんので、つい、巡査《おまわり》さんに、はい、お手数《てすう》を懸《か》けるようにもなりまする」

いと長々《ながなが》しき繰《く》り言《ごと》をまだるしとも思《おも》わで聞《き》きたる壮佼《わかもの》は一方《ひとかた》ならず心《こころ》を動《うご》かし、

「爺《じい》さん、いやたあ謂《い》われねえ、むむ、もっともだ。聞《き》きゃ一人息子《ひとりむすこ》が兵隊《へいたい》になってるというじゃねえか、おおかた戦争《せんそう》にも出《で》るんだろう、そんなことなら黙《だま》っていないで、どしどし言《い》い籠《こ》めて隙《ひま》あ潰《つぶ》さした埋《う》め合《あ》わせに、酒代《さかて》でもふんだくってやればいいに」

「ええ、めっそうな、しかし申《もう》しわけのためばかりに、そのことも申《もう》しましたなれど、いっこうお肯《き》き入《い》れがござりませんので」

壮佼《わかもの》はますます憤《いきどお》りひとしお憐《あわ》れみて、

「なんという木念人《ぼくねんじん》だろう、因業《いんごう》な寒鴉《かんあ》め、といったところで仕方《しかた》もないかい。ときに爺《じい》さん、手間《てま》は取《と》らさねえからそこいらまでいっしょに歩《あゆ》びねえ。股火鉢《またひばち》で五合《ごんつく》とやらかそう。ナニ遠慮《えんりょ》しなさんな、ちと相談《そうだん》もあるんだからよ。はて、いいわな。おめえ稼業《かぎょう》にも似合《にあ》わねえ。ばかめ、こんな爺《じい》さんを掴《つか》めえて、剣突《けんつく》もすさまじいや、なんだと思《おも》っていやがんでえ、こう指一本《ゆびいっぽん》でも指《さ》してみろ、今《いま》じゃおいらが後見《こうけん》だ」

憤慨《ふんがい》と、軽侮《けいぶ》と、怨恨《えんこん》とを満《み》たしたる、視線《しせん》の赴《おもむ》くところ、麹町一番町英国公使館《こうじまちいちばんちょうえいこくこうしかん》の土塀《どべい》のあたりを、柳《やなぎ》の木立《こだ》ちに隠見《いんけん》して、角燈《かくとう》あり、南《みなみ》をさして行《ゆ》く。その光《ひかり》は暗夜《あんや》に怪獣《かいじゅう》の眼《まなこ》のごとし。

Track 4

二《に》

公使館《こうしかん》のあたりを行《ゆ》くその怪獣《かいじゅう》は八田義延《はったよしのぶ》という巡査《じゅんさ》な

り。
渠《かれ》は明治二十七年《めいじにじゅうしちねん》十二月十日《じゅうにがつとおか》の午後零時《ごごれいじ》をもって某町《なにがしまち》の交番《こうばん》を発《はっ》し、一時間交替《いちじかんこうたい》の巡回《じゅんかい》の途《と》に就《つ》けるなりき。

その歩行《あゆむ》や、この巡査《じゅんさ》には一定《いってい》の法則《ほうそく》ありて存《そん》するがごとく、晩《おそ》からず、早《はや》からず、着々《ちゃくちゃく》歩《ほ》を進《すす》めて路《みち》を行《ゆ》くに、身体《からだ》はきっとして立《た》ちて左右《さゆう》に寸毫《すんごう》も傾《かたむ》かず、決然自若《けつぜんじじゃく》たる態度《たいど》には一種犯《いっしゅおか》すべからざる威厳《いげん》を備《そな》えつ。

制帽《せいぼう》の庇《ひさし》の下《した》にものすごく潜《ひそ》める眼光《がんこう》は、機敏《きびん》と、鋭利《えいり》と厳酷《げんこく》とを混《ま》じたる、異様《いよう》の光《ひかり》に輝《かがや》けり。

渠《かれ》は左右《さゆう》のものを見《み》、上下《じょうげ》のものを視《なが》むるとき、さらにその顔《かお》を動《うご》かし、首《くび》を掉《ふ》ることをせざれども、瞳《ひとみ》は自在《じざい》に回転《かいてん》して、随意《ずいい》にその用《よう》を弁《べん》ずるなり。

されば路《みち》すがらの事々物々《じじぶつぶつ》、たとえばお堀端《ほりばた》の芝生《しばふ》の一面《いちめん》に白《しろ》くほの見《み》ゆるに、幾条《いくすじ》の蛇《くちなわ》の這《は》えるがごとき人《ひと》の踏《ふ》みしだきたる痕《あと》を印《いん》せること、英国公使館《えいこくこうしかん》の二階《にかい》なるガラス窓《まど》の一面《いちめん》に赤黒《あかぐろ》き燈火《ともしび》の影《かげ》の射《さ》せること、その門前《もんぜん》なる二柱《にちゅう》のガス燈《とう》の昨夜《ゆうべ》よりも少《すこ》しく暗《くら》きこと、往来《おうらい》のまん中《なか》に脱《ぬ》ぎ捨《す》てたる草鞋《わらじ》の片足《かたあし》の、霜《しも》に凍《い》て附《つ》きて堅《かた》くなりたること、路傍《みちばた》にすくすくと立《た》ち併《なら》べる枯《か》れ柳《やなぎ》の、一陣《いちじん》の北風《きたかぜ》に颯《さ》と音《おと》していっせいに南《みなみ》に靡《なび》くこと、はるかあなたにぬっくと立《た》てる電燈局《でんとうきょく》の煙筒《えんとう》より一縷《いちる》の煙《けむり》の立《た》ち騰《のぼ》ること等《など》、およそ這般《このはん》のささいなる事《こと》がらといえども一《ひと》つとしてくだんの巡査《じゅんさ》の視線《しせん》以外《いがい》に免《のが》ることを得《え》ざりしなり。

しかも渠《かれ》は交番《こうばん》を出《い》でて、路《みち》に一個《ひとり》の老車夫《ろうしゃふ》を叱責《しっせき》し、しかしてのちこのところに来《き》たれるまで、ただに一回《いっかい》も背後《うしろ》を振《ふ》り返《かえ》りしことあらず。

渠《かれ》は前途《ぜんと》に向《む》かいて着眼《ちゃくがん》の鋭《するど》く、細《こま》かに、きびしきほど、背後《うしろ》には全《まった》く放心《ほうしん》せるもののごとし。いかんとなれば背後《うしろ》はすでにいったんわが眼《まなこ》に検察《けんさつ》して、異状《いじょう》なしと認《みと》めてこれを放免《ほうめん》したるものなればなり。

兇徒《きょうと》あり、白刃《しらは》を揮《ふる》いて背後《うしろ》より渠《かれ》を刺《さ》さんか、巡査《じゅんさ》はその呼吸《いき》の根《ね》の留《と》まらんまでは、背後《うしろ》に人《ひと》あるということに、思《おも》いいたることはなかるべし。他《ほか》なし、渠《かれ》はおのが眼《まなこ》の観察《かんさつ》の一度《いちど》達《たっ》したるところには、たとい藕糸《ぐうし》の孔中《こうちゅう》といえども一点《いってん》の懸念《けねん》をだに遺《のこ》しおかざるを信《しん》ずるによれり。

ゆえに渠《かれ》は泰然《たいぜん》と威厳《いげん》を存《そん》して、他意《たい》なく、懸念《けねん》なく、悠々《ゆうゆう》としてただ前途《ぜんと》のみを志《こころざ》すを得《う》るなりけり。

その靴《くつ》は霜《しも》のいと夜深《よぶか》きに、空谷《くうこく》を鳴《な》らして遠《とお》く跫音《きょうおん》を送《おく》りつつ、行《ゆ》く行《ゆ》く一番町《いちばんちょう》の曲《ま》がり角《かど》のややこなたまで進《すす》みけるとき、右側《みぎがわ》のとある冠木門《かぶきもん》の下《した》に踞《うずく》まれる物体《ぶったい》ありて、わが跫音《あしおと》に蠢《うごめ》けるを、例《れい》の眼《まなこ》にてきっと見《み》たり。

八田巡査《はったじゅんさ》はきっと見《み》るに、こはいとやつやつしき婦人《おんな》なりき。

一個《ひとり》の幼児《おさなご》を抱《だ》きたるが、夜深《よふ》けの人目《ひとめ》なきに心《こころ》を許《ゆる》しけん、帯《おび》を解《と》きてその幼児《おさなご》を膚《はだ》に引《ひ》き緊《し》め、着《き》たる襤褸《らんる》の綿入《わたい》れを衾《ふすま》となして、少《すこ》しにても多量《たりょう》の暖《あたたかさ》を与《あた》えんとせる、母《はは》の心《こころ》はいかなるべき。よしやその母子《おやこ》に一銭《いっせん》の恵《めぐ》みを垂《た》れずとも、たれか憐《あわ》れと思《おも》わざらん。

しかるに巡査《じゅんさ》は二《ふた》つ三《み》つ婦人《おんな》の枕頭《まくらもと》に足踏《あしぶ》みして、

「おいこら、起《お》きんか、起《お》きんか」

と沈《しず》みたる、しかも力《ちから》を籠《こ》めたる声《こえ》にて謂《い》えり。

婦人《おんな》はあわただしく蹶《は》ね起《お》きて、急《きゅう》に居住《いず》まいを繕《つくろ》いながら、

「はい」と答《こた》うる歯《は》の音《おと》も合《あ》わず、そのまま土《つち》に頭《こうべ》を埋《う》めぬ。

巡査《じゅんさ》は重々《おもおも》しき語気《ごき》をもて、

「はいではない、こんな処《ところ》に寝《ね》ていちゃあいかん、疾《はや》く行《い》け、なんという醜態《しゅうたい》だ」

と鋭《するど》き音調《おんちょう》。婦人《おんな》は恥《は》じて呼吸《いき》の下《した》にて、

「はい、恐《おそ》れ入《い》りましてございます」

かく打《う》ち謝罪《わぶ》るときしも、幼児《おさなご》は夢《ゆめ》を破《やぶ》りて、睡眠《すいみん》のうちに忘《わす》れたる、饑《う》えと寒《さむ》さとを思《おも》い出《だ》し、あと泣《な》き出《い》だす声《こえ》も疲労《ひろう》のために裏涸《うらが》れたり。母《はは》は見《み》るより人目《ひとめ》も恥《は》じず、慌《あわ》てて乳房《ちぶさ》を含《ふく》ませながら、

「夜分《やぶん》のことでございますから、なにとぞ旦那様《だんなさま》お慈悲《じひ》でございます。大眼《おおめ》に御覧《ごらん》あそばして」

巡査《じゅんさ》は冷然《れいぜん》として、

「規則《きそく》に夜昼《よるひる》はない。寝《ね》ちゃあいかん、軒下《のきした》で」

おりからひとしきり荒《すさ》ぶ風《かぜ》は冷《つめた》さを極《きわ》めて、手足《てあし》も露《あら》わなる婦人《おんな》の膚《はだ》を裂《さ》きて寸断《すんだん》せんとせり。渠《かれ》はぶるぶると身《み》を震《ふる》わせ、鞠《まり》のごとくに竦《すく》みつつ、

「たまりません、もし旦那《だんな》、どうぞ、後生《ごしょう》でございます。しばらくここにお置《お》きあそばしてくださいまし。この寒《さむ》さにお堀端《ほりばた》の吹《ふ》き曝《さら》しへ出《で》ましては、こ、この子《こ》がかわいそうでございます。いろいろ災難《さいなん》に逢《あ》いまして、にわかの物貰《ものもら》いで勝手《かって》は分《わか》りませず……」といいかけて婦人《おんな》は咽《むせ》びぬ。

これをこの軒《のき》の主人《あるじ》に請《こ》わば、その諾否《だくひ》いまだ計《はか》りがたし。しかるに巡査《じゅんさ》は肯《き》き入《い》れざりき。

「いかん、おれがいったんいかんといったらなんといってもいかんのだ。たといきさまが、観音様《かんのんさま》の化身《けしん》でも、寝《ね》ちゃならない、こら、行《い》けというに」

Track 5

三《さん》

「伯父《おじ》さんおあぶのうございますよ」

半蔵門《はんぞうもん》の方《ほう》より来《き》たりて、いまや堀端《ほりばた》に曲《ま》がらんとするとき、一個《ひとり》の年紀《とし》少《わか》き美人《びじん》はその同伴《つれ》なる老人《ろうじん》の蹣跚《まんさん》たる酔歩《すいほ》に向《む》かいて注意《ちゅうい》せり。渠《かれ》は編《あ》み物《もの》の手袋《てぶくろ》を嵌《は》めたる左《ひだり》の手《て》にぶら提灯《ちょうちん》を携《たずさ》えたり。片手《かたて》は老人《ろうじん》を導《みちび》きつつ。

伯父《おじ》さんと謂《い》われたる老人《ろうじん》は、ぐらつく足《あし》を蹈《ふ》み占《し》めながら、

「なに、だいじょうぶだ。あれんばかしの酒《さけ》にたべ酔《よ》ってたまるものかい。ときにもう何時《なんどき》だろう」

夜《よ》は更《ふ》けたり。天色《てんしょく》沈々《ちんちん》として風騒《かぜさわ》がず。見渡《みわた》すお堀端《ほりばた》の往来《おうらい》は、三宅坂《みやけざか》にて一度《いちど》尽《つ》き、さらに一帯《いったい》の樹立《こだ》ちと相連《あいつら》なる煉瓦屋《れんがおく》にて東京《とうきょう》のその局部《きょくぶ》を限《かぎ》れる、この小天地《しょうてんち》寂《せき》として、星《ほし》のみひややかに冴《さ》え渡《わた》れり。美人《びじん》は人《ひと》ほしげに振《ふ》り返《かえ》りぬ。百歩《ひゃっぽ》を隔《へだ》てて黒影《こくえい》あり、靴《くつ》を鳴《な》らしておもむろに来《き》たる。

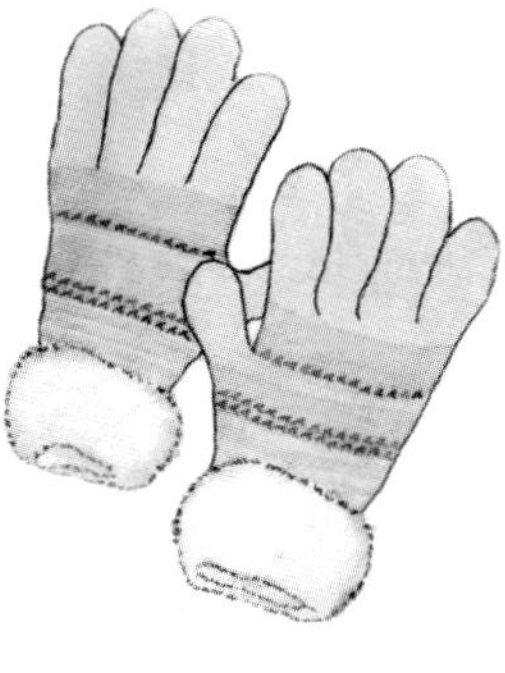

「あら、巡査《おまわり》さんが来《き》ましたよ」

伯父《おじ》なる人《ひと》は顧《かえり》みて角燈《かくとう》の影《かげ》を認《みと》むるより、直《ただ》ちに不快《ふかい》なる音調《おんちょう》を帯《お》び、

「巡査《じゅんさ》がどうした、おまえなんだか、うれしそうだな」

と女《むすめ》の顔《かお》を瞻《みまも》れる、一眼《いちがん》盲《し》いて片眼《へんがん》鋭《するど》し。女《むすめ》はギックリとしたる様《さま》なり。

「ひどく寂《さび》しゅうございますから、もう一時《いちじ》前《まえ》でもございましょうか」

「うん、そんなものかもしれない、ちっとも腕車《くるま》が見《み》えんからな」

「ようございますわね、もう近《ちか》いんですもの」

やや無言《むごん》にて歩《ほ》を運《はこ》びぬ。酔《よ》える足《あし》は捗取《はかど》らで、靴音《くつおと》は早《はや》や近《ちか》づきつ。老人《ろうじん》は声高《こわだか》に、

「お香《こう》、今夜《こんや》の婚礼《こんれい》はどうだった」と少《すこ》しく笑《え》みを含《ふく》みて問《と》いぬ。

女《むすめ》は軽《かろ》くうけて、

「たいそうおみごとでございました」

「いや、おみごとばかりじゃあない、おまえはあれを見《み》てなんと思《おも》った」

女《むすめ》は老人《ろうじん》の顔《かお》を見《み》たり。

「なんですか」

「さぞ、うらやましかったろうの」という声《こえ》は嘲《あざけ》るごとし。

女《むすめ》は答《こた》えざりき。渠《かれ》はこの一冷語《いちれいご》のためにいたく苦痛《くつう》を感《かん》じたる状《さま》見《み》えつ。

老人《ろうじん》はさこそあらめと思《おも》える見得《みえ》にて、

「どうだ、うらやましかったろう。おい、お香《こう》、おれが今夜《こんや》彼家《あすこ》の婚礼《こんれい》の席《せき》へおまえを連《つ》れて行《い》った主意《しゅい》を知《し》っとるか。ナニ、はいだ。はいじゃない。その主意《しゅい》を知《し》ってるかよ」

女《むすめ》は黙《もだ》しぬ。首《こうべ》を低《た》れぬ。老夫《ろうふ》はますます高調子《たかちょうし》。

「解《わか》るまい、こりゃおそらく解《わか》るまいて。何《なに》も儀式《ぎしき》を見習《みなら》わせようためでもなし、別《べっ》に御馳走《ごちそう》を喰《く》わせたいと思《おも》いもせずさ。ただうらやましがらせて、情《なさ》けなく思《おも》わせて、おまえが心《こころ》に泣《な》いている、その顔《かお》を見《み》たいばっかりよ。ははは」

口気酒芬《こうきしゅふん》を吐《は》きて面《おもて》をも向《む》くべからず、女《むすめ》は悄然《しょうぜん》として横《よこ》に背《そむ》けり。老夫《ろうふ》はその肩《かた》に手《て》を懸《か》けて、

「どうだお香《こう》、あの縁女《えんじょ》は美《うつく》しいの、さすがは一生《いっしょう》の大礼《たいれい》だ。あのまた白《しろ》と紅《あか》との三枚《さんまい》襲《がさね》で、と羞《は》ずかしそうに坐《すわ》った恰好《かっこう》というものは、ありゃ婦人《おんな》が二度《にど》とないお晴《は》れだな。縁女《えんじょ》もさ、美《うつく》しいは美《うつく》しいが、おまえにゃ九目《せいもく》だ。婿《むこ》もりっぱな男《おとこ》だが、あの巡査《じゅんさ》にゃ一段劣《いちだんおと》る。もしこれがおまえと巡査《じゅんさ》とであってみろ。さぞ目《め》の覚《さ》むることだろう。なあ、お香《こう》、いつぞや巡査《じゅんさ》がおまえをくれろと申《もう》し込《こ》んで来《き》たときに、おれさえアイと合点《がってん》すりゃ、あべこべに人《ひと》をうらやましがらせてやられるところよ。しかもおまえが（生命《いのち》かけても）という男《おとこ》だもの、どんなにおめでたかったかもしれやアしない。しかしどうもそれ随意《まま》にならないのが浮《う》き世《よ》ってな、よくしたものさ。おれという邪魔者《じゃまもの》がおって、小気味《こきみ》よく断《こと》わった。あいつもとんだ恥《はじ》を掻《か》いたな。はじめからできる相談《そうだん》か、できないことか、見当《けんとう》をつけて懸《か》かればよいのに、何《なに》

も、八田《はった》も目先《めさき》の見《み》えないやつだ。ばか巡査《じゅんさ》！」

「あれ伯父《おじ》さん」

と声《こえ》ふるえて、後《うし》ろの巡査《じゅんさ》に聞《き》こえやせんと、心《こころ》を置《お》きて振《ふ》り返《かえ》れる、眼《まなこ》に映《えい》ずるその人《ひと》は、……夜目《よめ》にもいかで見紛《みまが》うべき。

「おや！」と一言《ひとこと》われ知《し》らず、口《くち》よりもれて愕然《がくぜん》たり。

八田《はった》巡査《じゅんさ》は一注《いっちゅう》の電気《でんき》に感《かん》ぜしごとくなりき。

Track 6

四《よん》

老人《ろうじん》はとっさの間《ま》に演《えん》ぜられたる、このキッカケにも心着《こころつ》かでや、さらに気《き》に懸《か》くる様《よう》子《す》もなく、

「なあ、お香《こう》、さぞおれがことを無慈悲《むじひ》なやつと怨《うら》んでいよう。吾《おり》ゃおまえに怨《うら》まれるのが本望《ほんもう》だ。いくらでも怨《うら》んでくれ。どうせ、おれもこう因業《いんごう》じゃ、いい死《し》に様《さま》もしやア

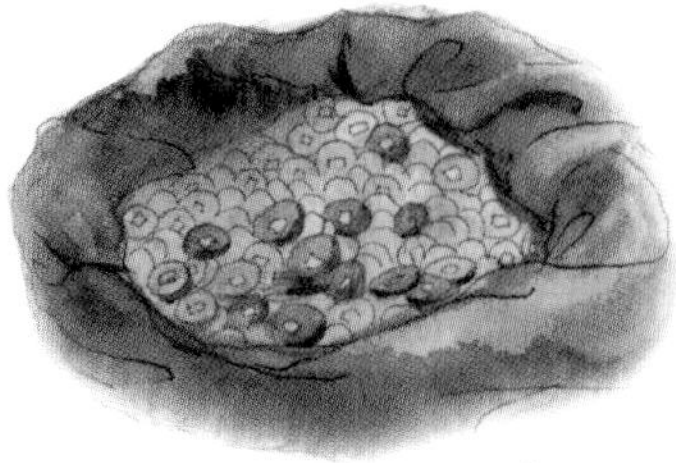

しまいが、何《なに》、そりゃもとより覚悟《かくご》の前《まえ》だ」

真顔《まがお》になりて謂《い》う風情《ふぜい》、酒《さけ》の業《わざ》とも思《おも》われざりき。女《むすめ》はようよう口《くち》を開《ひら》き、

「伯父《おじ》さん、あなたまあ往来《おうらい》で、何《なに》をおっしゃるのでございます。早《はや》く帰《かえ》ろうじゃございませんか」

と老人《ろうじん》の袂《たもと》を曳《ひ》き動《うご》かし急《いそ》ぎ巡査《じゅんさ》を避《さ》けんとするは、聞《き》くに堪《た》えざる伯父《おじ》の言《ことば》を渠《かれ》の耳《みみ》に入《い》れじとなるを、伯父《おじ》は少《すこ》しも頓着《とんじゃく》せで、平気《へいき》に、むしろ聞《き》こえよがしに、

「あれもさ、巡査《じゅんさ》だから、おれが承知《しょうち》しなかったと思《おも》われると、何《なに》か身分《みぶん》のいい官員《かんいん》か、金満《かねもち》でも択《えら》んでいて、月給八円《げっきゅうはちえん》におぞ毛《け》をふるったようだが、そんな賤《いや》しい了簡《りょうけん》じゃない。おまえのきらいな、いっしょになると生《い》き血《ち》を吸《す》われるような人間《にんげん》でな、たとえばかったい坊《ぼう》だとか、高利貸《こうりが》しだとか、再犯《さいはん》の盗人《ぬすっと》とでもいうような者《もの》だったら、おれは喜《よろこ》んで、くれてやるのだ。乞食《こじき》ででもあってみろ、それこそおれが乞食《こじき》をしておれの財産《ざいさん》をみなそいつに譲《ゆず》って、夫婦《めおと》にしてやる。え、お香《こう》、そうしておまえの苦《くる》しむのを見《み》て楽《たの》しむさ。け

れどもあの巡査《じゅんさ》はおまえが心《しん》からすいてた男《おとこ》だろう。あれと添《そ》われなけりゃ生《い》きてる効《かい》がないとまでに執心《しゅうしん》の男《おとこ》だ。そこをおれがちゃんと心得《こころえ》てるから、きれいさっぱりと断《こと》わった。なんと慾《よく》のないもんじゃあるまいか。そこでいったんおれが断《こと》わった上《うえ》はなんでもあきらめてくれなければならないと、普通《なみ》の人間《にんげん》ならいうところだが、おれがのはそうじゃない。伯父《おじ》さんがいけないとおっしゃったから、まあ私《わたし》も仕方《しかた》がないと、おまえにわけもなく断念《あきら》めてもらった日《ひ》にゃあ、おれが志《こころざし》も水《みず》の泡《あわ》さ、形《かたち》なしになる。ところで、恋《こい》というものは、そんなあさはかなもんじゃあない。なんでも剛胆《ごうたん》なやつが危険《けんのん》な目《め》に逢《あ》えば逢《あ》うほど、いっそう剛胆《ごうたん》になるようで、何《なに》かしら邪魔《じゃま》がはいれば、なおさら恋《こい》しゅうなるものでな、とても思《おも》い切《き》れないものだということを知《し》っているから、ここでおもしろいのだ。どうだい、おまえは思《おも》い切《き》れるかい、うむ、お香《こう》、今《いま》じゃもうあの男《おとこ》を忘《わす》れたか」

女《むすめ》はややしばらく黙《もだ》したるが、

「い……い……え」ときれぎれに答《こた》えたり。

老夫《ろうふ》は心地《ここち》よげに高《たか》く笑《わら》い、

「むむ、もっともだ。そうやすっぽくあきらめられるようでは、わが因業《いんごう》も価値《ねうち》がねえわい。これ、後生《ごしょう》だからあきらめてくれるな。まだまだ足《た》りない、もっとその巡査《じゅんさ》を慕《した》うてもらいたいものだ」

女《むすめ》はこらえかねて顔《かお》を振《ふ》り上《あ》げ、

「伯父《おじ》さん、何《なに》がお気《き》に入《い》りませんで、そんな情《なさ》けないことをおっしゃいます、私《わたし》は、……」と声《こえ》を飲《の》む。

老夫《ろうふ》は空嘯《そらうそぶ》き、

「なんだ、何《なに》がお気《き》に入《い》りません?謂《い》うな、もったいない。なんだってまたおそらくおまえほどおれが気《き》に入《い》ったものはあるまい。第一容色《だいいちきりょう》はよし、気立《きだ》てはよし、優《やさ》しくはある、することなすこと、おまえのことといったら飯《めし》のくいようまで気《き》に入《い》るて。しかしそんなことで何《なに》、巡査《じゅんさ》をどうするの、こうするのという理窟《りくつ》はない。たといおまえが何《なに》かの折《おり》に、おれの生命《いのち》を助《たす》けてくれてさ、生命《いのち》の親《おや》と思《おも》えばとても、けっして巡査《じゅんさ》にゃあ遣《や》らないのだ。おまえが憎《にく》い女《むすめ》ならおれもなに、邪魔《じゃま》をしやあしねえが、かわいいから、ああしたものさ。気《き》に入《い》るの入《い》らないのと、そんなこたあ言《い》ってくれるな」

女《むすめ》は少《すこ》しきっとなり、

「それではあなた、あのおかたになんぞお悪《わる》いことでもございますの」

かく言《い》い懸《か》けて振《ふ》り返《かえ》りぬ。巡査《じゅんさ》はこのとき囁《ささや》く声《こえ》をも聞《き》くべき距離《きょり》に着々《ちゃくちゃく》として歩《ほ》しおれり。

老夫《ろうふ》は頭《こうべ》を打《う》ち掉《ふ》りて、

「う、んや、吾《おり》ゃあいつも大好《だいす》きさ。八円《はちえん》を大事《だいじ》にかけて、世《よ》の中《なか》に巡査《じゅんさ》ほどのものはないと澄《す》ましているのが妙《みょう》だ。あまり職掌《しょくしょう》を重《おも》んじて、苛酷《かこく》だ、思《おも》い遣《や》りがなさすぎると、評判《ひょうばん》の悪《わろ》いのに頓着《とんじゃく》なく、すべ一本《いっぽん》でも見免《みのが》さない、アノ邪慳非道《じゃけんひどう》なところが、ばかにおれは気《き》に入《い》ってる。まず八円《はちえん》の価値《ねうち》はあるな。八円《はちえん》じゃ高《たか》くない、禄盗人《ろくぬすっと》とはいわれない、まことにりっぱな八円様《はちえんさま》だ」

女《むすめ》はたまらず顧《かえり》みて、小腰《こごし》を屈《かが》め、片手《かたて》をあげてソト巡査《じゅんさ》を拝《おが》みぬ。いかにお香《こう》はこの

振舞《ふるまい》を伯父《おじ》に認《みと》められじとは勉《つと》めけん。瞬間《しゅんかん》にまた頭《こうべ》を返《かえ》して、八田《はった》がなんらの挙動《きょどう》をもてわれに答《こた》えしやを知《し》らざりき。

Track 7

五《ご》

「ええと、八円様《はちえんさま》に不足《ふそく》はないが、どうしてもおまえを遣《や》ることはできないのだ。それもあいつが浮気《うわき》もので、ちょいと色《いろ》に迷《まよ》ったばかり、おいやならよしなさい、よそを聞《き》いてみますという、お手軽《てがる》なところだと、おれも承知《しょうち》をしたかもしれんが、どうしておれが探《さぐ》ってみると、義延《よしのぶ》（巡査《じゅんさ》の名《な》）という男《おとこ》はそんな男《おとこ》と男《おとこ》が違《ちが》う。なんでも思《おも》い込《こ》んだらどうしても忘《わす》れることのできない質《たち》で、やっぱりおまえと同一《おんなじ》ように、自殺《じさつ》でもしたいというふうだ。ここでおもしろいて、はははははは」と冷笑《あざわら》えり。

女《むすめ》は声《こえ》をふるわして、

「そんなら伯父《おじ》さん、まあどうすりゃいいのでございます」と思《おも》い詰《つ》めたる体《てい》にて問《と》い

ぬ。

伯父《おじ》は事《こと》もなげに、

「どうしてもいけないのだ。どんなにしてもいけないのだ。とてもだめだ、なんにもいうな、たといどうしても肯《き》きゃあしないから、お香《こう》、まあ、そう思《おも》ってくれ」

女《むすめ》はわっと泣《な》きだしぬ。渠《かれ》は途中《みちなか》なることをも忘《わす》れたるなり。

伯父《おじ》は少《すこ》しも意《い》に介《かい》せず、

「これ、一生《いっしょう》のうちにただ一度《いちど》いおうと思《おも》って、今《いま》までおまえにもだれにもほのめかしたこともないが、ついでだから謂《い》って聞《き》かす。いいか、亡《な》くなったおまえのお母《つか》さんはな」

母《はは》という名《な》を聞《き》くやいなや女《むすめ》はにわかに聞《き》き耳立《みみだ》てて、

「え、お母《つか》さんが」

「むむ、亡《な》くなった、おまえのお母《つか》さんには、おれが、すっかり惚《ほ》れていたのだ」

「あら、まあ、伯父《おじ》さん」

「うんや、驚《おどろ》くこたあない、また疑《うたが》うにも及《およ》ばない。それを、そのお母《つか》さんを、おまえのお父《とっ》さんに奪《と》られたのだ。な、解《わか》ったか。もちろんおまえのお母《つか》さんは、おれがなんだということも知《し》らず、弟《おとと》もやっぱり知《し》らない。おれもまた、口《くち》へ出《だ》したことはないが、心《こころ》では、心《こころ》では、実《じつ》におりゃもう、お香《こう》、おまえはその思《おも》い遣《や》りがあるだろう。巡査《じゅんさ》というものを知《し》ってるから。婚礼《こんれい》の席《せき》に連《つら》なったときや、明《あ》け暮《く》れそのなかのいいのを見《み》ていたおれは、ええ、これ、どんな気《き》がしたとおまえは思《おも》う」

という声濁《こえにご》りて、痘痕《とうこん》の充《み》てる頬骨高《ほおぼねたか》き老顔《ろうがん》の酒気《しゅき》を帯《お》びたるに、一眼《いちがん》の盲《し》いたるがいとものすごきものとなりて、拉《とりひし》ぐばかり力《ちから》を籠《こ》めて、お香《こう》の肩《かた》を掴《つか》み動《うご》かし、

「いまだに忘《わす》れない。どうしてもその残念《ざんねん》さが消《き》え失《う》せない。そのためにおれはもうすべての事業《じぎょう》を打《う》ち棄《す》てた。名誉《めいよ》も棄《す》てた。家《いえ》も棄《す》てた。つまりおまえの母親《ははおや》が、おれの生《しょう》涯《がい》の幸福《こうふく》と、希望《きぼう》とをみな奪《うば》ったものだ。おれはもう世《よ》の中《なか》に生《い》きてる望《のぞ》みはなくなったが、ただ何《なに》とぞしてしかえしがしたかった、といって寝刃《ねたば》を合《あ》わせるじゃあない、恋《こい》に失望《しつぼう》したもののその苦痛《くるしみ》というものは、およそ、どのくらいであるということを、思《おも》い知《し》らせ

たいばっかりに、要《い》らざる生命《いのち》をながらえたが、慕《した》い合《あ》って望《のぞ》みが合《かの》うた、おまえの両親《りょうしん》に対《たい》しては、どうしてもその味《あじ》を知《し》らせよう手段《しゅだん》がなかった。もうちっと長生《ながい》きをしていりゃ、そのうちにはおれが仕方《しかた》を考《かんが》えて思《おも》い知《し》らせてやろうものを、ふしあわせだか、しあわせだか、二人《ふたり》ともなくなって、残《のこ》ったのはおまえばかり。親身《しんみ》といってほかにはないから、そこでおいらが引《ひ》き取《と》って、これだけの女《むすめ》にしたのも、三代祟《さんだいたた》る執念《しゅうねん》で、親《おや》のかわりに、なあ、お香《こう》、きさまに思《おも》い知《し》らせたさ。幸《さいわ》い八田《はった》という意中人《おもいもの》が、おまえの胸《むね》にできたから、おれも望《のぞ》みが遂《と》げられるんだ。さ、こういう因縁《いんねん》があるんだから、たとい世《せ》界《かい》の金満《かねもち》におれをしてくれるといったって、とても謂《い》うこたあ肯《き》かれない。覚悟《かくご》しろ！所《しょ》詮《せん》だめだ。や、こいつ、耳《みみ》に蓋《ふた》をしているな」

眼《め》にいっぱいの涙《なみだ》を湛《たた》えて、お香《こう》はわなわなふるえながら、両袖《りょうそで》を耳《みみ》にあてて、せめて死《し》刑《けい》の宣告《せんこく》を聞《き》くまじと勤《つと》めたるを、老夫《ろうふ》は残酷《ざんこく》にも引《ひ》き放《はな》ちて、

「あれ！」と背《そむ》くる耳《みみ》に口《くち》、

「どうだ、解《わか》ったか。なんでも、少《すこ》しでもおまえが失望《しつぼう》

の苦痛《くるしみ》をよけいに思《おも》い知《し》るようにする。そのうち巡査《じゅんさ》のことをちっとでも忘《わす》れると、それ今夜《こんや》のように人《ひと》の婚礼《こんれい》を見《み》せびらかしたり、気《き》の悪《わる》くなる談話《はなし》をしたり、あらゆることをして苛《いじ》めてやる」

「あれ、伯父《おじ》さん、もう私《わたし》は、もう、ど、どうぞ堪忍《かんにん》してくださいまし。お放《はな》しなすって、え、どうしょうねえ」

とおぼえず、声《こえ》を放《はな》ちたり。

少《すこ》し距離《きょり》を隔《へだ》てて巡行《じゅんこう》せる八田《はった》巡査《じゅんさ》は思《おも》わず一足前《ひとあしまえ》に進《すす》みぬ。渠《かれ》はそこを通《とお》り過《す》ぎんと思《おも》いしならん。さりながらえ進《すす》まざりき。渠《かれ》は立《た》ち留《と》まりて、しばらくして、たじたじとあとに退《さが》りぬ。巡査《じゅんさ》はこのところを避《さ》けんとせしなり。されども渠《かれ》は退《ど》かざりき。造次《ぞうじ》の間《ま》八田《はった》巡査《じゅんさ》は、木像《もくぞう》のごとく突《つ》っ立《た》ちぬ。さらに冷然《れいぜん》として一定《いってい》の足並《あしな》みをもて粛々《しゅくしゅく》と歩《あゆ》み出《い》だせり。ああ、恋《こい》は命《いのち》なり。間接《かんせつ》にわれをして死《し》せしめんとする老人《ろうじん》の談話《はなし》を聞《き》くことの、いかに巡査《じゅんさ》には絶痛《ぜっつう》なりしよ。ひとたび歩《ほ》を急《きゅう》にせんか、八田《はった》は疾《と》くに渠《かれ》らを通《とお》り越《こ》し得《え》たりしならん、あるいはことさらに歩《ほ》をゆるうせんか、眼界《がんかい》の外《そと》に渠《かれ》らを送遣《そうけん》し得《え》たりしならん。されども渠《かれ》はその職掌《しょくしょう》を堅守《けんしゅ》するため、自家《じか》が確定《かくてい》せし平時《へいじ》における一式《いっしき》の法則《ほうそく》あり。交番《こうばん》を出《い》でて幾曲《いくま》がりの道《みち》を巡《めぐ》り、再《ふたた》び駐在所《ちゅうざいしょ》に帰《かえ》るまで、歩数約三万八千九百六十二《ほすうやくさんまんはっせんきゅうひゃくろくじゅうに》と。情《じょう》のために道《みち》を迂回《うかい》し、あるいは疾走《しっそう》し、緩歩《かんぽ》し、立停《りゅうてい》するは、職務《しょくむ》に尽《つ》くすべき責任《せきにん》に対《たい》して、渠《かれ》が屑《いさぎよ》しとせざりしところなり。

Track 8

六《ろく》

老人《ろうじん》はなお女《むすめ》の耳《みみ》を捉《とら》えて放《はな》たず、負《お》われ懸《か》くるがごとくにして歩行《ある》きながら、

「お香《こう》、こうは謂《い》うもののな、おれはおまえが憎《にく》かあない、死《し》んだ母親《ははおや》にそっくりでかわいくってならないのだ。憎《にく》いやつなら何《なに》もおれが仕返《しかえ》しをする価値《ねうち》はないのよ。だからな、食《く》うことも衣《き》ることも、なんでもおまえの好《す》きなとおり、おりゃ衣《き》ないでもおまえには衣《き》せる。わがままいっぱいさしてやるが、ただあればかりはどんなにしても許《ゆる》さんのだからそう思《おも》え。おれももう取《と》る年《とし》だし、死《し》んだあとでと思《おも》うであろうが、そううまくは

させやあしない、おれが死《し》ぬときはきさまもいっしょだ」

恐《おそ》ろしき声《こえ》をもて老人《ろうじん》が語《かた》れるその最後《さいご》の言《ことば》を聞《き》くと斉《ひと》しく、お香《こう》はもはや忍《しの》びかねけん、力《ちから》を極《きわ》めて老人《ろうじん》が押《おさ》えたる肩《かた》を振《ふ》り放《はな》し、ばたばたと駈《か》け出《い》だして、あわやと見《み》る間《あいだ》に堀端《ほりばた》の土手《どて》へひたりと飛《と》び乗《の》りたり。コハ身《み》を投《な》ぐる！と老人《ろうじん》は狼狽《うろた》えて、引《ひ》き戻《もど》さんと飛《と》び行《ゆ》きしが、酔眼《すいがん》に足場《あしば》をあやまり、身《み》を横《よこ》ざまに霜《しも》を滑《すべ》りて、水《みず》にざんぶと落《お》ち込《こ》みたり。

このとき疾《はや》く救護《きゅうご》のために一躍《いちやく》して馳《は》せ来《き》たれる、八田《はった》巡査《じゅんさ》を見《み》るよりも、「義《よし》さん」と呼吸《いき》せわしく、お香《こう》は一声《ひとこえ》呼《よ》び懸《か》けて、巡査《じゅんさ》の胸《むね》に額《ひたい》を埋《うず》めわれをも人《ひと》をも忘《わす》れしごとく、ひしとばかりに縋《すが》り着《つ》きぬ。蔦《つた》をその身《み》に絡《から》めたるまま枯木《かれき》は冷然《れいぜん》として答《こた》えもなさず、堤防《ていぼう》の上《うえ》につと立《た》ちて、角燈片手《かくとうかたて》に振《ふ》り翳《かざ》し、水《みず》をきっと瞰下《みお》ろしたる、ときに寒冷謂《かんれいい》うべからず、見渡《みわた》す限《かぎ》り霜白《しもしろ》く墨《すみ》より黒《くろ》き水面《すいめん》に烈《はげ》しき泡《あわ》の吹《ふ》き出《い》ずるは老夫《ろうふ》の沈《しず》める処《ところ》と覚《おぼ》しく、薄氷《うすごおり》は亀裂《きれつ》しおれり。

八田《はった》巡査《じゅんさ》はこれを見《み》て、躊躇《ちゅうちょ》するもの一秒時《ワンセコンド》、手《て》なる角燈《かくとう》を差《さ》し置《お》きつ、と見《み》れば一《ひと》枝《えだ》の花簪《はなかんざし》の、徽章《きしょう》のごとくわが胸《むね》に懸《か》かれるが、ゆらぐばかりに動悸《どうき》烈《はげ》しき、お香《こう》の胸《むね》とおのが胸《むね》とは、ひたと合《あ》いてぞ放《はな》れがたき。両手《りょうて》を静《しず》かにふり払《はら》いて、

「お退《ど》き」

「え、どうするの」

とお香《こう》は下《した》より巡査《じゅんさ》の顔《かお》を見上《みあ》げたり。

「助《たす》けてやる」

「伯父《おじ》さんを？」

「伯父《おじ》でなくってだれが落《お》ちた」

「でも、あなた」

巡査《じゅんさ》は儼然《げんぜん》として、

「職務《しょくむ》だ」

「だってあなた」

巡査《じゅんさ》はひややかに、「職掌《しょくしょう》だ」

お香《こう》はにわかに心着《こころづ》き、またさらに蒼《あお》くなりて、

「おお、そしてまああなた、あなたはちっとも泳《およ》ぎを知《し》らないじゃありませんか」

「職掌《しょくしょう》だ」

「それだって」

「いかん、だめだもう、僕《ぼく》も殺《ころ》したいほどの老爺《おやじ》だが、職務《しょくむ》だ！断念《あきらめ》ろ」

と突《つ》きやる手《て》に喰《く》い附《つ》くばかり、

「いけませんよう、いけませんよう。あれ、だれぞ来《き》てくださいな。助《たす》けて、助《たす》けて」と呼《よ》び立《た》つれど、土塀石垣《どべいいしがき》寂《せき》として、前後十町《ぜんごじゅっちょう》に行人《こうじん》絶《た》えたり。

八田巡査《はったじゅんさ》は、声《こえ》をはげまし、

「放《はな》さんか！」

決然《けつぜん》として振《ふ》り払《はら》えば、力《ちから》かなわで手《て》を放《はな》てる、咄嗟《とっさ》に巡査《じゅんさ》は一躍《いちやく》して、棄《す》つるがごとく身《み》を投《とう》ぜり。お香《こう》はハッと絶《た》え入《い》りぬ。あわれ八田《はった》は警官《けいかん》として、社会《しゃかい》より荷《にな》える負《ふ》

債《さい》を消却《しょうきゃく》せんがため、あくまでその死《し》せんことを、むしろ殺《ころ》さんことを欲《ほっ》しつつありし悪《あく》魔《ま》を救《すく》わんとして、氷点《ひょうてん》の冷《つめた》さ、水凍《みずこお》る夜半《よわ》に泳《およ》ぎを知《し》らざる身《み》の、生命《せいめい》とともに愛《あい》を棄《す》てぬ。後日社会《ごじつしゃかい》は一般《いっぱん》に八田巡査《はったじゅんさ》を仁《じん》なりと称《しょう》せり。ああはたして仁《じん》なりや、しかも一《ひと》人《り》の渠《かれ》が残忍苛酷《ざんにんかこく》にして、恕《じょ》すべき老車夫《ろうしゃふ》を懲罰《ちょうばつ》し、憐《あわれ》むべき母《はは》と子《こ》を厳責《げんせき》したりし尽瘁《じんすい》を、讃歎《さんたん》するもの無《な》きはいかん。

（明治二十八年四月《めいじにじゅうはちねんしがつ》「文芸倶楽部《ぶんげいくらぶ》」）

基於職責所在我必須救他！妳不要再阻止我了！

夜行巡查

阿香啊，
妳一定恨死了我這個冷酷無情的老頑固吧？
老夫正求之不得呢！妳就儘管怨我、恨我吧！

「喂！老爺爺，走路不看路啊？」一位打扮看起來像工人的年輕人，開口向一旁拉著人力車的老人問道。從外表來判斷，老車夫應該已年過半百，距耳順之年亦不遠矣。

老人家似乎又飢又餓，虛弱的聲音因天冷而不停地顫抖著，連忙回話。

「是、是，請大人您饒恕，小的以後一定會多加注意的。」老車夫的神情十分緊張。

「老爺爺您別那麼緊張，我不是巡查❶啦！哎唷，瞧您老人家一副緊張兮兮、嚇個半死的可憐樣，膽子實在也太小了吧？就算人家說你犯了法，要把你給抓起來，也沒必要怕成這樣吧？我剛在附近光是聽您老人家回對方的話，就忍不住一肚子火氣上來了。老爺爺，看樣子似乎是因為您的模樣太邋遢，所以挨了那個巡查一頓臭罵。不過也罵得太兇了吧？莫非是老爺爺您還犯了什麼錯嗎？」

老車夫聞言嘆了口氣，回答年輕人。

「唉，老實說還真的是嚇壞我這把老骨頭了。被巡查責罵這檔子事，老頭子活了這麼一大把歲數，還是頭一回碰上哩！實在是令人餘悸猶存，怎樣都無法安下心來。我本來膽子就小，才不敢去做什麼虧心事。老頭子我現在雖然還沒老到不中用，但因為工作褲早已磨得破爛不堪，膝蓋以下全都露出來了，才被對方罵說真是不像樣。其實老頭子我也並非不懂規矩，只是一個不小心沒有注意到而已。對方突然『喂！』這樣大喝一聲，著實嚇得我魂都飛了，一顆心到現在還撲通撲通直跳呢！」

年輕人聽了老車夫的話後頻頻點頭，說道：

「哼，我就說嘛！老一輩的人一旦碰上那些只會巡邏的傢伙便嚇破了膽。搞什麼嘛！只不過是一條工作褲破了，沒必要這樣雞蛋裡挑骨頭吧？又不是那傢伙的御用人力車。哼！真是有夠多管閒事。老爺爺啊，你管他說什麼，這天氣那麼冷誰不想穿件保暖的褲子，就是因為窮得沒錢買，才沒工作褲可穿的，又不是說光著屁股什麼都沒穿。況且在這提著燈籠依然伸手不見五指的漆黑夜晚，誰還會在乎什麼儀容打扮啊？當差的就算是在工作上有什麼不順心，也萬萬不該拿老百姓當出氣筒。我呸！臭烏鴉❷，像這樣固執的傢伙也挺少見的。像是在沒有人的地方隨地小便之類的小事，就算是大白天，也大可

睜一隻眼閉一隻眼嘛！真教人火大！何必把自己的快樂建築在別人的痛苦上，況且找碴也要挑對象吧？挑年輕人下手也就罷了，竟然欺負一個連路都快走不穩的可憐老爺爺。這傢伙真的是惹毛我了！老爺爺穿得破破爛爛地出來拉車，又不是自己願意的，竟然連這都不能理解。真不是個東西！如果不是他身上佩帶著軍刀，我早就把他抓起來痛扁一頓了，囂張也要有個限度。哼，這一帶到處都是水渠，祝他哪天一個不小心，自己掉進水裡餵鴨子啦！」

年輕人嘴裡滔滔不絕地痛批早已離開現場的巡查，藉此發洩滿腔怒火。老車夫先是給一只早已泛黃、上頭畫著四谷❸工會標誌的燈籠換上新蠟燭，接著又無力地舉起人力車的拉桿。年輕人看見這個畫面，不禁感到一陣唏噓，說道：「老爺爺您一個人出來賺錢討生活啊？難道沒有兒孫奉養您嗎？」這讓老車夫忍不住紅了眼眶。

「是啊，還真是被你說中了。老頭子我還算幸運，有個在拉人力車的兒子養我，但讓他和我一起過這種苦日子實在是太糟蹋了。他今年秋天便入伍去了，雖然家裡頭還有媳婦兒和小孫子孝順我，但總得有人擔起一家子的生計才行。拉人力車算是咱們家的家傳事業，老頭子我年輕時也是幹這行的；如今重操舊業，拉著兒子的人力車出來賺錢討生活。不過同業的那些年輕小夥子們，個個是身強體壯，車子又新又漂亮、價格也更便宜。人家有這三項優勢，我拿什麼去跟他們競爭呢？只有那些風流雅士，或是可憐我這糟老頭子的好心人肯賞光，根本沒有其他人願意搭我的車。雖然每天辛苦上街招攬生意，卻賺不了幾個錢，完全無法負擔家裡的開銷。窮得連日子都快過不下去了，哪還有什麼閒錢去張羅身上的行頭呢？結果就因為這樣，才落得被巡查大人責罵的下場。」

老車夫終於吐完了這一大串苦水，年輕人聽了以後情緒格外激動。

「老爺爺您就別再說了，聽了真教人難過。嗯……原來是這麼一回事。這麼說來您唯一的公子從軍報國了是嗎？想必也上戰場去打仗❹了吧？既然有這種事情，您老人家別悶不吭聲啊！應該好好跟那個臭巡查據理力爭一番，叫對方好好補償您時間上的損失，趁機敲那傢伙一筆竹槓，向他討點錢來買酒喝呢！」

「不、不，怎麼可以做這種缺德事。我為了解釋，早就將這番緣由說了，但那位巡查大人卻完全不理會我。」

年輕人越聽越生氣，同情地說：

「天底下怎麼會有這種不近人情的木頭人啊？這隻臭烏鴉真是造孽，一定會有報應的！難道就沒有什麼方法可以治治他嗎？對了，老爺爺，您老人家若是不嫌棄的話，就到寒舍坐一會兒吧！咱們可以一邊烤著火，一邊痛快地喝它個幾杯。您就甭別客氣啦！咱們好好聊聊吧！好啦，就這麼說定啦！反正老爺爺都這把年紀了，也不適合在外頭出賣勞力、賺取血汗錢。那個笨蛋！竟敢抓著這樣孱弱的老人家狠狠痛罵，腦袋裡究竟裝了什麼？那傢伙敢再動老爺爺一根寒毛試試看，現在有我罩你啦！」

年輕人以一股充滿憤慨、蔑視、怨懟的眼神，向前方望去。在前方麴町一番町那兒，有一座英國大使館，大使館土牆旁的柳樹林裡，隱約可見一只方形玻璃提燈正朝著南方而去。提燈的光芒在漆黑的夜裡，宛如怪獸的一對眼睛閃閃發亮。

經過大使館的這頭怪獸，是一位名叫八田義延的巡查。他從明治二十七年❺十二月十日午夜十二點開始，以位於某條街上的派出所為起點，進行一個小時輪班一次的例行巡邏。

巡查的步伐儼然遵循著某種規則，不疾不徐地踏著穩健的腳步向前邁進；而且走路時身體始終保持端正的姿勢，沒有絲毫的搖擺。在那堅毅又充滿自信的態度之下，蘊含著一股不容任何人侵犯的威嚴。

在警帽帽簷底下的一對雙眼，眼神中夾雜著機警、銳利以及嚴厲，散發出一股異樣的光芒。

當他要環視左右、張望上下時，無須擺頭也不用轉動頸部，只要靠一對靈活的眼珠子骨碌骨碌地轉，便可將景物盡收眼底。

巡邏途中的每一件事物——好比溝渠旁的草地上頭，隱約可以看見被行人踩踏出的數道痕跡，宛如幾條蛇在地面上爬行；英國大使館二樓的一扇玻璃窗上，映出了暗紅色的燈光；大使館門口那兩盞瓦斯燈，和昨晚相比亮度稍減了些；馬路中央有一隻被遺棄的草鞋，已凍結在霜裡變得硬梆梆的。一陣北風忽起，路旁的那一片枯柳被吹得沙沙作

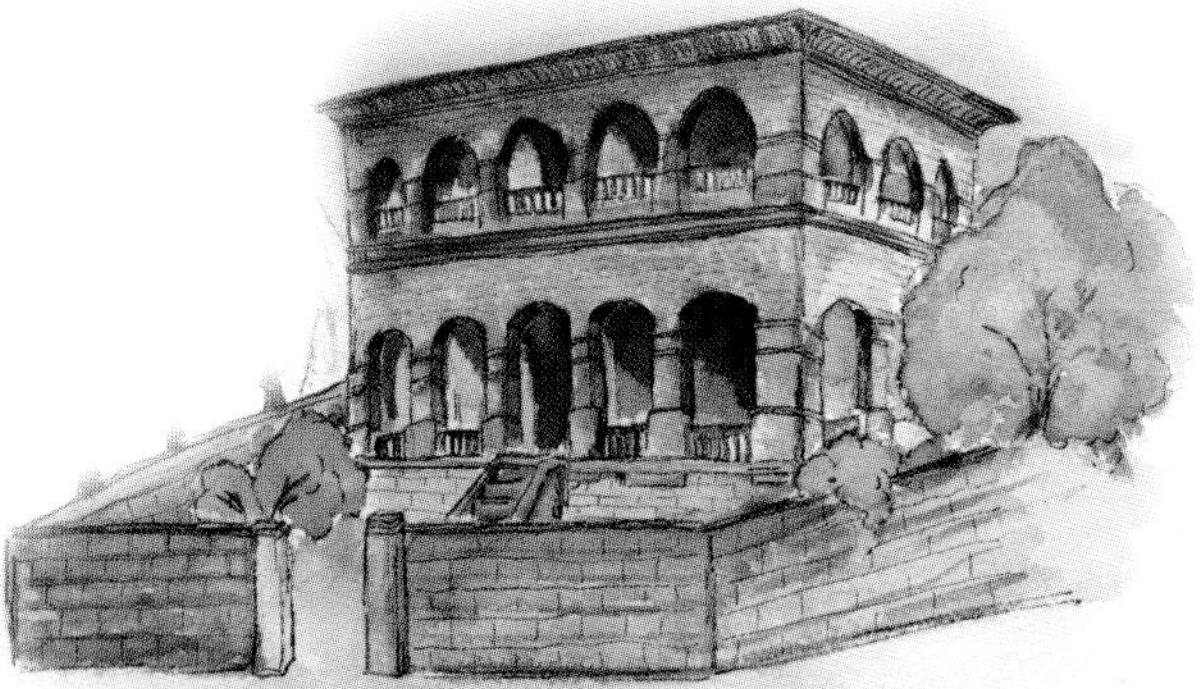

響，一齊朝南方折下了腰肢；遠處有一座發電所，聳立的煙囪裡正飄出一縷輕煙……諸如此類的各種細微小事，全都逃不過這位巡查的一雙法眼。

此外，巡查離開派出所後，在路上斥責了一位老車夫，然後巡邏到此。這一路上，他連一次都沒有回頭張望過。

他直視前方，眼神十分銳利、仔細而又嚴峻，但對於自己身後卻好像完全不在意似的。這又是為什麼呢？那是因為心底確信，只要用自己的雙眼確認過該處沒有異狀，便大可放心通過。

倘若有暴徒手裡拿著凶器，打算從背後偷襲、暗算他，巡查勢必也能察覺到後方來者不善、帶有殺意。原因無他，因為巡查有自信，只要自己曾看過一眼，不論是多麼細微的地方都不會遺漏，自然沒有什麼好擔心的。

秉持著這份自信，巡查得以一副泰然自若且又充滿威嚴的態度，心無旁鶩、不憂不懼，從容不迫地專心向前行。

巡查穿著靴子走在結了霜的路面上，發出陣陣腳步聲，餘音迴盪在夜闌人靜的街道裡。他走著走著，彎過了一番町的轉角，再往前邁進幾步，右邊一戶人家木頭大門的屋簷底下，有什麼東西正窩在那裡，且因為聽見自己的腳步聲而蠕動了一下，這樣的動靜全被巡查看在眼裡。

八田巡查仔細一看，躺在那兒的原來是一位衣衫襤褸的婦人。

婦人懷裡抱著一個嬰兒，因為深夜裡街上沒有半個行人，於是她便放心地解開衣帶，用身體肌膚緊貼著孩子，外頭再披上一件早已破爛不堪的鋪棉和服充當被子，試圖讓嬰兒感到暖和些。母親對孩子的呵護與關愛之情表露無遺，任誰見了這對可憐的母子，就算不肯施捨錢財救濟，多少也會憐憫他們吧？

然而，巡查卻用力地在婦人身旁連番跺腳，並且以低沉而又有力的嗓音大聲斥喝：「喂！妳這傢伙，還不快給我起來！」

婦人被嚇得趕緊起身，畢恭畢敬地跪倒在地，答道：「是！」嘴裡話都還沒說完，頭就已經碰到地面了。

巡查以充滿威嚇的態度，尖聲斥責婦人：「是什麼是？這裡不准睡覺！快滾快滾，這副德行有夠難看！」

婦人感到十分難為情，氣若游絲地回答：「遵命，大人。真的是非常抱歉。」

當婦人向巡查道歉時，懷中的小嬰兒好夢方酣，卻硬生生地被打斷，從忘卻飢餓、寒冷的夢境中被拉回現實。小嬰兒因為體力不濟，連哭聲都有氣無力的。作母親的見狀也顧不得害臊，趕緊解開上衣餵孩子吃奶，一邊向巡查求情：「現在是大半夜的，求求巡查大人您發發慈悲，網開一面吧！」

巡查卻冷冷地回道：「規定就是規定，哪有分什麼白天、晚上？總之，不許在別人屋簷底下睡覺！」

當時外頭正狂風大作，婦人的手腳沒有衣物遮蔽，被冷風刮得連皮膚都凍傷、乾裂了。她冷到身子直打哆嗦，整個人縮成像球一般。

「萬萬使不得啊！求求您了，大人！看在老天爺的份上，就睜一隻眼閉一隻眼，放咱們母子倆一馬吧！這麼冷的天裡，讓這孩子在外頭風吹雨淋的，也實在太可憐了。咱們母子倆命苦，不得已才在街頭乞討，連日子都快過不下去了……」婦人說到傷心處，不禁語帶哽咽。

倘若去拜託這間屋子的主人，說不定會同意讓這對母子借住一宿，但巡查卻完全不理會婦人的苦苦哀求。

「不行！我說了不行就是不行。就算妳是觀世音菩薩下凡，也不准在這裡睡覺。好了，快給我滾！」

「伯父，危險啦！」

一位美麗的少女挽著一位老人，從半藏門❻的方向走過來。兩人正打從渠道旁經過，少女出聲提醒喝得酩酊大醉、步履蹣跚的老人。她的雙手戴著針織手套，左手提著一只燈籠，另一手挽著老人。被少女喚作伯父的老人，一面搖搖晃晃地走著、一面說道：「妳瞎操什麼心？沒問題的啦！老夫才喝那麼一丁點酒哪會醉？對了，現在到底幾點鐘了？」

此時夜色已深，四周一片寂靜，就連一點兒風聲也沒有。遙望遠處，渠道在三宅坂便到了盡頭，這一帶的樹林與磚造房屋相連，將東京的這一區與四周隔了開來，自成一個安靜的小天地，只有繁星點點無聲綻放著冷冽的光芒。美麗的少女回頭張望，四處搜尋人跡。在後方莫約百步之外有個人影，一邊發出腳步聲，一邊緩緩地向兩人走來。

「啊，巡查大人要過來了。」少女說道。

老人回頭一看，認出了提燈的燈光，立刻語帶不悅地說：「巡查來了又怎樣？妳這小妮子，好像挺開心的嘛？」老人說話時，用還沒瞎掉的一隻眼睛直盯著少女的臉。少女似乎被嚇到了，趕緊說：「瞧現在這麼安靜，應該已經快要一點鐘了吧？」

「嗯，說不定果真如此，畢竟整條街上連一輛人力車都看不到。」老人說道。

「真的耶，不過反正也快到家了。」少女說。

兩人暫時沒有交談，安靜地走了一小段路。酒醉老人的蹣跚步伐漸漸穩定了下來，來自後方的腳步聲越來越靠近了。老人開口大聲問道：「阿香，今晚的喜宴如何啊？」老人的口氣裡，彷彿帶有一絲笑意。

少女隨口敷衍：「真的是很棒呢！」

「不，妳不單單只是覺得『很棒』而已吧？妳看了婚禮以後，心裡有什麼感覺呢？」

少女不解地望著老人的臉，問道：「您是指什麼呢？」

「妳一定覺得很羨慕吧？」老人的口氣好像正在嘲笑著少女。

少女不答腔，但臉上的表情看得出老人的冷嘲熱諷似乎刺傷了她。

老人看出自己的嘲諷已達到了效果，更加洋洋得意，繼續說道：「怎麼樣，果然很羨慕吧？阿香啊，妳可知老夫今晚為何要帶妳去喝喜酒嗎？別裝傻啊！老夫在問妳知不知道為什麼要帶妳去喝喜酒啦！」

少女低著頭沉默不語。老人拉大嗓門，說道：「不明白是吧？料妳也不會明白老夫的用意。我既不是想讓妳觀摩結婚儀式，也不是想讓妳吃頓好料的。這一切只不過是為了讓妳感到羨慕、讓妳覺得自己很可憐罷了。老夫的目的，無非就是想看看妳暗自神傷的痛苦表情，哈哈哈！」

少女悄悄地別過臉，不看滿口酒臭味的老人。老人把手搭在少女肩上，說：「怎樣，阿香，今天那位新娘子是不是很美啊？

結婚真不愧是一輩子只有一次的大事。瞧那身穿紅白兩色的新娘禮服，含羞帶怯端坐在座位上的美麗模樣，可是每個女人一生只有一次、最美麗的時刻。話說那新娘子漂亮歸漂亮，和妳相比卻又差了一大截；新郎倌也是個相貌堂堂的男子漢，但比起那位巡查卻又稍嫌遜色了些。倘若今晚的新人是你們倆，郎才女貌，肯定會讓來喝喜酒的賓客們永難忘懷。阿香啊，前些日子那位巡查上門來向老夫求親，假如那時老夫答應把妳嫁給他，那反倒變成是你們倆要羨煞老夫啦！妳曾說過就算死也要嫁給他，那真是再好也不過的了。老夫就要讓你們倆明白，人生在世，不可能什麼事情都稱心如意。話說半路殺出老夫這個程咬金，斷然拒絕了這門婚事，那傢伙一定感到很沒面子吧？打從一開始自己就先估量一下這門婚事究竟談得成、談不成，不就沒事了？八田這傢伙，看來也是個沒什麼先見之明的人，真是個笨蛋巡查！」

「咦？伯父，您看。」少女的聲音微微顫抖。

不知道走在兩人後面的巡查是否聽到了？少女小心翼翼地回頭一看，映入眼簾的那名男子，就算是在這樣漆黑的夜晚也不可能會認錯。

少女不禁「啊！」地一聲脫口而出，驚訝之情溢於言表。

就在那一瞬間，八田巡查覺得自己彷彿被一道電流擊中一樣。

老人趁著少女分心回頭時，擺出一副老神在在的樣子，說：「阿香啊，妳一定恨死了我這個冷酷無情的老頑固吧？老夫正求之不得呢！妳就儘管怨我、恨我吧！反正老夫如此造孽，早就覺悟將來會不得好死了。」

老人臉上表情十分認真，看來並非是因為酒醉而胡言亂語。少女緩緩開口道：

「伯父，這裡可是大街上，您老人家在胡說些什麼呢？我們還是趕緊回家吧！」

少女趕緊拉著老人的袖子繼續往前走，深怕伯父這番不堪入耳的話會被巡查給聽見，老人卻毫不在意，反倒是故意要說給巡查聽似的：「可不是因為那傢伙是當差的，我才不准妳嫁給他。妳以為我是怕你嫁給那種月薪只有八塊錢的傢伙，指望妳嫁個有身分地位的官員，還是嫁個有錢人當少奶奶享福嗎？

我的盤算才沒那麼沒品。妳平常避之唯恐不及的那些社會敗類，好比得了痲瘋病的啦、開地下錢莊放高利貸的啦、還是什麼小偷強盜慣犯之類的下三濫，老夫都歡喜讓妳嫁給他們啊！就算妳想要嫁給什麼臭乞丐，老夫也願意把全部的財產都送給對方、自己上街去乞討，好成全你們的婚事哩！

嘿嘿，如此一來，老夫便可以好好欣賞妳那痛苦不堪的模樣。那臭巡查是妳打從心裡深愛的男人，倘若無法和他共結連理，妳也活不下去了，不是嗎？老夫可是把妳的想法摸得一清二楚，正因為如此，我才直接了當地拒絕了這門親事。老夫可是很有原則的人，平常人說出去的話，尚有轉圜的餘地；老夫可不同，說一便是一、說二便是二，沒得商量。假如有一天，妳自己說出『既然伯父不准我嫁，那我也只好放棄這段感情』之類的話，老夫的如意算盤反倒全都泡湯了。話說回來，所謂的愛情可不是這樣膚淺的東西。就像一位勇士面對艱難險阻時，反而會變得加倍勇敢。愛情這玩意兒也是一樣，如果碰上了什麼阻礙，反而會更加深兩個人之間的感情，讓人難分難捨。正因為老夫深諳箇中道理，才覺得有好戲可看。怎麼樣啊，阿香？妳有辦法放下這段感情嗎？還是妳早已忘了那個男人？」

少女沉默了一會兒，才支支吾吾地回答：「沒、沒……有……」

老人對這答案十分滿意，笑著說：「哼，這樣再好也不過了。如果妳這麼快就能夠放下這段感情，那老夫可就白費工夫啦！老天保佑，妳可別就這麼輕言放棄啊！現在這樣還不夠，老夫要你們愛得更濃烈，那才有看頭。」

少女忍不住抬起頭來，問道：「伯父，阿香究竟是哪裡惹您老人家不高興了，您要說這些傷人的話，我……」話才說到一半，又吞回肚子裡去了。

老人卻在那裝模作樣，回道：「妳說什麼？妳問妳哪裡惹老夫不高興了？別說這種傻話了，真是糟蹋老夫的一片苦心。在這世上，老夫最寶貝的人可就是妳這小妮子了。妳不但一張臉蛋長得標緻，而且氣質出眾，舉手投足更是溫柔婉約，只要是和妳有關的一切，老夫都喜歡的要命。話雖如此，也不能隨妳說了算，想嫁給巡查就嫁給他。就算哪天妳碰巧救了老夫一命，或當我是親爹爹一樣孝順、奉養，老夫還是不會讓妳嫁給他的。倘若老夫討厭妳，才不會阻止這門婚事呢！正因為小妮子妳太可愛了，老夫才會這麼做。所以拜託妳別再說什麼『伯父不愛我、不疼我』之類的話了。」

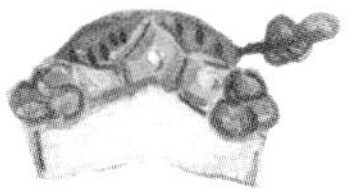

少女換個方式繼續追問：「莫非伯父您這麼做的目的，全都是針對巡查他嗎？」

少女說完又暗暗回頭看，此時巡查已十分接近他們。這樣的距離，就算兩人在講悄悄話，巡查應該也能夠聽得一清二楚。

老人聽了猛搖頭，否認道：「才沒這回事，老夫多麼欣賞那傢伙啊！把區區八塊錢當作寶一樣，像巡查這種單純的人，簡直是世間少有的稀有動物啊！

把工作擺第一，待人嚴厲苛刻又極度缺乏同情心，就算被老百姓罵到臭頭，也絲毫不放在心上。就算犯了一丁點小錯，他也不肯放過。這種沒心沒肺、冷酷無情的特質，老夫可是再欣賞不過的了。八塊錢也不是什麼大數目，還稱不上是尸位素餐呢！實在是太了不起了，應該尊稱他一聲『八塊錢大人』！」

此時少女忍不住偷偷回頭，柳腰微彎，悄悄地伸出一隻手向巡查作了個揖。因為怕此舉被伯父發現，趕緊又把頭轉了回去，也不知八田是否做了什麼動作表示回應。

「這麼說吧，雖然八塊錢大人也不是不夠格，但老夫說什麼也不會答應讓妳嫁給他。老夫本以為他是個好色之徒，因為貪圖妳的美色才上門求親，因此趕緊打發他走。事後想想，向旁人打聽一下這號人物，倒也不是什麼難事。沒想到打聽之下才發現，這個叫八田的男人，並非老夫原先所想的那種輕薄浪子，反倒是那種一旦愛上了某人，就絕對不會輕言放棄的個性。脾氣簡直跟妳一樣拗，都是那種為了捍衛愛情不惜犧牲生命的人，真是妙哉！哈哈哈哈哈哈！」老人話說完便不停地冷笑。

少女似乎已無計可施了，聲音發抖地問道：「既然如此，那阿香究竟怎麼做才能讓伯父您滿意呢？」

老人漫不在乎地說道：「老夫無論如何都不准妳嫁給他，妳做什麼都無濟於事了。事已至此，妳不要再白費口舌了，總之老夫是絕對不會答應的。阿香，妳不如趁早給我認清現實吧！」

少女忘了自己還在大街上，「哇」地一聲哭了起來。

老人卻絲毫不在意，繼續說道：

「這件事情，老夫這輩子打算就說這麼一次。至今為止，老夫從未向任何人透露過分毫，包括小妮子妳在內，趁著今天老夫就一吐為快。聽好了，妳那已過世的母親，正是……」

一聽到和母親有關，少女馬上豎起了耳朵。

「咦？母親她……」

「沒錯，妳那已過世的母親，正是老夫這輩子一心一意深愛著的女人。」

「什麼？這……伯父您……」

「妳無須驚訝，更不用懷疑。一切都要怪妳父親捷足先登，硬生生將妳母親給搶走。這下妳總該明白了吧？妳母親自然不曉得我對她的心意，更不用說我那弟弟了。老夫雖然一直沒有說出口，但心裡頭……心裡頭其實早已……阿香，妳應該可以體會老夫的心情吧？因為妳已有了巡查這個意中人。被迫參加心上人的婚禮，還得和恩愛的小倆口朝夕相處，妳覺得我會有什麼樣的心情！」

老人聲音沙啞、渾身酒臭味，一張老臉上長滿了痲子、顴骨突出，加上瞎了一隻眼睛，看起來十分可怕。老人用著足以捏碎阿香肩膀的力道，使勁地抓著她的肩膀猛搖。

「老夫始終忘不了妳母親，到現在依然抱著這股遺憾，為此老夫甚至把事業、名譽、家庭統統都拋棄了。換言之，是妳母親將老夫一生所有的幸福與希望給全盤奪走。老夫早已失去活下去的意義了，唯一能做的，就是暗地裡策

劃該如何向他們復仇，老夫勢必要讓他們兩人好好嚐嚐對愛情絕望的痛苦。我之所以還苟活在這世上，就是為了實現復仇的心願，但老夫始終沒想出該用何種手段，才能讓他們也體會一下這種痛苦。若不是因為他倆這麼短命，老夫遲早會想出個辦法。也不知他們這算是幸或不幸，兩人竟然都撒手人寰，留下妳一個孤伶伶的孩子。老夫身為妳唯一的親人，便將妳當成女兒收養了下來。既然如此，這橫跨兩代的恩怨情仇，自然就得由妳代替雙親償還。阿香啊，妳可知道，幸虧妳身邊有這麼一個叫八田的男人出現，這下子老夫的復仇大業總算是有望了！因為有這樣的一段不堪回首的往事，所以就算是拿再多的金銀財寶來求我，老夫也絕對不會答應把妳嫁給他的。妳給我認清現實吧！不管說什麼都沒用的！喂，妳這小妮子，別摀著耳朵啊！」

早已淚眼汪汪的阿香渾身發抖著，用兩隻袖子用力地摀住耳朵，不願聽見自己的婚事被宣判死刑。老人無情地把她摀著耳朵的手拉開。

「啊！」背對著老人的少女一聲驚呼。老人湊近她的耳邊說道：「怎樣，妳懂了嗎？我就是要妳愛得更苦。只要妳心中稍微淡忘那個巡查，老夫就再像今晚一樣，帶妳去吃別人的喜酒、講一些不中聽的話，竭盡所能地傷妳的心、讓妳感到痛苦不堪。」

「伯父，我、我實在受不了了……求求您了，求求您饒了我吧！快放手啦！天呀，我該怎麼辦啊？」少女忍不住放聲大喊。

始終和兩人保持一段距離進行巡

邏的八田巡查見狀，不自覺地前進了幾步。他本想直接通過此處，此時卻裹足不前，在原地愣了一會兒之後，又向後退回去了。他想避開前方的兩人，腳步卻沒有繼續後退。有那麼一瞬間，八田巡查像一座木雕一樣，呆呆地站在那裡。不一會兒後，他又邁出穩定的步伐，繼續向前進。對八田而言，愛情就像是生命一樣重要。聽了老人先前那一番話，簡直像是要了他的命似的，令他心痛不已。其實八田只要稍微加快腳步，便能迅速超越兩人；要不然也大可暫時放慢腳步，讓前面兩人走出自己的視線之外。然而他堅守崗位，在工作上自有一套規矩，從派出所出發後，在固定路線上進行巡邏，最後再回到派出所，這一路上總共會踏出大約三萬八千九百六十二步。若為了兒女私情繞道而行，或是加快、放慢、停下腳步，這種事情違背了他盡忠職守的責任感，因此他是絕對不會這麼做的。

老人緊捏著少女的耳朵不放，整個人都快要趴到她背上去了。兩人以這樣的姿勢繼續前進，老人又說了：「這麼說吧，阿香，老夫可是一點兒也不討厭妳啊！妳那張漂亮的臉蛋，實在是像極了妳那死去的母親。倘若妳只是個討人厭的孩子，老夫又何苦如此執著於報復？長這麼大以來，凡是妳愛吃的東西、喜歡的衣服，老夫哪一樣沒有買給妳？就算老夫自己都快沒衣服可穿了，也要

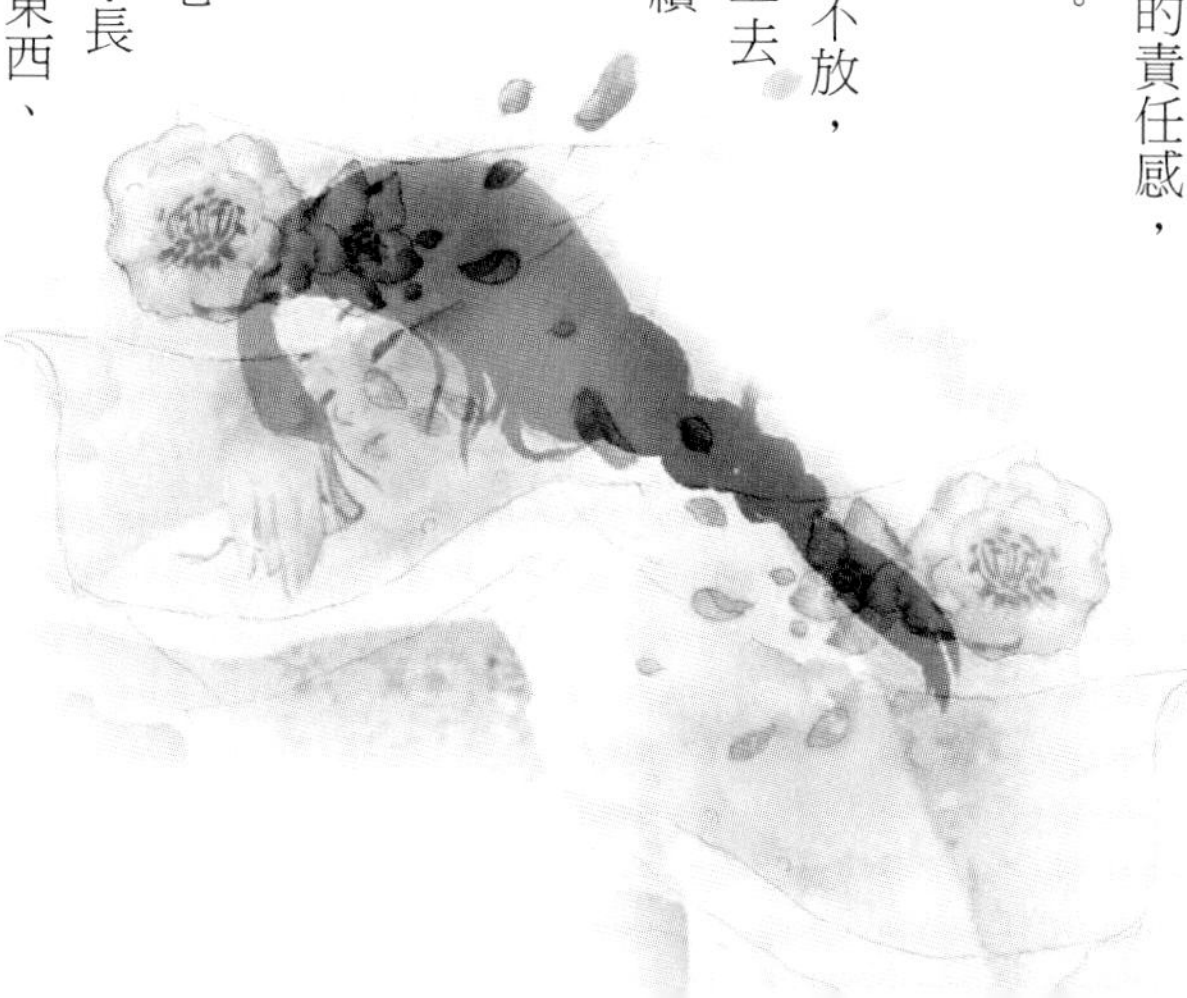

花錢給妳買漂亮衣服穿。雖然一直任妳予取予求，但唯獨這門婚事老夫無論如何都不會答應的，妳最好早點醒悟。老夫年歲已高，只怕也沒剩多少日子好活了，但可別以為老夫進棺材後妳便能如願，我不會讓妳稱心如意，就算是死也要拉妳做陪葬！」

老人以一種可怕駭人的語氣說了這段話。這下子阿香再也忍無可忍了，她使盡吃奶的力氣掙脫了老人的魔掌，立刻拔腿狂奔，眼看馬上就要翻過堤防，跳進渠裡投水自盡了！老人心一慌，趕緊也翻過堤防，想要阻止阿香做傻事。沒想到卻在醉眼朦朧之下，一個腳步沒踩穩，在霜上滑了一跤，就這樣撲通一聲掉進了水裡。

八田巡查眼見大事不妙，趕緊飛奔前來救人。阿香一看到他，喘吁吁地喊了一聲：「阿義！」然後便一頭鑽進巡查懷裡，靠在他的胸膛上，同時伸出雙臂緊緊地抱著他，彷彿外頭什麼事都已不重要了。然而她身旁的男子，卻冷冷地站在那裡，像根被藤蔓環繞著的枯木似地不發一語。巡查站在堤防上，一手舉起提燈照亮下方，一邊俯瞰著水面。此時岸邊的溫度已經降到冰點，遠方某處比墨水還要漆黑的水面上，正猛烈地冒出白色的氣泡，且四周凝結的薄冰也出現一道道裂痕，看來老人就是從那兒掉進水裡的。

八田巡查鎖定目標後沒有片刻猶豫，將手中的提燈放在一旁，凝視著緊緊依偎著他的少女。她就像是一枝別在他胸前的花簪，如此標緻而美麗。他不禁感到心頭一陣澎湃，身體激動顫抖著。他用力地將阿香擁入懷中，兩人緊緊相貼，難分難捨。接著巡查靜靜伸手推開阿香，說道：「妳讓開。」

「咦？你要做什麼？」阿香抬起頭，向上望著巡查的臉。

「我得下去救他。」

「你要下水救我伯父？」

「不是妳伯父，是有個老百姓掉進水裡了。」

「但是……」

巡查臉色十分凝重，說道：「這是我的職務！」

「可、可是你……」

巡查冷冷地說道：「此乃職責所在！」

阿香稍微明白了巡查話中的含意，臉色蒼白地說：「啊，可是你……可是你根本是隻旱鴨子，不是嗎？」

「這是工作！」

「就算是這樣……」

「糟了！老頭快要不行了。雖然我也恨不得他去死，但基於職責所在我必須救他！妳不要再阻止我了！」

阿香拚命地用雙手攔住巡查，一面大聲呼救：「不可以、你不可以下去。拜託，誰快來幫幫忙吧！救命啊！救命啊！」任憑阿香喊得聲嘶力竭，放眼望去只見土牆石壁，方圓數里之內沒有半個行人。

八田巡查提高音量：「還不快給我放手！」

巡查狠下心來用力地甩開阿香，才一眨眼的功夫，他已奮力一躍，不顧一切似地跳進水裡。阿香一驚之下，竟當場香消玉殞。可憐的八田，身為一位警官，為了履行身上背負的社會責任，竟願意犧牲自己的性命，去拯救一個自己深惡痛絕的狠毒老人。明明是隻旱鴨子，卻在這寒冷的深夜裡，為了救人跳進冰冷的水中，連自己的生命與愛情也一起葬送了。此後，社會大眾多半認為八田巡查是個富有愛心的人。不過真是如此嗎？他冷酷苛刻又不通情理，不但對一位理當寬恕的老車夫粗聲厲語，還嚴辭譴責一對值得同情的可憐母子。儘管他再怎麼對工作鞠躬盡瘁，也不會有人對他這種敬業精神表示讚賞。

註1◆巡查：日本警察制度中最基層的員警。

註2◆臭烏鴉：當時巡查的制服為黑衣、黑褲、黑帽，故以此比喻巡查。

註3◆四谷：地名，位於東京都新宿區東部。

註4◆上戰場去打仗：當時正值中日甲午戰爭。

註5◆明治二十七年：西元一八九四年。

註6◆半藏門：位於東京都千代田區。

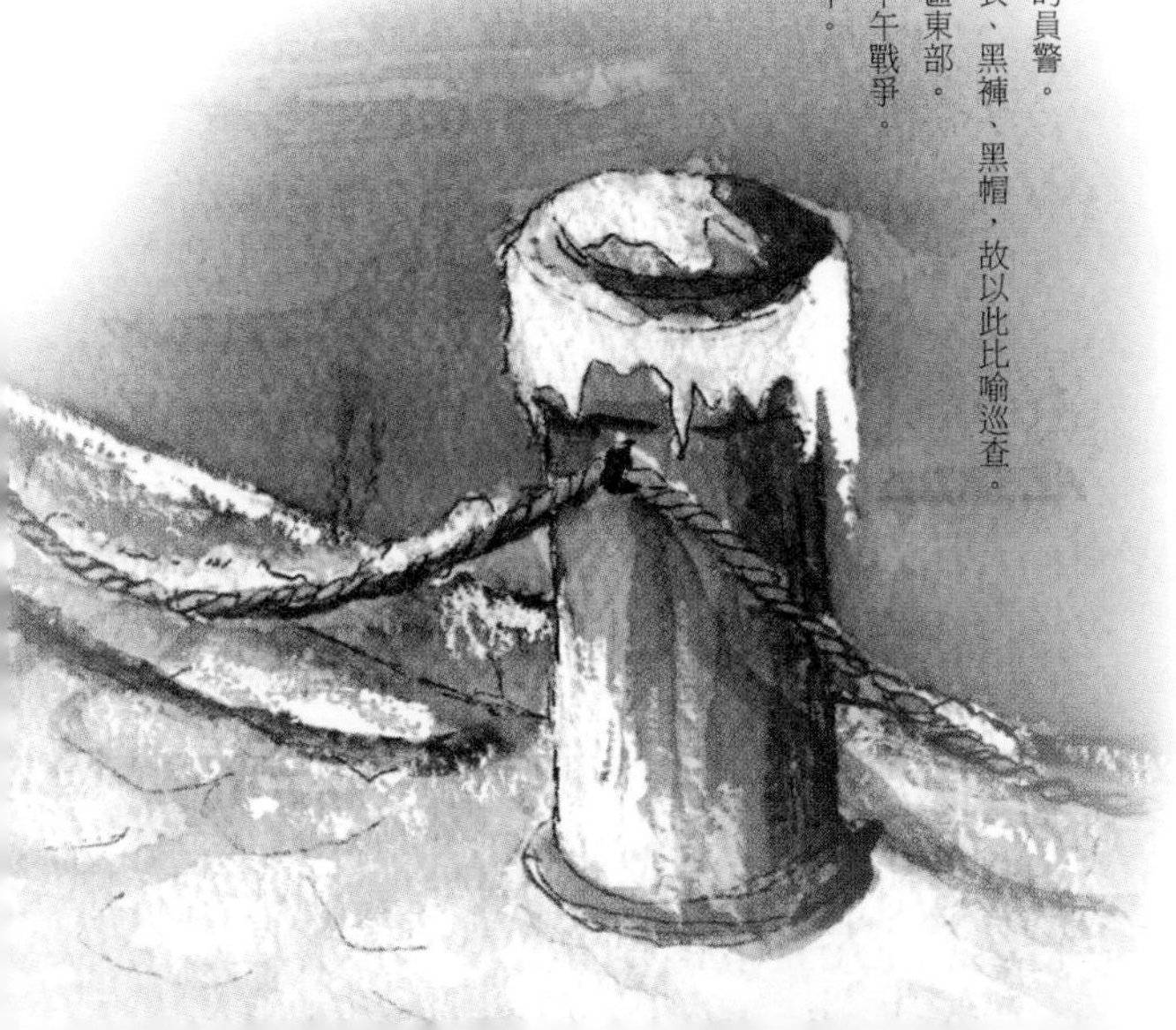

眉《まゆ》かくしの霊《れい》

導讀　華麗中的恐懼——夢境與現實交織的怪談

泉鏡花的父親是加賀當地出色的雕金師，母親則是出身江戶葛野流的能樂之家，從小受到傳統藝術的薰陶，因此泉鏡花的文學寫作風格深受江戶文藝影響，在戲曲與俳句也有所鑽研，他的奇幻文學題材並被喻為當代的先驅。由人世遁入鬼神之界，出入現實與幻境之中的泉鏡花曾這麼說道：「妖怪，是我感情的化身」。

一九二四年（大正十三年）泉鏡花於《苦樂》雜誌上發表了〈掩眉靈〉，在深山之中，鏡花馳騁奔放的想像力，幻化為綺麗戰慄的妖異怪談。後世分析泉境花的作品，女人、水、死亡為最基本的三大元素，這篇作品依然具有鏡花文學的特色：愛情悲劇以及為愛而死的女人，文體上也是鏡花常見的嵌入式結構，故事之中鑲嵌著一個又一個的故事，從境贊吉的撞邪、廚子見著桔梗池中的魔女、到離奇的通姦案件，以及阿豔無辜枉死的情節。而水更是貫穿全篇意境的寫照：奈良井旅館中的池塘、水龍頭嘩啦嘩啦流出的水流、湍急的奈良井川、桔梗之池的池水等等，在神話中必備的基本元素「水」，在泉鏡花的眼中，彷彿是通往異界的橋樑，緊扣著全篇不可思議的靈幻。故事結尾，女鬼阿艷再度現身，「房內水光粼粼，落雪紛亂的灑落在榻榻米之上，宛如白色桔梗綻放於沙洲之上。」這段華麗的詞藻，將通俗的鬼故事氣氛提升到最高點，也留下耐人尋味的餘韻。

相較於怪談文學中，最常引用「夢」的元素來串通陰陽異界，泉鏡花改用西方魔幻寫實的手法，用暗夜中飄忽來去的巴紋燈籠，以及境贊吉見到女鬼阿艷後化身為魚的劇情，混和寫實與幻想、虛構與荒誕手法，營造出陰陽兩界的殊異。全篇借助著時序的顛倒、多角度敘述、宛如電影蒙太奇式的意境，去反應人內心世界的一種特殊景象。我們可以看見，故事從「過去」進行到「現在」，又從「現在」回溯到更久遠的「過去」；敘事者一下子從境贊吉的朋友「我」，跳到境贊吉第一人稱的角度，還有從廚子伊作的觀點出發，讓我們看到故事中由不同角度所呈現出的各式樣貌。此外，泉鏡花善用象徵、寓意、暗喻等藝術手法，如同安徒生因貝特所說的『製造一種既超自然而又不脫離自然的氣氛』，也就是魔幻寫實主義作家們所講的『變現實為幻想而不失其真』。當境贊吉敘述到，在逢魔時刻的黎明前，木曾山中滿嘴鮮血的藝妓宛如美艷女鬼的化身，恐有遭受獵人錯認而被槍殺的可能性時，其實就暗喻了女鬼阿豔的下場。而阿豔聽聞了廚子伊作描述的桔梗池魔女，便仿照了桔梗夫人剃去眉毛的模樣，在遭誤認射殺之後，回到旅館中的幽魂同樣攬鏡裝扮的姿態，像是鏡子裡外彼此映照的情結，巧妙地呈現女子「宿命」的象徵意境。

當然，泉境花的靈感不可能源自六〇年代的魔幻寫實主義，而是萃取自日本傳統戲曲「能劇」（以歌和舞表演的戲劇）。能劇的主角幾乎都是幽魂，因此情節都是敘述已經完結的人生，但能劇所表現的，是超越時空的人的本質或感情。能劇的動作非常緩慢簡單，但每一個動作都能表現出複雜的感情，正是所謂的「身體動三分，心靈動七分」的戲劇。鏡花即很少深入地對角色的心靈狀態做詳細鋪陳，但藉由角色簡短的台詞或是動作、反應，可以體察到人物心中細微的情感起伏。例如境贊吉在房內看見阿豔的背影時，從敘述阿豔的衣著、優雅梳妝的動作，到她打破靜默，回眸問了句「好看嗎？」這樣簡單的一句話，背後卻隱藏著阿豔複雜的心緒和為愛果決的勇氣，並將逐步堆疊攀升的恐怖氣氛，推向絕頂恐怖的毛骨悚然。

如果說具有日本獨特的美感的能劇是幽玄美最好的代表，那麼鏡花則是徹底地將能劇的精髓融入了作品之中。如同能劇的角色設定，境花筆下的人物由超現實的魑魅魍魎（阿豔）、想像中的鬼神（桔梗池夫人）及現實世界的凡人（境贊吉、廚子伊作等）所構成，劇情穿梭在現在與過去之間，透過敘述、回憶、對話等場景，再現一個個過去的事件與人物，呈現出能劇中「再生」的意念。他並採用一種夢囈與現實錯置的幻化手法，打亂時間和空間的順序，使只能在夢境中出現的描述，在現實中呈現。除此之外，鏡花風格有著能劇「序破急」五段漸層的強調方式，同樣重視雕琢出華麗文詞，在朗讀上更有著謠曲的歌謠旋律感。小說中境贊吉原本為第三人稱，到了中間轉化為「我」的觀察和回憶，使讀者漸漸產生觸及角色心情的感受，也正是能劇中「一面表情一面說話」的手法，在營造浪漫、神祕氣氛上，形成了色彩強烈鮮明的印象。

泉鏡花所固守的古典藝術表現，為追求西化的近代日本，搭起了和傳統文化連接的橋樑。他在語彙上精湛的表現能力與獨特驚人的想像力，被夏目漱石與川端康成讚譽為「天才」。他所留下的諸多作品，現在仍持續被改編為戲劇，在陽世的舞台上，為世人開啟通往異界空間的通道。

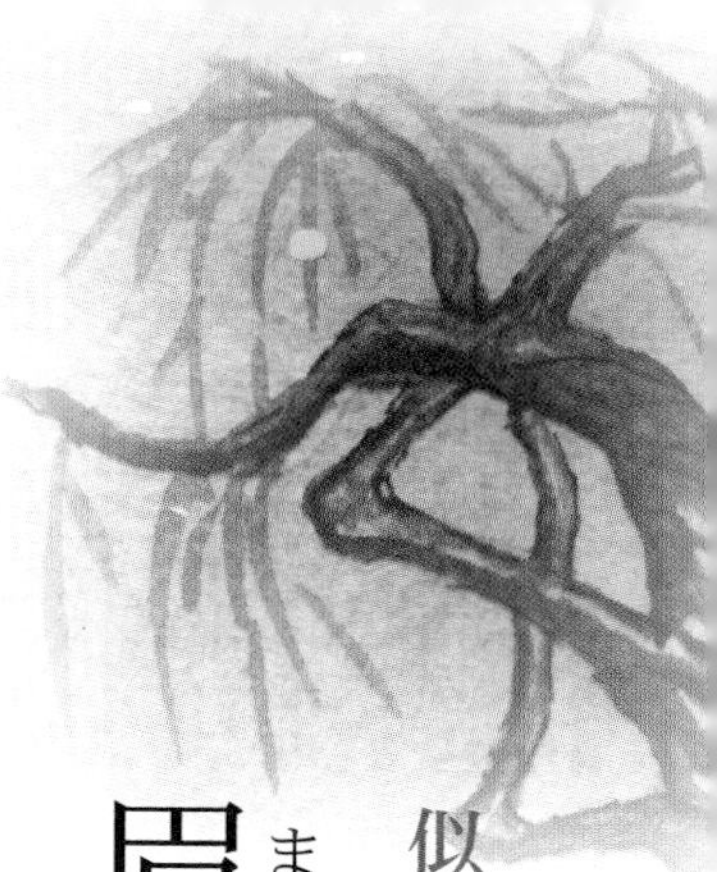

似合いますか。

眉《まゆ》かくしの霊《れい》

気の籠もった優しい眉の両方を、
懐紙でひたと隠して、
大きな瞳でじっと視て、
莞爾した歯が黒い。

Track 9

一《いち》

木曾街道《きそかいどう》、奈良井《ならい》の駅《えき》は、中央線起点《ちゅうおうせんきてん》、飯田町《いいだまち》より一五八哩二《いちごはちマイルに》、海抜三二〇〇尺《かいばつさんにまるまるしゃく》、と言《い》い出《だ》すより、膝栗毛《ひざくりげ》を思《おも》う方《ほう》が手《て》っ取《と》り早《はや》く行旅《こうりょ》の情《じょう》を催《もよお》させる。

ここは弥次郎兵衛《やじろべえ》、喜多八《きだはち》が、とぼとぼと鳥居峠《とりいとうげ》を越《こ》すと、日《ひ》も西《にし》の山《やま》の端《は》に傾《かたむ》きければ、両側《りょうがわ》の旅籠屋《はたごや》より、女《おんな》ども立《た》ち出《い》でて、もしもしお泊《と》まりじゃござんしないか、お風呂《ふろ》も湧《わ》いていずに、お泊《と》まりなお泊《と》まりな――喜多八《きだはち》が、まだ少《すこ》し早《はや》いけれど……弥《や》次郎《じろ》、もう泊《と》まってもよかろう、のう姐《ねえ》さん――女《おんな》、お泊《と》まりなさんし、お夜食《やしょく》はお飯《まんま》でも、蕎麦《そば》でも、お蕎麦《そば》でよかあ、おはたご安《やす》くして上《あ》げませず。弥次郎《やじろ》、いかさま、安《やす》い方《ほう》がいい、蕎麦《そば》でいくらだ。女《おんな》、はい、お蕎麦《そば》なら百十六銭《ひゃくじゅうろくもん》でござんさあ。二人《ふたり》は旅銀《りょぎん》の乏《とぼ》しさに、そんならそうときめて泊《と》まって、湯《ゆ》から上《あ》がると、その約束《やくそく》の蕎麦《そば》が出《で》る。さっそくにくいかかって、喜多八《きだはち》、こっちの方《ほう》では蕎麦《そば》はいいが、したじが悪《わる》いにはあやまる。弥次郎《やじろ》、そのかわりにお給仕《きゅうじ》がうつくしいからいい、のう姐《ねえ》さん、と洒落《しゃれ》かかって、もう一杯《いっぱい》くんねえ。女《おんな》、もうお蕎麦《そば》はそれぎりでござんさあ。弥次郎《やじろ》、なに、もうねえのか、たった二《に》ぜんずつ食《く》ったものを、つまらねえ、これじゃあ食《く》いたりねえ。喜多《きだ》八《はち》、はたごが安《やす》いも凄《すさ》まじい。二《に》はいばかり食《く》っていられるものか。弥次郎《やじろ》……馬鹿《ばか》なつらな、銭《ぜに》は出《だ》すから飯《めし》をくんねえ。……無慙《むざん》や、なけなしの懐中《ふところ》を、けっく蕎麦《そば》だけ余計《よけい》につかわされて悄気返《しょげかえ》る。その夜《よる》、故郷《こきょう》の江戸《えど》お箪笥町《たんすまち》引出《ひきだ》し横《よこ》町《ちょう》、取手屋《とってや》の鐶兵衛《かんべえ》とて、工面《くめん》のいい馴染《なじみ》に逢《あ》って、ふもとの山寺《やまでら》に詣《もう》で鹿《しか》の鳴《な》き声《ごえ》を聞《き》いた処《ところ》……

……と思《おも》うと、ふとここで泊《と》まりたくなった。停車場《ステーション》を、もう汽車《きしゃ》が出《で》ようとする間際《まぎわ》だったと言《い》うのである。

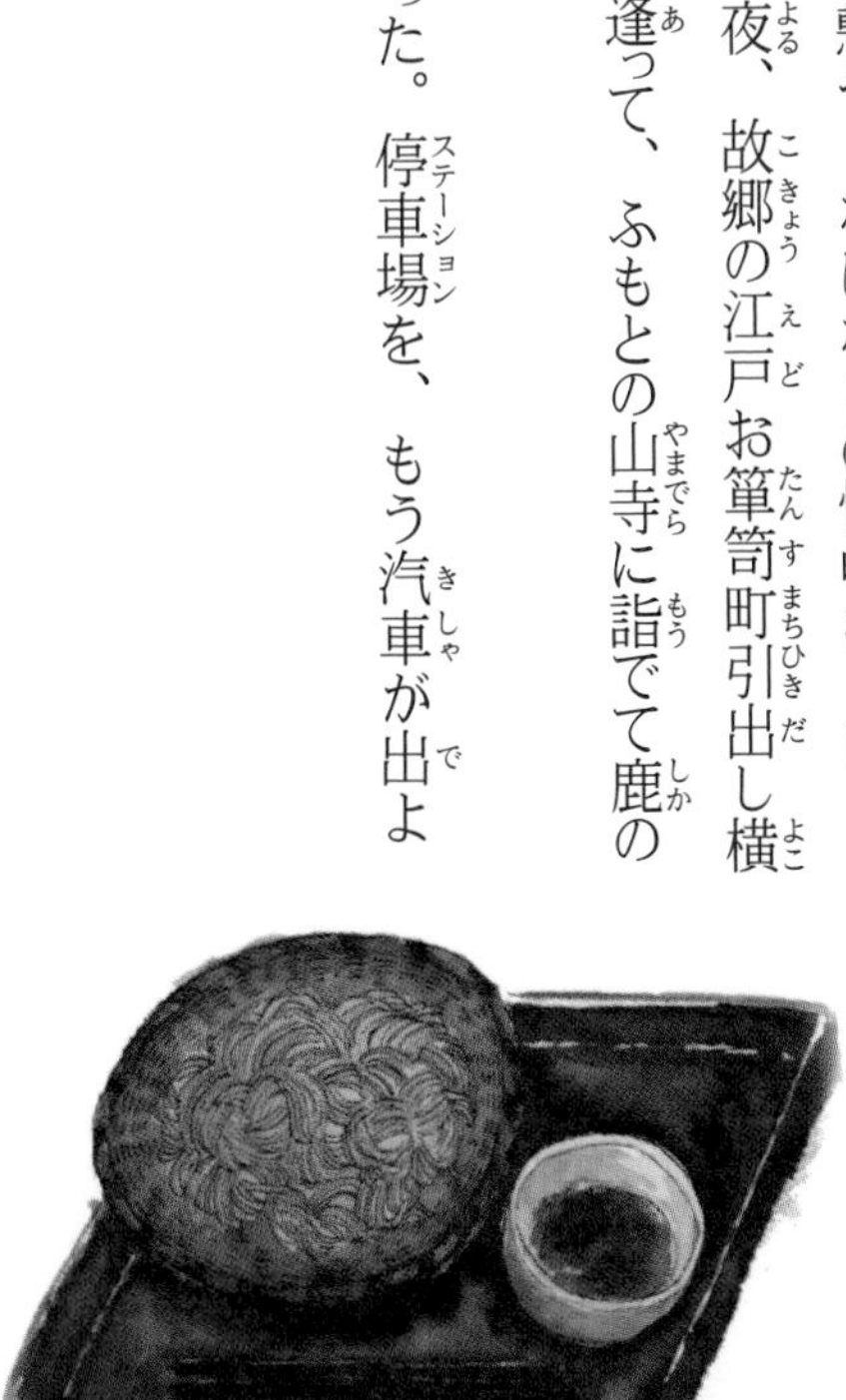

この、筆者《ひっしゃ》の友《とも》、境賛吉《さかいさんきち》は、実《じつ》は蔦《つた》かずら木曾《きそ》の桟橋《かけはし》、寝覚《ねざめ》の床《とこ》などを見物《けんぶつ》のつもりで、上松《あげまつ》までの切符《きっぷ》を持《も》っていた。霜月《しもつき》の半《なか》ばであった。

「……しかも、その（蕎麦二膳《そばにぜん》）には不思議《ふしぎ》な縁《えん》がありましたよ……」

と、境《さかい》が話《はな》した。

昨夜《さくや》は松本《まつもと》で一泊《いっぱく》した。御存《ごぞん》じの通《とお》り、この線《せん》の汽車《きしゃ》は塩尻《しおじり》から分岐点《のりかえ》で、東京《とうきょう》から上松《あげまつ》へ行《ゆ》くものが松本《まつもと》で泊《と》まったのは妙《みょう》である。もっとも、松本《まつもと》へ用《よう》があって立《た》ち寄《よ》ったのだと言《い》えば、それまででざっと済《す》む。が、それだと、しめくくりが緩《ゆる》んでちと辻褄《つじつま》が合《あ》わない。何《なに》も穿鑿《せんさく》をするのではないけれど、実《じつ》は日数《にっすう》の少《すく》ないのに、汽車《きしゃ》の遊《あそ》びを貪《むさぼ》った旅《た》行《び》で、行途《ゆき》は上野《うえの》から高崎《たかさき》、妙義山《みょうぎさん》を見《み》つつ、横川《よこかわ》、熊《くま》の平《たいら》、浅間《あさま》を眺《なが》め、軽井沢《かるいざわ》、追分《おいわけ》をすぎ、篠《しの》の井線《いせん》に乗《の》り替《か》えて、姨捨田毎《おばすてたごと》を窓《まど》から覗《のぞ》いて、泊《とま》りはそこで松本《まつもと》が予定《よてい》であった。その松本《まつもと》には「いい娘《むすめ》の居《い》る旅館《りょかん》があります。懇意《こんい》ですから御紹介《ごしょうかい》をしましょう」と、名《な》のきこえた画家《がか》が添《そ》え手紙《てがみ》をしてくれた。

……よせばいいのに、昨夜《さくや》その旅館《りょかん》につくと、なるほど、帳場《ちょうば》にはそれらしい束髪《そくはつ》の女《おんな》が一人《ひとり》見《み》えたが、座敷《ざしき》へ案内《あんない》したのは無論女中《むろんじょちゅう》で。……さてその紹介《しょうかい》状《じょう》を渡《わた》したけれども、娘《むすめ》なんぞ寄《よ》っても着《つ》かない、……ばかりでない。この霜《しも》夜《よ》に、出《だ》しがらの生温《なまぬる》い渋茶一杯《しぶちゃいっぱい》汲《く》んだきりで、お夜食《やしょく》ともお飯《まんま》とも言《い》い出《だ》さぬ。座敷《ざしき》は立派《りっぱ》で卓《たく》は紫檀《したん》だ。火鉢《ひばち》は大《おお》きい。が火《ひ》の気《け》はぽっちり。で、灰《はい》の白《しろ》いのにしがみついて、何《なに》しろ暖《あたた》かいものでお銚子《ちょうし》をと云《い》うと、板前《いたまえ》で火《ひ》を引《ひ》いてしまいました、なんにも出来《でき》ませんと、女中《ねえさん》の素気《そっけ》なさ。寒《さむ》さは寒《さむ》し、なるほど、火《ひ》を引《ひ》いたような、家中寂寞《かちゅうひっそり》とはしていたが、まだ十一時前《じゅういちじまえ》である……酒《さけ》だけなりと、頼《たの》むと、おあいにく。酒《さけ》はないのか、ござりません。――じゃ、麦酒《ビール》でも。それもお気《き》の毒様《どくさま》だと言《い》う。姐《ねえ》さん……、境《さかい》は少々《しょうしょう》居直《いなお》って、どこか近所《きんじょ》から取《と》り寄《よ》せてもらえまいか。へいもう遅《おそ》うござりますで、飲食店《いんしょくてん》は寝《ね》ましたでな……飲《いん》食店《しょくてん》だと言《い》やあがる。はてな、停車場《ステーション》から、震《ふる》えながら俥《くるま》でくる途中《とちゅう》、ついこの近《ちか》まわりに、冷《つめ》たい音《おと》して、川《かわ》が流《なが》れて、橋《はし》がかかって、両側《りょうがわ》に遊廓《ゆうかく》らしい家《いえ》が並《なら》んで、茶《ちゃ》めし

の赤《あか》い行燈《あんどん》もふわりと目《め》の前《まえ》にちらつくのに——ああ、こうと知《し》ったら軽井沢《かるいざわ》で買《か》った二合《にごう》罎《びん》を、次郎《じろう》どのの狗《いぬ》ではないが、皆《みな》なめてしまうのではなかったものを。大歎息《おおためいき》とともに空《す》き腹《ばら》をぐうと鳴《な》らして可哀《あわれ》な声《こえ》で、姐《ねえ》さん、そうすると、酒《さけ》もなし、麦酒《ビール》もなし、肴《さかな》もなし……お飯《まんま》は。いえさ、今晩《こんばん》の旅籠《はたご》の飯《めし》は。へい、それが間《ま》に合《あ》いませんので……火《ひ》を引《ひ》いたあとなもんでなあ——何《なん》の怨《うら》みか知《し》らないが、こうなると冷遇《れいぐう》を通《とお》り越《こ》して奇《きっ》怪《かい》である。なまじ紹介状《しょうかいじょう》があるだけに、喧嘩面《けんかづら》で、宿《やど》を替《か》えるとも言《い》われない。前世《ぜんせ》の業《ごう》と断念《あきら》めて、せめて近所《きんじょ》で、蕎麦《そば》か饂飩《うどん》の御都合《ごつごう》はなるまいか、と恐《おそ》る恐《おそ》る申《もう》し出《で》ると、饂飩《うどん》なら聞《き》いてみましょう。ああ、それを二《に》ぜん頼《たの》みます。女中《じょちゅう》は遁《に》げ腰《ごし》のもったて尻《じり》で、敷居《しきい》へ半分《はんぶん》だけ突《つ》き込《こ》んでいた膝《ひざ》を、ぬいと引《ひ》っこ抜《ぬ》いて不精《ぶしょう》に出《で》て行《ゆ》く。

待《ま》つことしばらくして、盆《ぼん》で突《つ》き出《だ》したやつを見《み》ると、丼《どんぶり》がたった一《ひと》つ。腹《はら》の空《す》いた悲《かな》しさに、姐《ねえ》さん二《に》ぜんと頼《たの》んだのだが。と詰《なじ》るように言《い》うと、へい、二《に》ぜん分《ぶん》、装《も》り込《こ》んでございますで。いや、相《あい》わかりました。どうぞおかまいなく、お引《ひ》き取《と》りを、と言《い》うまでもなし……ついと尻《しり》を見《み》せて、すたすたと廊下《ろうか》を行《ゆ》くのを、継児《ままっこ》のような目《め》つきで見《み》な

がら、抱《だ》き込《こ》むばかりに蓋《ふた》を取《と》ると、なるほど、二《に》ぜんもり込《こ》みだけに汁《したじ》がぽっちり、饂飩《うどん》は白《しろ》く乾《かわ》いていた。

この旅館《りょかん》が、秋葉山三尺坊《あきばさんさんじゃくぼう》が、飯綱権現《いいづなごんげん》へ、客《きゃく》を、たちものにしたところへ打撞《ぶつか》ったのであろう、泣《な》くより笑《わら》いだ。

その……饂飩《うどん》二《に》ぜんの昨夜《ゆうべ》を、むかし弥次郎《やじろ》、喜多八《きだはち》が、夕旅籠《ゆうはたご》の蕎麦《そば》二《に》ぜんに思《おも》い較《くら》べた。いささか仰山《ぎょうさん》だが、不思議《ふしぎ》の縁《えん》というのはこれで——急《きゅう》に奈良井《ならい》へ泊《と》まってみたくなったのである。

日《ひ》あしも木曾《きそ》の山《やま》の端《は》に傾《かたむ》いた。宿《しゅく》には一時雨《ひとしぐれ》さっとかかった。

雨《あめ》ぐらいの用意《ようい》はしている。駅前《えきまえ》の俥《くるま》は便《たよ》らないで、洋傘《かさ》で寂《さび》しく凌《しの》いで、鴨居《かもい》の暗《くら》い檐《のき》づたいに、石《いし》ころ路《みち》を辿《たど》りながら、度胸《どきょう》は据《す》えたぞ。——持《も》って来《こ》い、蕎麦《そば》二膳《にぜん》。で、昨夜《ゆうべ》の饂飩《うどん》は暗討《やみう》ちだ——今宵《こよい》の蕎麦《そば》は望《のぞ》むところだ。——旅《たび》のあわれを味《あじ》わおうと、硝子《ガラス》張《ば》りの旅館一二軒《りょかんいちにけん》を、わざと避《さ》けて、軒《のき》に山駕籠《やまかご》と干菜《ひば》を釣《つ》るし、土間《どま》の竈《かまど》で、割木《わりぎ》の火《ひ》を焚《た》く、佗《わび》しそうな旅籠屋《はたごや》を烏《からす》のように覗《のぞ》き込《こ》み、黒《くろ》き外套《がいとう》で、御免《ごめん》と、入《はい》ると、頬冠《ほおかぶ》りをした親父《おやじ》がその竈《かまど》の下《した》を焚《た》いている。框《かまち》がだだ広《ひろ》く、炉《ろ》が大《おお》きく、煤《すす》けた天井《てんじょう》に八間《はちけん》行燈の掛《か》かったのは、山駕籠《やまかご》と対《つい》の註文通《ちゅうもんどお》り。階子下《はしごした》の暗《くら》い帳場《ちょうば》に、坊主頭《ぼうずあたま》の番頭《ばんとう》は面白《おもしろ》い。

「いらっせえ。」

蕎麦《そば》二膳《にぜん》、蕎麦《そば》二膳《にぜん》と、境《さかい》が覚悟《かくご》の目《め》の前《まえ》へ、身軽《みがる》にひょいと出《で》て、慇懃《いんぎん》に会釈《えしゃく》をされたのは、焼麸《やきふ》だと思《おも》う（しっぽく）の加料《かやく》が蒲鉾《かまぼこ》だったような気《き》がした。

「お客様《きゃくさま》だよ――鶴《つる》の三番《さんばん》。」

女中《じょちゅう》も、服装《みなり》は木綿《もめん》だが、前垂《まえだれ》がけのさっぱりした、年紀《とし》の少《わか》い色白《いろじろ》なのが、窓《まど》、欄干《らんかん》を覗《のぞ》く、松《まつ》の中《なか》を、攀《よ》じ上《のぼ》るように三階《さんかい》へ案内《あんない》した。――十畳敷《じゅうじょうじき》。……柱《はしら》も天井《てんじょう》も丈夫《じょうぶ》造《づく》りで、床《とこ》の間《ま》の誂《あつら》えにもいささかの厭味《いやみ》がない、玄関《げんかん》つきとは似《に》もつかない、しっかりした屋台《やたい》である。

敷蒲団《しきぶとん》の綿《わた》も暖《あたた》かに、熊《くま》の皮《かわ》の見事《みごと》なのが敷《し》いてあるは。ははあ、膝栗毛時代《ひざくりげじだい》に、峠《とうげ》路《じ》で売《う》っていた、猿《さる》の腹《はら》ごもり、大蛇《おろち》の肝《きも》、獣《けもの》の皮《かわ》というのはこれだ、と滑稽《おどけ》た殿様《とのさま》にな

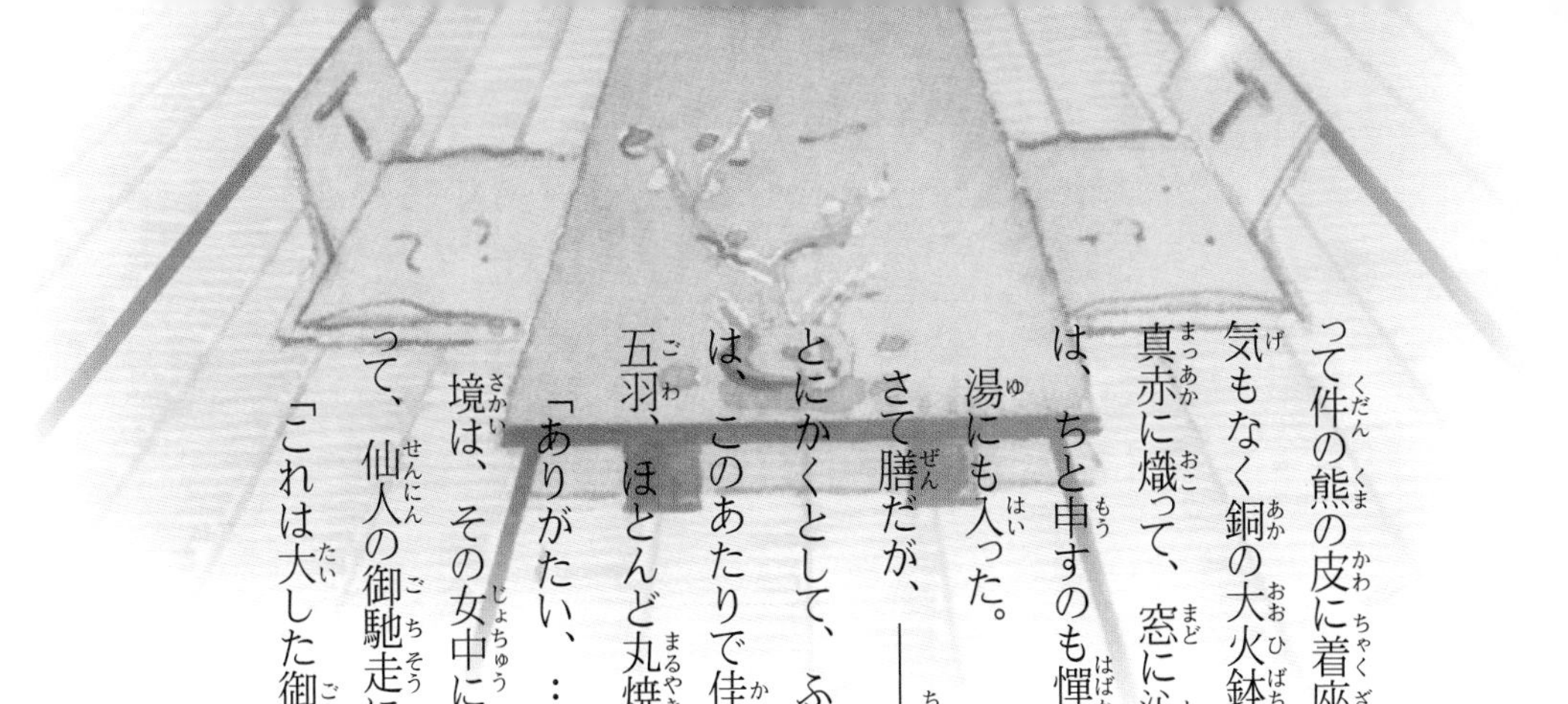

って件《くだん》の熊《くま》の皮《かわ》に着座《ちゃくざ》に及《およ》ぶと、すぐに台十《だいじゅう》能へ火《ひ》を入《い》れて女中《ねえ》さんが上《あ》がって来《き》て、惜《お》し気《げ》もなく銅《あか》の大火鉢《おおひばち》へ打《ぶ》ちまけたが、またおびただしい。青《あお》い火《ひ》さきが、堅炭《かたずみ》を搦《から》んで、真赤《まっあか》に熾《おこ》って、窓《まど》に沁《し》み入《い》る山颪《やまおろし》はさっと冴《さ》える。三階《さんかい》にこの火《ひ》の勢《いきお》いは、大地震《おおじしん》のあとでは、ちと申《もう》すのも憚《はばか》りあるばかりである。

湯《ゆ》にも入《はい》った。

さて膳《ぜん》だが、――蝶脚《ちょうあし》の上《うえ》を見《み》ると、蕎麦扱《そばあつか》いにしたは気恥《きは》ずかしい。わらさの照焼《てりやき》はとにかくとして、ふっと煙《けむり》の立《た》つ厚焼《あつやき》の玉子《たまご》に、椀《わん》が真白《まっしろ》な半《はん》ぺんの葛《くず》かけ。皿《さら》についたのは、このあたりで佳品《かひん》と聞《き》く、鶫《つぐみ》を、何《なん》と、頭《かしら》を猪口《ちょく》に、股《また》をふっくり、胸《むね》を開《ひら》いて、五羽《ごわ》、ほとんど丸焼《まるやき》にして芳《かんば》しくつけてあった。

「ありがたい、……実《じつ》にありがたい。」

境《さかい》は、その女中《じょちゅう》に馴《な》れない手《て》つきの、それも嬉《うれ》しい……酌《しゃく》をしてもらいながら、熊《くま》に乗《の》って、仙人《せんにん》の御馳走《ごちそう》になるように、慇懃《いんぎん》に礼《れい》を言《い》った。

「これは大《たい》した御馳走《ごちそう》ですな。……実《じつ》にありがたい……全《まった》く礼《れい》を言《い》いたいなあ。」

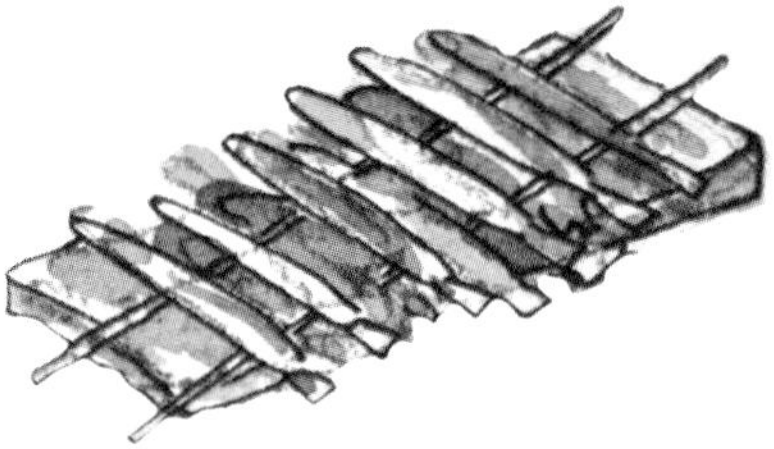

心底《しんそこ》のことである。はぐらかすとは様子《ようす》にも見《み》えないから、若《わか》い女中《じょちゅう》もかけ引《ひ》きなしに、

「旦那《だんな》さん、お気《き》に入《い》りまして嬉《うれ》しゅうございますわ。さあ、もうお一《ひと》つ。」

「頂戴《ちょうだい》しよう。なお重《かさ》ねて頂戴《ちょうだい》しよう。——時《とき》に姐《ねえ》さん、この上《うえ》のお願《ねが》いだがね、……どうだろう、この鶫《つぐみ》を別《べつ》に貰《もら》って、ここへ鍋《なべ》に掛《か》けて、煮《に》ながら食《た》べるというわけには行《ゆ》くまいか。——鶫《つぐみ》はまだいくらもあるかい。」

「ええ、笊《ざる》に三杯《さんばい》もございます。まだ台所《だいどころ》の柱《はしら》にも束《たば》にしてかかっております。」

「そいつは豪気《ごうぎ》だ。——少《すこ》し余分《よぶん》に貰《もら》いたい、ここで煮《に》るように……いいかい。」

「はい、そう申《もう》します。」

「ついでにお銚子《ちょうし》を。火《ひ》がいいから傍《そば》へ置《お》くだけでも冷《さ》めはしない。……通《かよ》いが遠《とお》くって気《き》の毒《どく》だ。三本《さんぼん》ばかり一時《いちどき》に持《も》っておいで。……どうだい。岩見重太郎《いわみじゅうたろう》が註文《ちゅうもん》をするようだろう。」

「おほほ。」

今朝《けさ》、松本《まつもと》で、顔《かお》を洗《あら》った水瓶《みずがめ》の水《みず》とともに、胸《むね》が氷《こおり》に鎖《とざ》されたから、何《なん》の考《かんが》えもつかなかった。ここで暖《あたた》かに心《こころ》が解《と》けると、……分《わ》かった、饂飩《うどん》で虐待《ぎゃくたい》した理由《わけ》というのが——紹介状《しょうかいじょう》をつけた画伯《がはく》は、近頃《ちかごろ》でこそ一家《いっか》をなしたが、若《わか》くて放浪《ほうろう》した時代《じだい》に信州路《しんしゅうじ》を経歴《へめぐ》って、その旅館《りょかん》には五月《いつつき》あまりも閉《と》じ籠《こ》もった。滞《とどこお》る旅籠代《はたごだい》の催促《さいそく》もせず、帰途《かえり》には草鞋銭《わらじせん》まで心着《こころづ》けた深切《しんせつ》な家《うち》だと言《い》った。が、ああ、それだ。……おなじ人《ひと》の紹介《しょうかい》だから旅籠代《はたごだい》を滞《とどこお》らして、草鞋銭《わらじせん》を貰《もら》うのだと思《おも》ったに違《ちが》いない。……

「ええ、これは、お客様《きゃくさま》、お粗末《そまつ》なことでして。」

と紺《こん》の鯉口《こいぐち》に、おなじ幅広《はばびろ》の前掛《まえか》けした、痩《や》せた、色《いろ》のやや青黒《あおぐろ》い、陰気《いんき》だが律儀《りちぎ》らしい、まだ三十六七《さんじゅうろくしち》ぐらいな、五分刈《ごぶが》りの男《おとこ》が丁寧《ていねい》に襖際《ふすまぎわ》に畏《かしこ》まった。

「どういたして、……まことに御馳走様《ごちそうさま》。……番頭《ばんとう》さんですか。」

「いえ、当家《とうけ》の料理人《りょうりにん》にございますが、至《いた》って不束《ふつつか》でございまして。……それに、かような山家辺鄙《やまがへんぴ》で、一向《いっこう》お口《くち》に合《あ》いますものもございませんで。」

「とんでもないこと。」

「つきまして、……ただいま、女《おんな》どもまでおっしゃりつけでございましたが、鶫《つぐみ》を、貴方《あなた》様《さま》、何《なに》か鍋《なべ》でめしあがりたいというお言《ことば》で、いかようにいたして差《さ》し上《あ》げましょうやら、右《みぎ》、女《おんな》どももやっぱり田舎《いなか》もののことでございますで、よくお言《ことば》がのみ込《こ》めかねます。ゆえに失礼《しつれい》ではございますが、ちょいとお伺《うかが》いに出《で》ましてございますが。」

境《さかい》は少《すく》なからず面《めん》くらった。

「そいつはどうも恐縮《きょうしゅく》です。——遠方《えんぽう》のところを。」

とうっかり言《い》った。……

「串戯《じょうだん》のようですが、全《まった》く三階《さんかい》まで。」

「どう仕《つかまつ》りまして。」

「まあ、こちらへ——お忙《いそが》しいんですか。」

「いえ、お膳《ぜん》は、もう差《さ》し上《あ》げました。それが、お客様《きゃくさま》も、貴方様《あなたさま》のほか、お二組《ふたくみ》ぐらいよりございません。」

「では、まあこちらへ。――さあ、ずっと。」

「はッ、どうも。」

「失礼《しつれい》をするかも知《し》れないが、まあ、一杯《ひとつ》。ああ、――ちょうどお銚子《ちょうし》が来《き》た。女中《ねえ》さん、お酌《しゃく》をしてあげて下《くだ》さい。」

「は、いえ、手前不調法《てまえぶちょうほう》で。」

「まあまあ一杯《ひとつ》。――弱《よわ》ったな、どうも、鶫《つぐみ》を鍋《なべ》でと言《い》って、……その何《なん》ですよ。」

「旦那様《だんなさま》、帳場《ちょうば》でも、あの、そう申《もう》しておりますの。鶫《つぐみ》は焼《や》いてめしあがるのが一番《いちばん》おいしいんでございますって。」

「お膳《ぜん》にもつけて差《さ》し上《あ》げましたが、これを頭《あたま》から、その脳味噌《のうみそ》をするりとな、ひと噛《かじ》りにめしあがりますのが、おいしいんでございまして、ええとんだ田舎流儀《いなかりゅうぎ》ではございますがな。」

「お料理番《りょうりばん》さん……私《わたし》は決《けっ》して、料理《りょうり》をとやこう言《い》うたのではないのですよ。……弱《よわ》ったな、どうも。実《じつ》はね、あるその宴会《えんかい》の席《せき》で、その席《せき》に居《い》た芸妓《げいしゃ》が、木曾《きそ》の鶫《つぐみ》の話《はなし》をしたんです――大分酒《だいぶさけ》が乱《みだ》れて来《き》て、何《なん》とか節《ぶし》というのが、あっちこっちではじまると、木曾《きそ》節《ぶし》というのがこの時顕《ときあら》われて、――きいても可懐《なつか》しい土地《とち》だから、うろ覚《おぼ》えに覚《おぼ》えているが、（木曾《きそ》へ木曾《きそ》へと積《つ》み出《だ》す米《こめ》は）何《なん》とかっていうのでね……」

「さようで。」

と真四角《ましかく》に猪口《ちょく》をおくと、二《ふた》つ提《さ》げの煙草入《たばこい》れから、吸《す》いかけた煙管《きせる》を、金《かね》の火鉢《ひばち》だ、遠慮《えんりょ》なくコッツンと敲《たた》いて、

「……（伊那《いな》や高遠《たかと》の余《あま》り米《ごめ》）……と言《い》うでございます、米《こめ》、この女中《じょちゅう》の名《な》でございます、お米《よね》。」

「あら、何《なん》だよ、伊作《いさく》さん。」

と女中《じょちゅう》が横《よこ》にらみに笑《わら》って睨《にら》んで、

「旦那《だんな》さん、――この人《ひと》は、家《うち》が伊那《いな》だもんでございますから。」

「はあ、勝頼様《かつよりさま》と同国《どうこく》ですな。」

「まあ、勝頼様《かつよりさま》は、こんな男《おとこ》ぶりじゃありませんが。」

「当《あた》り前《まえ》よ。」

とむッつりした料理番《りょうりばん》は、苦笑《にがわら》いもせず、またコッツンと煙管《きせる》を払《はた》く。

「それだもんですから、伊那《いな》の贔屓《ひいき》をしますの——木曾《きそ》で唄《うた》うのは違《ちが》いますが。——(伊那《いな》や高遠《たかとお》へ積《つ》み出《だ》す米《こめ》は、みんな木曾路《きそじ》の余《あま》り米《ごめ》)——と言《い》いますの。」

「さあ……それはどっちにしろ……その木曾《きそ》へ、木曾《きそ》へのきっかけに出《で》た話《はなし》なんですから、私《わたし》たちも酔《よ》ってはいるし、それがあとの贄川《にえがわ》だか、峠《とうげ》を越《こ》した先《さき》の籔原《やぶはら》、福島《ふくしま》、上松《あげまつ》のあたりだか、よくは訊《き》かなかったけれども、その芸妓《げいしゃ》が、客《きゃく》と一所《いっしょ》に、鶫《つぐみ》あみを掛《か》けに木曾《きそ》へ行《い》ったという話《はなし》をしたんです。……まだ夜《よ》の暗《くら》いうちに山道《やまみち》をずんずん上《のぼ》って、案《あん》内者《ないしゃ》の指揮《さしず》の場所《ばしょ》で、かすみを張《は》って囮《おとり》を揚《あ》げると、夜明《よあ》け前《まえ》、霧《きり》のしらじらに、向《むこ》うの尾上《おのえ》を、ぱっとこちらの山《やま》の端《は》へ渡《わた》る鶫《つぐみ》の群《む》れが、むらむらと来《き》て、羽《は》ばたきをして、かすみに掛《か》かる。じわじわととって占《し》めて、すぐに焚火《たきび》で附《つ》け焼《や》きにして、膏《あぶら》の熱《あつ》いところを、ちゅッと吸《す》って食《た》べるんだが、そのおいしいこと、……と言《い》って、話《はなし》をしてね……」

「はあ、まったくで。」

「……ぶるぶる寒《さむ》いから、煮燗《にえかん》で、一杯《いっぱい》のみながら、息《いき》もつかずに、幾口《いくくち》か鶫《つぐみ》を噛《かじ》って、ああ、おいしいと一息《ひといき》して、焚火《たきび》にしがみついたのが、すっと立《た》つと、案内《あんない》についた土地《とち》の猟師《りょうし》が二人《ふたり》、きゃッと言《い》った――その何《なん》なんですよ、芸妓《げいしゃ》の口《くち》が血《ち》だらけになっていたんだとさ。生々《なまなま》とした半熟《はんじゅく》の小鳥《ことり》の血《ち》です。……とこの話《はなし》をしながら、うっかりしたようにその芸妓《げいしゃ》は手巾《ハンケチ》で口《くち》を圧《おさ》えたんですがね……たらたらと赤《あか》いやつが沁《し》みそうで、私《わたし》は顔《かお》を見《み》ましたよ。触《さわ》ると撓《しな》いそうな痩《や》せぎすな、すらりとした、若《わか》い女《おんな》で。……聞《き》いてもうまそうだが、これは凄《すご》かったろう、その時《とき》、東京《とうきょう》で想像《そうぞう》しても、嶮《けわ》しいとも、高《たか》いとも、深《ふか》いとも、峰谷《ほうこく》の重《かさ》なり合《あ》った木曽《きそ》山中《さんちゅう》のしらしらあけです……暗《くら》い裾《すそ》に焚火《たきび》を搦《から》めて、すっくりと立《た》ち上《あ》がったという、自《し》然《ぜん》、目《め》の下《した》の峰《みね》よりも高《たか》い処《ところ》で、霧《きり》の中《なか》から綺麗《きれい》な首《くび》が。」

「いや、旦那《だんな》さん。」

「話《はなし》は拙《まず》くっても、何《なん》となく不気味《ぶきみ》だね。その口《くち》が血《ち》だらけなんだ。」

「いや、いかにも。」

「ああ、よく無事《ぶじ》だったな、と私《わたし》が言《い》うと、どうして?と訊《き》くから、そういうのが、慌《あわ》てる銃猟家《じゅうりょうか》だの、魔《ま》のさした猟師《りょうし》に、峰越《みねご》しの笹原《ささはら》から狙《ねら》い撃《う》ちに二《ふた》つ弾丸《だま》を食《く》らうんです。……場所《ばしょ》と言《い》い……時刻《じこく》と言《い》い……昔《むかし》から、夜待《よま》ち、あけ方《かた》の鳥《とり》あみには、魔《ま》がさして、怪《あや》しいことがあると言《い》うが、まったくそれは魔《ま》がさしたんだ。だって、覿面《てきめん》に綺麗《きれい》な鬼《おに》になったじゃあないか。……どうせそうよ、……私《わたし》は鬼《おに》よ。――でも人《ひと》に食《く》われる方《ほう》の……なぞと言《い》いながら、でも可恐《こわ》いわね、ぞっとする。と、また口《くち》を手巾《ハンケチ》で圧《おさ》えていたのさ。」

「ふーん。」と料理番《りょうりばん》は、我《われ》を忘《わす》れて沈《しず》んだ声《こえ》して、

「ええ。旦那《だんな》、へい、どうも、いや、全《まった》く。――実際《じっさい》、危《あぶ》のうございますな。――そういう場合《ばあい》には、きっと怪我《けが》があるんでして……よく、その姐《ねえ》さんは御無事《ごぶじ》でした。この贄《にえ》川《かわ》の川上《かわかみ》、御嶽口《おんたけぐち》。美濃《みの》寄りの峡《かい》は、よけいに取《と》れますが、その方《かた》の場所《ばしょ》はどこでございますか存《ぞん》じません――芸妓衆《げいしゃしゅう》は東京《とうきょう》のどちらの方《かた》で。」

「なに、下町《したまち》の方《ほう》ですがね。」

「柳橋《やなぎばし》……」

と言《い》って、覗《のぞ》くように、じっと見《み》た。

「……あるいはその新橋《しんばし》とか申《もう》します……」

「いや、その真中《まなか》ほどです……日本橋《にほんばし》の方《ほう》だけれど、宴会《えんかい》の席《せき》ばかりでの話《はなし》ですよ。」

「お処《ところ》が分《わ》かって差支《さしつか》えがございませんければ、参考《さんこう》のために、その場所《ばしょ》を伺《うかが》っておきたいくらいでございまして。……この、深山幽谷《しんざんゆうこく》のことは、人間《にんげん》の智慧《ちえ》には及《およ》びません――」

女中《じょちゅう》も俯向《うつむ》いて暗《くら》い顔《かお》した。

境《さかい》は、この場合誰《ばあいだれ》もしよう、乗《の》り出《だ》しながら、

「何《なに》か、この辺《へん》に変《か》わったことでも。」

「……別《べつ》にその、と云《い》ってございません。しかし、流《なが》れに瀬《せ》がございますように、山《やま》にも淵《ふち》がございますで、気《き》をつけなければなりません。――ただいまさしあげました鶫《つぐみ》は、

これは、つい一両日《いちりょうじつ》続《つづ》きまして、珍《めずら》しく上《うえ》の峠口《とうげぐち》で猟《りょう》があったのでございます。」

「さあ、それなんですよ。」

境《さかい》はあらためて猪口《ちょく》をうけつつ、

「料理番《りょうりばん》さん。きみのお手際《てぎわ》で膳《ぜん》につけておくんなすったのが、見《み》てもうまそうに、香《かん》ばしく、脂《あぶら》の垂《た》れそうなので、ふと思《おも》い出《だ》したのは、今《いま》の芸妓《げいしゃ》の口《くち》が血《ち》の一件《いっけん》でね。しかし私《わたし》は坊《ぼう》さんでも、精進《しょうじん》でも、何《なん》でもありません。望《のぞ》んでも結構《けっこう》なんだけれど、見《み》たまえ。——窓《まど》の外《そと》は雨《あめ》と、もみじで、霧《きり》が山《やま》を織《お》っている。峰《みね》の中《なか》には、雪《ゆき》を頂《いただ》いて、雲《くも》を貫《つらぬ》いて聳《そび》えたのが見《み》えるんです。——どんな拍子《ひょうし》かで、ひょいと立《た》ちでもした時口《ときくち》が血《ち》になって首《くび》が上《うえ》へ出《で》ると……野郎《やろう》でこの面《つら》だから、その芸妓《げいしゃ》のような、凄《すご》く美《うつく》しく、山《やま》の神《かみ》の化身《けしん》のようには見《み》えまいがね。落《お》ち残《のこ》った柿《かき》だと思《おも》って、窓《まど》の外《そと》から烏《からす》が突《つ》つかないとも限《かぎ》らない、……ふと変《へん》な気《き》がしたものだから。」

「お米《よね》さん——電燈《でんき》がなぜか、遅《おそ》いでないか。」

料理番《りょうりばん》が沈《しず》んだ声《こえ》で言《い》った。

時雨《しぐれ》は晴《は》れつつ、木曾《きそ》の山々《やまやま》に暮《くれ》が迫《せま》った。奈良井川《ならいがわ》の瀬《せ》が響《ひび》く。

Track 10

二《に》

「何《なん》だい、どうしたんです。」

「ああ、旦那《だんな》。」と暗夜《やみよ》の庭《にわ》の雪《ゆき》の中《なか》で。

「鷺《さぎ》が来《き》て、魚《うお》を狙《ねら》うんでございます。」

すぐ窓《まど》の外《そと》、間近《まぢか》だが、池《いけ》の水《みず》を渡《わた》るような料理番《りょうりばん》——その伊作《いさく》の声《こえ》がする。

「人間《ひと》が落《お》ちたか、獺《かわうそ》でも駈《か》け廻《まわ》るのかと思《おも》った、えらい音《おと》で驚《おどろ》いたよ。」

これは、その翌日《よくじつ》の晩《ばん》、おなじ旅店《はたごや》の、下座敷《したざしき》でのことであった。……

境《さかい》は奈良井宿《ならいしゅく》に逗留《とうりゅう》した。ここに積《つ》もった雪《ゆき》が、朝《あさ》から降《ふ》り出《だ》したためではない。別《べつ》にこのあたりを見物《けんぶつ》するためでもなかった。……昨夜《さくや》は、あれから——鶫《つぐみ》を鍋《なべ》でと誂《あつら》えた

のは、しゃも、かしわをするように、膳《ぜん》のわきで火鉢《ひばち》へ掛《か》けて煮《に》るだけのこと、と言《い》ったのを、料理番《りょうりばん》が心得《こころえ》て、そのぶつ切《ぎ》りを、皿《さら》に山《やま》もり。目《め》ざるに一杯《いっぱい》、葱《ねぎ》のざくざくを添《そ》えて、醤油《しょうゆ》も砂糖《さとう》も、むきだしに担《かつ》ぎあげた。お米《よね》が烈々《れつれつ》と炭《すみ》を継《つ》ぐ。

越《こし》の方《ほう》だが、境《さかい》の故郷《こきょう》いまわりでは、季節《きせつ》になると、この鶫《つぐみ》を珍重《ちんちょう》すること一通《ひととお》りでない。料理屋《りょうりや》が鶫御料理《つぐみおんりょうり》、じぶ、おこのみなどという立看板《たてかんばん》を軒《のき》に掲《かか》げる。鶫《つぐみ》うどん、鶫《つぐみ》蕎麦《そば》と蕎麦屋《そばや》までが貼紙《びら》を張《は》る。ただし安価《やす》くない。何《なん》の椀《わん》、どの鉢《はち》に使《つか》っても、おん羹《あつもの》、おん小蓋《こぶた》の見識《けんしき》で。ぽっちり三切《みきれ》、五切《いつきれ》よりは附《つ》けないのに、葱《ねぎ》と一所《ひとつ》に打《ぶ》ち覆《ま》けて、鍋《なべ》からもりこぼれるような湯気《ゆげ》を、天井《てんじょう》へ立《た》てたは嬉《うれ》しい。

あまっさえ熱燗《あつかん》で、熊《くま》の皮《かわ》に胡坐《あぐら》で居《い》た。

芸妓《げいしゃ》の化《ば》けものが、山賊《さんぞく》にかわったのである。

寝《ね》る時《とき》には、厚衾《あつぶすま》に、この熊《くま》の皮《かわ》が上《うえ》へ被《かぶ》さって、袖《そで》を包《つつ》み、蔽《おお》い、裙《すそ》を包《つつ》んだのも面《おも》白《しろ》い。あくる日《ひ》、雪《ゆき》になろうとてか、夜嵐《よあらし》の、じんと身《み》に浸《し》むのも、木曾川《きそがわ》の瀬《せ》の凄《すご》いのも、ものの数《かず》ともせず、酒《さけ》の血《ち》と、獣《けもの》の皮《かわ》とで、ほかほかして三階《さんかい》にぐっすり寝込《ねこ》んだ。

次第《しだい》であるから、朝《あさ》は朝飯《あさめし》から、ふっふっと吹《ふ》いて啜《すす》るような豆腐《とうふ》の汁《しる》も気《き》に入《い》った。

一昨日《いっさくじつ》の旅館《りょかん》の朝《あさ》はどうだろう。……溝《どぶ》の上澄《うわず》みのような冷《つめ》たい汁《しる》に、おん羹《あつもの》ほどに蜆《しじみ》が泳《およ》いで、生煮《なまに》えの臭《くさ》さといったらなかった。……

山《やま》も、空《そら》も氷《こおり》を透《とお》すごとく澄《す》みきって、松《まつ》の葉《は》、枯木《かれき》の閃《きらめ》くばかり、晃々《きらきら》と陽《ひ》がさしつつ、それで、ちらちらと白《しろ》いものが飛《と》んで、奥山《おくやま》に、熊《くま》が人立《じんりつ》して、針《はり》を噴《ふ》くような雪《ゆき》であった。

朝飯《あさ》が済《す》んでしばらくすると、境《さかい》はしくしくと腹《はら》が疼《いた》みだした。——しばらくして、二三度《にさんど》はばかりへ通《かよ》った。

あの、饂飩《うどん》の祟《たた》りである。鶫《つぐみ》を過食《かしょく》したためでは断《だん》じてない。二《に》ぜん分《ぶん》を籠《こ》みにした生《なま》がえりのうどん粉《こ》の中毒《あた》らない法《ほう》はない。お腹《なか》を圧《おさ》えて、饂飩《うどん》を思《おも》うと、思《おも》う下《した》からチクチクと筋《すじ》が動《うご》いて痛《いた》み出《だ》す。——もっとも、戸外《そと》は日当《ひあた》りに針《はり》が飛《と》んでいようが、少々《しょうしょう》腹《はら》が痛《いた》もうが、我慢《がまん》して、汽車《きしゃ》に乗《の》れないという容体《ようだい》ではなかったの

で。……ただ、誰《だれ》も知《し》らない。この宿《やど》の居心《いごころ》のいいのにつけて、どこかへのつらあてにと、逗留《とうりゅう》する気《き》になったのである。

ところで座敷《ざしき》だが——その二度《にど》めだったか、厠《かわや》のかえりに、わが座敷《ざしき》へ入《はい》ろうとして、三階《さんかい》の欄干《てすり》から、ふと二階《にかい》を覗《のぞ》くと、階子段《はしごだん》の下《した》に、開《あ》けた障子《しょうじ》に、箒《ほうき》とはたきを立《た》て掛《か》けた、中《なか》の小座敷《こざしき》に炬燵《こたつ》があって、床《とこ》の間《ま》が見通《みとお》される。……床《とこ》に行李《こうり》と二《ふた》つばかり重《かさ》ねた、あせた萌葱《もえぎ》の風呂敷《ふろしき》づつみの、真田紐《さなだひも》で中結《なかゆ》わえをしたのがあって、旅商人《たびあきんど》と見《み》える中年《ちゅうねん》の男《おとこ》が、ずッぷ床《とこ》を背負《しょ》って当《あ》たっていると、向《む》い合《あ》いに、一人《ひとり》の、中年増《ちゅうどしま》の女中《じょちゅう》がちょいと浮腰《うきごし》で、膝《ひざ》をついて、手《て》さきだけ炬燵《こたつ》に入《い》れて、少《すこ》し仰向《あおむ》くようにして、旅商人《たびあきんど》と話《はなし》をしている。

なつかしい浮世《うきよ》の状《さま》を、山《やま》の崖《がけ》から掘《ほ》り出《だ》して、旅宿《やど》に嵌《は》めたように見《み》えた。

座敷《ざしき》は熊《くま》の皮《かわ》である。境《さかい》は、ふと奥山《おくやま》へ棄《す》てられたように、里心《さとごころ》が着《つ》いた。

一昨日《おととい》松本《まつもと》で城《しろ》を見《み》て、天守《てんしゅ》に上《のぼ》って、その五層《いつつ》めの朝霜《あさしも》の高層《こうそう》に立《た》って、ぞっとしたような、雲《くも》に連《つら》なる、山々《やまやま》のひしと再《ふたた》び窓《まど》に来《き》て、身《み》に迫《せま》るのを覚《おぼ》えもした。バスケットに、等閑《なおざり》に絡《から》めたままの、城《しろ》あとの崩《くず》れ堀《ぼり》の苔《こけ》むす石垣《いしがき》を這《は》って枯《か》れ残《のこ》った小《ちい》さな蔦《つた》の紅《くれない》の、鶫《つぐみ》の血《ち》のしたたるごときのを見《み》るにつけても。……急《きゅう》に寂《さび》しい。――「お米《よね》さん、下《し》階《た》に座敷《ざしき》はあるまいか。――炬燵《こたつ》に入《はい》ってぐっすりと寝《ね》たいんだ。」

二階《にかい》の部屋々々《へやべや》は、時《とき》ならず商人衆《あきんどしゅう》の出入《ではい》りがあるからと、望《のぞ》むところの下座敷《したざしき》、おも屋《や》から、土間《どま》を長々《ながなが》と板《いた》を渡《わた》って離《はな》れ座敷《ざしき》のような十畳《じゅうじょう》へ導《みちび》かれたのであった。

肱掛窓《ひじかけまど》の外《そと》が、すぐ庭《にわ》で、池《いけ》がある。

白雪《しらゆき》の飛《と》ぶ中《なか》に、緋鯉《ひごい》の背《せ》、真鯉《まごい》の鰭《ひれ》の紫《むらさき》は美《うつく》しい。梅《うめ》も松《まつ》もあしらったが、大方《おおかた》は樫《かし》欅《けやき》の大木《たいぼく》である。朴《ほお》の樹《き》の二抱《ふたかか》えばかりなのさえすっくと立《た》つ。が、いずれも葉《は》を振《ふ》るって、素裸《すはだか》の山神《さんじん》のごとき装《よそお》いだったことは言《い》うまでもない。

午後三時《ごごさんじ》ごろであったろう。枝《えだ》に梢《こずえ》に、雪《ゆき》の咲《さ》くのを、炬燵《こたつ》で斜違《はすか》いに、くの字《じ》になって――いい婦《おんな》だとお目《め》に掛《か》けたい。

肱掛窓《ひじかけまど》を覗《のぞ》くと、池《いけ》の向《む》うの椿《つばき》の下《した》に料理番《りょうりばん》が立《た》って、つくねんと腕組《うでぐみ》して、じっと水《みず》を瞻《みまも》るのが見《み》えた。例《れい》の紺《こん》の筒袖《つつっぽ》に、尻《しり》からすぽんと巻《ま》いた前垂《まえだれ》で、雪《ゆき》の凌《しの》ぎに鳥打帽《とりうちぼう》を

被《かぶ》ったのは、いやしくも料理番《りょうりばん》が水中《すいちゅう》の鯉《こい》を覗《のぞ》くとは見《み》えない。大《おお》きな鷭《ばん》が沼《ぬま》の鰌《どじょう》を狙《ねら》っている形《かたち》である。山《やま》も峰《みね》も、雲深《くもふか》くその空《そら》を取《と》り囲《かこ》む。境《さかい》は山間《さんかん》の旅情《りょじょう》を解《かい》した。「料理番《りょうりばん》さん、晩《ばん》の御馳走《ごちそう》に、その鯉《こい》を切《き》るのかね。」「へへ。」と薄暗《うすぐら》い顔《かお》を上《あ》げてニヤリと笑《わら》いながら、鳥打帽《とりうちぼう》を取《と》ってお時《じ》儀《ぎ》をして、また被《かぶ》り直《なお》すと、そのままごそごそと樹《き》を潜《くぐ》って廂《ひさし》に隠《かく》れる。

帳場《ちょうば》は遠《とお》し、あとは雪《ゆき》がやや繁《しげ》くなった。

同時《どうじ》に、さらさらさらさらと水《みず》の音《おと》が響《ひび》いて聞《き》こえる。「——また誰《だれ》か洗面所《せんめんじょ》の口金《くちがね》を開《あ》け放《はな》したな。」これがまた二度《にど》めで。……今朝《けさ》三階《さんかい》の座敷《ざしき》を、ここへ取《と》り替《か》えない前《まえ》に、ちと遠《とお》いが、手水《ちょうず》を取《と》るのに清潔《きれい》だからと女中《じょちゅう》が案内《あんない》をするから、この離座敷《はなれ》に近《ちか》い洗面所《せんめんじょ》に来《く》ると、三《さん》カ所《かしょ》、水道口《すいどうぐち》があるのにそのどれを捻《ひね》っても水《みず》が出《で》ない。さほどの寒《さむ》さとは思《おも》えないが凍《い》てたのかと思《おも》って、谺《こだま》のように高《たか》く手《て》を鳴《な》らして女中《じょちゅう》に言《い》うと、「あれ、汲《く》み込《こ》みます。」と駈《か》け出《だ》して行《い》くと、やがて、スッと水《みず》が出《で》た。——座敷《ざしき》を取《と》り替《か》えたあとで、はばかりに行《ゆ》くと、ほかに手水鉢《ちょうずばち》がないから、洗面所《せんめんじょ》の一《ひと》つを捻《ひね》ったが、その時《とき》はほんのたらたらと滴《したた》って、辛《かろ》うじて用《よう》が足《た》りた。

しばらくすると、しきりに洗面所《せんめんじょ》の方《ほう》で水音《みずおと》がする。炬燵《こたつ》から潜《もぐ》り出《で》て、土間《どま》へ下《お》りて橋《はし》がかりからそこを覗《のぞ》くと、三《み》ツの水道口《みずぐち》、残《のこ》らず三条《みすじ》の水《みず》が一齊《いちどき》にざっと灌《そそ》いで、徒《いたず》らに流《なが》れていた。たしない水《みず》らしいのに、と一《ひと》つ一《ひと》つ、丁寧《ていねい》にしめて座敷《ざしき》へ戻《もど》った。が、その時《とき》も料理番《りょうりばん》が池《いけ》のへりの、同《おな》じ処《ところ》につくねんと佇《たたず》んでいたのである。くどいようだが、料《りょう》理番《りばん》の池《いけ》に立《た》ったのは、これで二度《にど》めだ。……朝《あさ》のは十時《じゅうじ》ごろであったろう。トその時《とき》料《りょう》理番《りばん》が引《ひ》っ込《こ》むと、やがて洗面所《せんめんじょ》の水《みず》が、再《ふたた》び高《たか》く響《ひび》いた。

またしても三条《みすじ》の水道《すいどう》が、残《のこ》らず開《あ》け放《はな》しに流《なが》れている。おなじこと、たしない水《みず》である。あとで手《て》を洗《あら》おうとする時《とき》は、きっと涸《か》れるのだからと、またしても口金《くちがね》をしめておいたが。——

いま、午後《ごご》の三時《さんじ》ごろ、この時《とき》も、さらにその水《みず》の音《おと》が聞《き》こえ出《だ》したのである。庭《にわ》の外《そと》には小川《おがわ》も流《なが》れる。奈良井川《ならいがわ》の瀬《せ》も響《ひび》く。木曾《きそ》へ来《き》て、水《みず》の音《おと》を気《き》にするのは、船《ふね》に乗《の》って波《なみ》を見《み》まいとするようなものである。望《のぞ》みこそすれ、嫌《きら》いも避《さ》けもしないのだけれど、不思議《ふしぎ》に洗面所《せんめんじょ》の開《あ》け放《はな》しばかり気《き》になった。

境《さかい》はまた廊下《ろうか》へ出《で》た。果《はた》して、三条《みすじ》とも揃《そろ》って――しょろしょろと流《なが》れている。「旦那《だんな》さん、お風呂《ふろ》ですか。」手拭《てぬぐい》を持《も》っていたのを見《み》て、ここへ火《ひ》を直《なお》しに、台十能《だいじゅうのう》を持《も》って来《き》かかった、お米《よね》が声《こえ》を掛《か》けた。「いや――しかし、もう入《はい》れるかい。」「じきでございます。……今日《きょう》はこの新館《しんかん》のが湧《わ》きますから。」なるほど、雪《ゆき》の降《ふ》りしきるなかに、ほんのりと湯《ゆ》の香《か》が通《かよ》う。洗面所《せんめんじょ》の傍《わき》の西洋扉《せいようど》が湯殿《ゆどの》らしい。この窓《まど》からも見《み》える。新《あたら》しく建《た》て増《ま》した柱立《はしらだ》てのまま、筵《むしろ》がこいにしたのもあり、足場《あしば》を組《く》んだ処《ところ》があり、材木《ざいもく》を積《つ》んだ納屋《なや》もある。が、荒《あ》れた厩《うまや》のようになって、落葉《おちば》に埋《う》もれた、一帯《いったい》、脇本陣《わきほんじん》とでも言《い》いそうな旧家《きゅうか》が、いつか世《よ》が成金《なりきん》とか言《い》った時代《じだい》の景気《けいき》につれて、桑《くわ》も蚕《かいこ》も当《あ》たったであろう、このあたりも火《ひ》の燃《も》えるような勢《いきお》いに乗《じょう》じて、贄川《にえがわ》はその昔《むかし》は、煮《に》え川《がわ》にして、温泉《いでゆ》の湧《わ》いた処《ところ》だなぞと、ここが温泉《おんせん》にでもなりそうな意気込《いきご》みで、新館建増《しんかんたてま》しにかかったのを、この一座敷《ひとざしき》と、湯殿《ゆどの》ばかりで、そのまま沙汰《さた》やみになったことなど、あとで分《わ》かった。「女中《ねえ》さんかい、その水《みず》を流《なが》すのは。」閉《し》めたばかりの水道《すいどう》の栓《せん》を、女中《じょちゅう》が立《た》ちながら一《ひと》つずつ開《あ》けるのを視《み》て、たまらず詰《なじ》るように言《い》ったが、ついでにこの仔細《しさい》も分《わ》かった。……池《いけ》は、樹《き》の根《ね》に樋《とい》を伏《ふ》せて裏《うら》の川《かわ》から引《ひ》くのだが、一年《いちねん》に一二度《いちにど》ずつ水涸《みずが》れがあって、池《いけ》の水《みず》が干《ひ》ようとする。鯉《こい》も鮒《ふな》も、一処《ひとところ》へ固《かた》まって、泡《あわ》を立《た》てて弱《よわ》るので、台所《だいどころ》の大《おお》桶《おけ》へ汲《く》み込《こ》んだ井戸《いど》の水《みず》を、はるばるとこの洗面所《せんめんじょ》へ送《おく》って、橋《はし》がかりの下《した》を潜《くぐ》らして、池《いけ》へ流《なが》し込《こ》むのだそうであった。

木曾道中《きそどうちゅう》の新版《しんぱん》を二三種《にさんしゅ》ばかり、枕《まくら》もとに散《ち》らした炬燵《こたつ》へ、ずぶずぶと潜《もぐ》って、「お米《よね》さん、……折《お》り入《い》って、お前《まえ》さんに頼《たの》みがある。」と言《い》いかけて、初々《ういうい》しくちょっと俯向《うつむ》くのを見《み》ると、猛然《もうぜん》として、喜多八《きだはち》を思《おも》い起《お》こして、わが境《さかい》は一人《ひとり》で笑《わら》った。「ははは、心配《しんぱい》なことではないよ。——おかげで腹《はら》あんばいも至《いた》ってよくなったし、……午飯《ひる》を抜《ぬ》いたから、晩《ばん》には入《い》り合《あわ》せにかつ食《く》い、大《おお》いに飲《の》むとするんだが、いまね、伊作《いさく》さんが渋苦《しぶにが》い顔《かお》をして池《いけ》を睨《にら》んで行《ゆ》きました。どうも、鯉《こい》のふとり工合《ぐあい》を鑑定《めきき》したものらしい……きっと今晩《こんばん》の御馳走《ごちそう》だと思《おも》うんだ。——昨夜《ゆうべ》の鶫《つぐみ》じゃないけれど、どうも縁《えん》あって

池《いけ》の前《まえ》に越《こ》して来《き》て、鯉《こい》と隣《となり》附《つ》き合《あ》いになってみると、目《め》の前《まえ》から引《ひ》き上《あ》げられて、俎《まないた》で輪切《わぎ》りは酷《ひど》い。……板前《いたまえ》の都合《つごう》もあろうし、またわがままを言《い》うのではない。……活《いき》づくりはお断《こと》わりだが、実《じつ》は鯉汁大歓迎《こいこくだいかんげい》なんだ。しかし、魚屋《さかなや》か、何《なに》か、都合《つごう》して、ほかの鯉《こい》を使《つか》ってもらうわけには行《ゆ》くまいか。――差《さ》し出《で》たことだが、一尾《いっぴき》か二尾《にひき》で足《た》りるものなら、お客《きゃく》は幾人《いくにん》だか、今夜《こんや》の入用《いりよう》だけは私《わたし》がその原料《げんりょう》を買《か》ってもいいから。」女中《じょちゅう》の返事《へんじ》が、「いえ、この池《いけ》のは、いつもお料理《りょうり》にはつかいませんのでございます。うちの旦那《だんな》も、おかみさんも、お志《こころざし》の仏《ほとけ》の日《ひ》には、鮒《ふな》だの、鯉《こい》だの、……この池《いけ》へ放《はな》しなさるんでございます。料理番《りょうりばん》さんもやっぱり。……そして料理番《あのひと》は、この池《いけ》のを大《だい》事《じ》にして、可愛《かわい》がって、そのせいですか、隙《ひま》さえあれば、黙《だま》ってああやって庭《にわ》へ出《で》て、池《いけ》を覗《のぞ》いていますんです。」「それはお誂《あつら》えだ。ありがたい。」境《さかい》は礼《れい》を言《い》ったくらいであった。

雪《ゆき》の頂《いただき》から星《ほし》が一《ひと》つ下《さ》がったように、入相《いりあい》の座敷《ざしき》に電燈《でんとう》の点《つ》いた時《とき》、女中《じょちゅう》が風呂《ふろ》を知《し》らせに来《き》た。

「すぐに膳《ぜん》を。」と声《こえ》を掛《か》けておいて、待《ま》ち構《かま》えた湯《ゆ》どのへ、一散《いっさん》――例《れい》の洗面所《せんめんじょ》の向《むこ》うの扉《と》を開《あ》けると、上《あ》がり場《ば》らしいが、ハテ真暗《まっくら》である。いやいや、提灯《ちょうちん》が一燈《いっとう》ぼう薄白《うすじろ》く点《つ》いている。そこにもう一枚扉《いちまいひらき》があって閉《し》まっていた。その裡《なか》が湯《ゆ》どのらしい。

「半作事《はんさくじ》だと言《い》うから、まだ電燈《でんき》が点《つ》かないのだろう。おお、二つ巴《ふたどもえ》の紋《もん》だな。大星《おおぼし》だか由良之助《ゆらのすけ》だかで、鼻《はな》を衝《つ》く、鬱陶《うっとう》しい巴《ともえ》の紋《もん》も、ここへ来《く》ると、木曾殿《きそどの》の寵愛《ちょうあい》を思《おも》い出《だ》させるから奥床《おくゆか》しい。」

と帯《おび》を解《と》きかけると、ちゃぶり――という――人《ひと》が居《い》て湯《ゆ》を使《つか》う気勢《けはい》がする。この時《とき》、洗面所《せんめんじょ》の水《みず》の音《おと》がハタとやんだ。

境《さかい》はためらった。

が、いつでもかまわぬ。……他《ひと》が済《す》んで、湯《ゆ》のあいた時《とき》を知《し》らせてもらいたいと言《い》っておいたのである。誰《だれ》も入《はい》ってはいまい。とにかくと、解《と》きかけた帯《おび》を挟《はさ》んで、ずッと寄《よ》って、その提灯《ちょうちん》の上《うえ》から、扉《と》にひったりと頬《ほお》をつけて伺《うかが》うと、袖《そで》のあたりに、すうーと暗《くら》くなる、蝋燭《ろうそく》が、またぽうと明《あか》くなる。影《かげ》が痣《あざ》になって、巴《ともえ》が一《ひと》つ片頬《かたほ》に映《うつ》るように陰気《いんき》に沁《し》み込《こ》む、と思《おも》うと、ばちゃり……内端《うちわ》に湯《ゆ》が動《うご》いた。何《なん》の隙間《すきま》からか、ぷんと梅《うめ》の香《か》を、ぬくもりで溶《と》かしたような白粉《おしろい》の香《か》がする。

「婦人《おんな》だ」

何《なに》しろ、この明《あか》りでは、男客《おとこきゃく》にしろ、一所《いっしょ》に入《はい》ると、暗《くら》くて肩《かた》も手《て》も跨《また》ぎかねまい。乳《ちち》に打着《ぶつ》かりかねまい。で、ばたばたと草履《ぞうり》を突《つ》っ掛《か》けたまま引《ひ》き返《かえ》した。

「もう、お上《あ》がりになりまして？」と言《い》う。

通《かよ》いが遠《とお》い。ここで燗《かん》をするつもりで、お米《よね》がさきへ銚子《ちょうし》だけ持《も》って来《き》ていたのである。

「いや、あとにする。」

「まあ、そんなにお腹《なか》がすいたんですの。」

「腹《はら》もすいたが、誰《だれ》かお客《きゃく》が入《はい》っているから。」

「へい、……こっちの湯《ゆ》どのは、久《ひさ》しく使《つか》わなかったのですが、あの、そう言《い》っては悪《わる》うございますけど、しばらくぶりで、お掃除《そうじ》かたがた旦那様《だんなさま》に立《た》てましたのでございますから、……あとで頂《いただ》きますまでも、……あの、まだどなたも。」

「かまやしない。私《わたし》はゆっくりでいいんだが、婦人《ふじん》の客《きゃく》のようだったぜ。」

「へい。」

と、おかしなベソをかいた顔《かお》をすると、手《て》に持《も》つ銚子《ちょうし》が湯沸《ゆわか》しにカチカチカチと震《ふる》えたつけ、あとじさりに、ふいと立《た》って、廊下《ろうか》に出《で》た。一度《いちど》ひっそり跫音《あしおと》を消《け》すや否《いな》や、けたたましい音《おと》を、すたんと立《た》てて、土間《どま》の板《いた》をはたはたと鳴《な》らして駈《か》け出《だ》した。

境《さかい》はきょとんとして、

「何《なん》だい、あれは……」

やがて膳《ぜん》を持《も》って顕《あら》われたのが……お米《よね》でない、年増《としま》のに替《か》わっていた。

「やあ、中二階《ちゅうにかい》のおかみさん。」

行商人《ぎょうしょうにん》と、炬燵《こたつ》で睦《むつ》まじかったのはこれである。

「御亭主《ごていしゅ》はどうしたい。」

「知《し》りませんよ。」

「ぜひ、承《うけたまわ》りたいんだがね。」

半《なか》ば串戯《じょうだん》に、グッと声《こえ》を低《ひく》くして、

「出《で》るのかい……何《なに》か……あの、湯殿《ゆどの》へ……まったく？」

「それがね、旦那《だんな》、大笑《おおわら》いなんでございますよ。……どなたもいらっしゃらないと思《おも》って、申《もう》し上《あ》げましたのに、御婦人《ごふじん》の方《かた》が入《はい》っておいでだって、旦那《だんな》がおっしゃったと言《い》うので、米《よね》ちゃん、大変《たいへん》な臆病《おくびょう》なんですから。……久《ひさ》しくつかいません湯殿《ゆどの》ですから、内《うち》のお上《かみ》さんが、念《ねん》のために、――」

「ああそうか、……私《わたし》はまた、ちょっと出《で》るのかと思《おも》ったよ。」

「大丈夫《だいじょうぶ》、湯《ゆ》どのへは出《で》ませんけれど、そのかわりお座敷《ざしき》へはこんなのが、ね、貴方《あなた》」

「いや、結構《けっこう》。」

お酌《しゃく》はこの方《ほう》が、けっく飲《の》める。

夜《よ》は長《なが》い、雪《ゆき》はしんしんと降《ふ》り出《だ》した。床《とこ》を取《と》ってから、酒《さけ》をもう一《いち》

度《ど》、その勢《いきお》いでぐっすり寝《ね》よう。晩飯《ばんめし》はいい加減《かげん》で膳《ぜん》を下《さ》げた。

跫音《あしおと》が入《い》り乱《みだ》れる。ばたばたと廊下《ろうか》へ続《つづ》くと、洗面所《せんめんじょ》の方《ほう》へ落《お》ち合《あ》ったらしい。ちょろちょろと水《みず》の音《おと》がまた響《ひび》き出《だ》した。男《おとこ》の声《こえ》も交《ま》じって聞《き》こえる。それが止《や》むと、お米《よね》が襖《ふすま》から円《まる》い顔《かお》を出《だ》して、

「どうぞ、お風呂《ふろ》へ。」

「大丈夫《だいじょうぶ》か。」

「ほほほほ。」

とちとてれたように笑《わら》うと、身《み》を廊下《ろうか》へ引《ひ》くのに、押《お》し続《つづ》いて境《さかい》は手拭《てぬぐい》を提《さ》げて出《で》た。

橋《はし》がかりの下《お》り口《くち》に、昨夜帳場《さくやちょうば》に居《い》た坊主頭《ぼうずあたま》の番頭《ばんとう》と、女中頭《じょちゅうがしら》か、それとも女房《にょうぼう》かと思《おも》う老《ふ》けた婦《おんな》と、もう一人《ひとり》の女中《じょちゅう》とが、といった形《かたち》に顔《かお》を並《なら》べて、一団《ひとかたまり》になってこなたを見《み》た。そこへお米《よね》の姿《すがた》が、足袋《たび》まで見《み》えてちょこちょこと橋《はし》がかりを越《こ》えて渡《わた》ると、三《さん》人《にん》の懐《ふところ》へ飛《と》び込《こ》むように一団《ひとかたまり》。

「御苦労様《ごくろうさま》。」

わがために、見《み》とどけ役《やく》のこの人数《にんずう》で、風呂《ふろ》を検《しら》べたのだと思《おも》うから声《こえ》を掛《か》けると、一《いち》度《ど》に揃《そろ》ってお時儀《じぎ》をして、屋根《やね》が萱《かや》ぶきの長土間《ながどま》に敷《し》いた、そのあゆみ板《いた》を渡《わた》って行《ゆ》く。土間《どま》のなかばで、そのおじやのかたまりのような四人《よにん》の形《かたち》が暗《くら》くなったのは、トタンに、一《ひと》つ二《ふた》つ電燈《でんとう》がスッと息《いき》を引《ひ》くように赤《あか》くなって、橋《はし》がかりのも洗面所《せんめんじょ》のも一齊《いっせい》にパッと消《き》えたのである。

と胸《むね》を吐《つ》くと、さらさらさらさらと三筋《みすじ》に……こう順《じゅん》に流《なが》れて、洗面所《せんめんじょ》を打《う》つ水《みず》の下《した》に、さっきの提灯《ちょうちん》が朦朧《もうろう》と、半《なか》ば暗《くら》く、巴《ともえ》を一《ひと》つ照《て》らして、墨《すみ》でかいた炎《ほのお》か、鯰《なまず》の跳《は》ねたか、と思《おも》う形《かたち》に点《とも》れていた。

いまにも電燈《でんとう》が点《つ》くだろう。湯殿口《ゆどのぐち》へ、これを持《も》って入《はい》る気《き》で、境《さかい》がこごみざまに手《て》を掛《か》けようとすると、提灯《ちょうちん》がフッと消《き》えて見《み》えなくなった。

消《き》えたのではない。やっぱりこれが以前《いぜん》のごとく、湯殿《ゆどの》の戸口《とぐち》に点《つ》いていた。これはおのずから雫《しずく》して、下《した》の板敷《いたじき》の濡《ぬ》れたのに、目《め》の加減《かげん》で、向《むこ》うから影《かげ》が映《さ》したものであろう。はじめから、提灯《ちょうちん》がここにあった次第《わけ》ではない。境《さかい》は、斜《なな》めに影《かげ》の宿《やど》った水中《すいちゅう》の月《つき》を手《て》

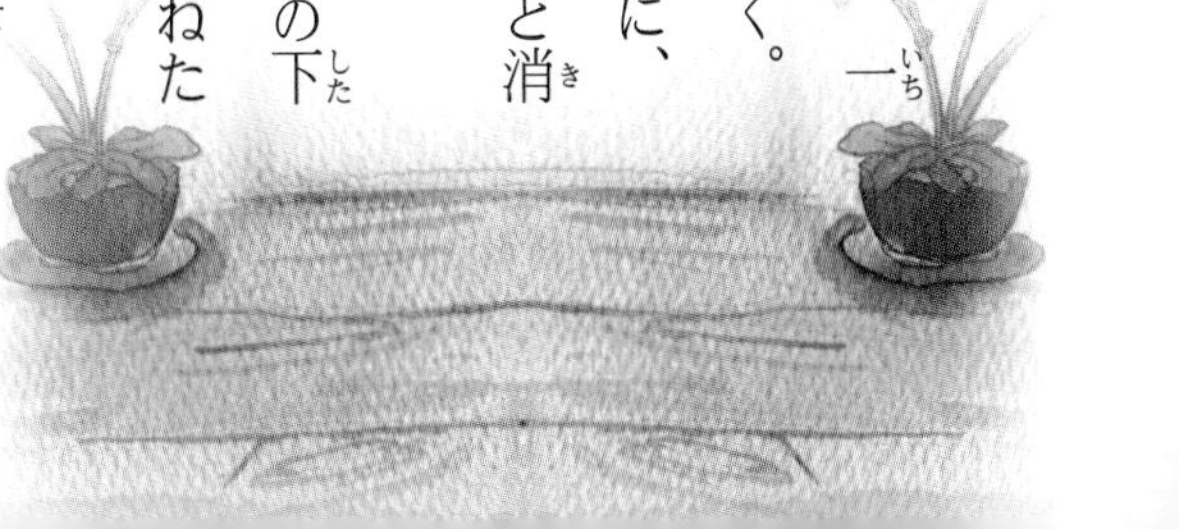

に取《と》ろうとしたと同《おな》じである。

爪《つま》さぐりに、例《れい》の上《あ》がり場《ば》へ……で、念《ねん》のために戸口《とぐち》に寄《よ》ると、息《いき》が絶《た》えそうに寂寞《ひっそり》しながら、ばちゃんと音《おと》がした。ぞッと寒《さむ》い。湯気《ゆげ》が天井《てんじょう》から雫《しずく》になって点滴《したた》るのではなしに、屋根《やね》の雪《ゆき》が溶《と》けて落《お》ちるような気勢《けはい》である。

ばちゃん、……ちゃぶりと微《かす》かに湯《ゆ》が動《うご》く。とまた得《え》ならず艶《えん》な、しかし冷《つめ》たい、そして、におやかな、霧《きり》に白粉《おしろい》を包《つつ》んだような、人膚《ひとはだ》の気《き》がすッと肩《かた》に絡《まつ》わって、頸《うなじ》を撫《な》でた。

脱《ぬ》ぐはずの衣紋《えもん》をかつしめて、

「お米《よね》さんか。」

「いいえ。」

と一呼吸《ひといき》間《ま》を置《お》いて、湯《ゆ》どのの裡《なか》から聞《き》こえたのは、もちろんわが心《こころ》がわが耳《みみ》に響《ひび》いたのであろう。——お米《よね》でないのは言《い》うまでもなかったのである。

洗面所《せんめんじょ》の水《みず》の音《おと》がぴったりやんだ。

思《おも》わず立《た》ち竦《すく》んで四辺《あたり》を見《み》た。思《おも》い切《き》って、

「入《はい》りますよ、御免《ごめん》。」

「いけません。」

と澄《す》みつつ、湯気《ゆげ》に濡《ぬ》れ濡《ぬ》れとした声《こえ》が、はっきり聞《き》こえた。

「勝手《かって》にしろ！」

我《われ》を忘《わす》れて言《い》った時《とき》は、もう座敷《ざしき》へ引《ひ》き返《かえ》していた。

電燈《でんとう》は明《あか》るかった。巴《ともえ》の提灯《ちょうちん》はこの光《ひかり》に消《け》された。が、水《みず》は三筋《みすじ》、さらにさらさらと走《はし》っていた。

「馬鹿《ばか》にしやがる。」

不気味《ぶきみ》より、凄《すご》いより、なぶられたような、反感《はんかん》が起《お》こって、炬燵《こたつ》へ仰向《あおむ》けにひっくり返《かえ》った。

しばらくして、境《さかい》が、飛《と》び上《あ》がるように起《お》き直《なお》ったのは、すぐ窓《まど》の外《そと》に、ざぶり、ばち

やばちゃばちゃ、ばちゃ、ちゃッと、けたたましく池《いけ》の水《みず》の掻《か》き攪《みだ》さるる音《おと》を聞《き》いたからであった。

「何《なん》だろう。」

ばちゃばちゃばちゃ、ちゃッ。

そこへ、ごそごそと池《いけ》を廻《まわ》って響《ひび》いて来《き》た。人《ひと》の来《く》るのは、なぜか料理番《りょうりばん》だろうと思《おも》ったのは、この池《いけ》の魚《うお》を愛惜《あいせき》すると、聞《き》いて知《し》ったためである。……

「何《なん》だい、どうしたんです。」

雨戸《あまど》を開《あ》けて、一面《いちめん》の雪《ゆき》の色《いろ》のやや薄《うす》い処《ところ》に声《こえ》を掛《か》けた。その池《いけ》も白《しろ》いまで水《みず》は少《すく》ないのであった。

Track 11

三《さん》

「どっちです、白鷺《しらさぎ》かね、五位鷺《ごいさぎ》かね。」

「ええ——どっちもでございますな。両方《りょうほう》だろうと思《おも》うんでございますが。」

料理番《りょうりばん》の伊作《いさく》は来《き》て、窓下《まどした》の戸際《とぎわ》に、がッしり腕組《うでぐみ》をして、うしろ向《む》きに立《た》って言《い》った。

「むこうの山口《やまぐち》の大林《おおばやし》から下《お》りて来《く》るんでございます。」

言《ことば》の中《なか》にも顕《あら》われる、雪《ゆき》の降《ふ》りやんだ、その雲《くも》の一方《いっぽう》は漆《うるし》のごとく森《もり》が黒《くろ》い。

「不断《ふだん》のことではありませんが、……この、旦那《だんな》、池《いけ》の水《みず》の涸《か》れるところを狙《ねら》うんでございます。鯉《こい》も鮒《ふな》も半分鰭《はんぶんひれ》を出《だ》して、あがきがつかないのでございますから。」

「怜悧《りこう》な奴《やつ》だね。」

「馬鹿《ばか》な人間《にんげん》は困《こま》っちまいます——魚《うお》が可哀相《かわいそう》でございますので……そうかと言《い》って、夜一夜《よっぴて》、立番《たちばん》をしてもおられません。旦那《だんな》、お寒《さむ》うございます。おしめなさいまし。……そちこち御註文《ごちゅうもん》の時刻《じこく》でございますから、何《なに》か、不手際《ふてぎわ》なものでも見繕《みつくろ》って差《さ》し上《あ》げます。」

「都合《つごう》がついたら、君《きみ》が来《き》て一杯《いっぱい》、ゆっくりつき合《あ》ってくれないか。——私《わたし》は夜《よ》ふかしは平気《へいき》だから。一所《いっしょ》に……ここで飲《の》んでいたら、いくらか案山子《かかし》になるだろう。……」

「――結構《けっこう》でございます。……もう台所《だいどころ》は片附《かたづ》きました、追《お》ッつけ伺《うかが》います。――いたずらな餓鬼《がき》どもめ。」

と、あとを口《くち》ごとで、空《そら》を睨《にら》みながら、枝《えだ》をざらざらと潜《くぐ》って行《ゆ》く。

境《さかい》は、しかし、あとの窓《まど》を閉《し》めなかった。もちろん、ごく細目《ほそめ》には引《ひ》いたが。――実《じつ》は、雪《ゆき》の池《いけ》のここへ来《き》て幾羽《いくわ》の鷺《さぎ》の、魚《うお》を狩《か》る状《さま》を、さながら、炬燵《こたつ》で見《み》るお伽話《とぎばなし》の絵《え》のように思《おも》ったのである。すわと言《い》えば、追《お》い立《た》つるとも、驚《おどろ》かすとも、その場合《ばあい》のこととして……第一《だいいち》、気《き》もそぞろなことは、二度《にど》まで湯殿《ゆどの》の湯《ゆ》の音《おと》は、いずれの隙間《すきま》からか雪《ゆき》とともに、鷺《さぎ》が起《た》ち込《こ》んで浴《ゆあ》みしたろう、とそうさえ思《おも》ったほどであった。

そのままじっと覗《のぞ》いていると、薄黒《うすぐろ》く、ごそごそと雪《ゆき》を踏《ふ》んで行《ゆ》く、伊作《いさく》の袖《そで》の傍《わき》を、ふわりと巴《ともえ》の提灯《ちょうちん》が点《つ》いて行《ゆ》く。おお今《いま》、窓下《まどした》では提灯《ちょうちん》を持《も》ってはいなかったようだ。――それに、もうやがて、庭《にわ》を横《よこ》ぎって、濡縁《ぬれえん》か、戸口《とぐち》に入《はい》りそうだ、と思《おも》うまで距《へだ》った。遠《とお》いまで小《ちい》さく見《み》える、としばらくして、ふとあとへ戻《もど》るような、やや大《おお》きくなって、あの土間廊下《どまろうか》の外《そと》の、萱屋根《かややね》のつま下《した》をすれずれに、だんだんこなたへ引《ひ》き返《かえ》す、引《ひ》き返《かえ》すのが、気《き》のせいだか、いつの間《ま》にか、中《なか》へはいって、土間《どま》の暗《くら》がりを点《とも》れて来《く》る。……橋《はし》がかり、一方《いっぽう》が洗面所《せんめんじょ》、突当《つきあた》りが湯殿《ゆどの》……ハテナとぎょッとするまで気《き》がついたのは、その点《とも》れて来《く》る提灯《ちょうちん》を、座敷《ざしき》へ振《ふ》り返《かえ》らずに、逆《ぎゃく》に窓《まど》から庭《にわ》の方《ほう》に乗《の》り出《だ》しつつ見《み》ていることであった。

トタンに消《き》えた。——頭《あたま》からゾッとして、首筋《くびすじ》を硬《こわ》く振《ふ》り向《む》くと、座敷《ざしき》に、白鷺《しらさぎ》かと思《おも》う女《おんな》の後《うし》ろ姿《すがた》の頸脚《えりあし》がスッと白《しろ》い。

違《ちが》い棚《だな》の傍《わき》に、十畳《じゅうじょう》のその辰巳《たつみ》に据《す》えた、姿見《すがたみ》に向《む》かった、うしろ姿《すがた》である。……湯《ゆ》気《げ》に山茶花《さざんか》の悄《しお》れたかと思《おも》う、濡《ぬ》れたように、しっとりと身《み》についた藍鼠《あいねずみ》の縞小紋《しまこもん》に、朱《と》鷺色《きいろ》と白《しろ》のいち松《まつ》のくっきりした伊達巻《だてまき》で乳《ち》の下《した》の縊《くび》れるばかり、消《き》えそうな弱腰《よわごし》に、裾模様《すそもよう》が軽《かろ》く靡《なび》いて、片膝《かたひざ》をやや浮《う》かした、褄《つま》を友染《ゆうぜん》がほんのり溢《こぼ》れる。露《つゆ》の垂《た》りそうな円髷《まるまげ》に、桔梗色《ききょういろ》の手絡《てがら》が青白《あおじろ》い。浅葱《あさぎ》の長襦袢《ながじゅばん》の裏《うら》が媚《なまめ》かしく搦《から》ん

だ白《しろ》い手《て》で、刷毛《はけ》を優《やさ》しく使《つか》いながら、姿見《すがたみ》を少《すこ》しこごみなりに覗《のぞ》くようにして、化粧《けしょう》をしていた。

境《さかい》は起《た》つも坐《い》るも知《し》らず息《いき》を詰《つ》めたのである。

あわれ、着《き》た衣《きぬ》は雪《ゆき》の下《した》なる薄《うす》もみじで、膚《はだ》の雪《ゆき》が、かえって薄《うす》もみじを包《つつ》んだかと思《おも》う、深《ふか》く脱《ぬ》いだ襟脚《えりあし》を、すらりと引《ひ》いて掻《か》き合《あ》わすと、ぼっとりとして膝近《ひざぢか》だった懐紙《かみ》を取《と》って、くるくると丸《まる》げて、掌《てのひら》を拭《ふ》いて落《お》としたのが、畳《たたみ》へ白粉《おしろい》のこぼれるようであった。

衣摺《きぬず》れが、さらりとした時《とき》、湯《ゆ》どのできいた人膚《ひとはだ》に紛《まが》うとめきが薫《かお》って、少《すこ》し斜《なな》めに居返《いがえ》ると、煙草《たばこ》を含《ふく》んだ。吸《す》い口《くち》が白《しろ》く、艶々《つやつや》と煙管《きせる》が黒《くろ》い。

トーンと、灰吹《はいふき》の音《おと》が響《ひび》いた。

きっと向《む》いて、境《さかい》を見《み》た瓜核顔《うりざねがお》は、目《ま》ぶちがふっくりと、鼻筋通《はなすじとお》って、色《いろ》の白《しろ》さは凄《すご》いよう。——気《き》の籠《こ》もった優《やさ》しい眉《まゆ》の両方《りょうほう》を、懐紙《かみ》でひたと隠《かく》して、大《おお》きな瞳《ひとみ》でじっと視《み》て、

「……似合《にあ》いますか。」

と、莞爾《にっこり》した歯《は》が黒《くろ》い。と、莞爾《にっこり》しながら、褄《つま》を合《あ》わせざまにすっくりと立《た》った。顔《かお》が鴨居《かもい》に、すらすらと丈《たけ》が伸《の》びた。

境《さかい》は胸《むね》が飛《と》んで、腰《こし》が浮《う》いて、肩《かた》が宙《ちゅう》へ上《あ》がった。ふわりと、その婦《おんな》の袖《そで》で抱《だ》き上《あ》げられたと思《おも》ったのは、そうでない、横《よこ》に口《くち》に引《ひ》き銜《くわ》えられて、畳《たたみ》を空《くう》に釣《つ》り上《あ》げられたのである。

山《やま》が真黒《まっくろ》になった。いや、庭《にわ》が白《しろ》いと、目《め》に遮《さえぎ》った時《とき》は、スッと窓《まど》を出《で》たので、手足《てあし》はいつか、尾鰭《おひれ》になり、我《われ》はぴちぴちと跳《は》ねて、婦《おんな》の姿《すがた》は廂《ひさし》を横《よこ》に、ふわふわと欄間《らんま》の天人《てんにん》のように見《み》えた。

白《しろ》い森《もり》も、白《しろ》い家《いえ》も、目《め》の下《した》に、たちまちさっと……空高《そらたか》く、松本城《まつもとじょう》の天守《てんしゅ》をすれすれに飛《と》んだように思《おも》うと、水《みず》の音《おと》がして、もんどり打《う》って池《いけ》の中《なか》へ落《お》ちると、同時《どうじ》に炬燵《こたつ》でハッと我《われ》に返《かえ》った。

池《いけ》におびただしい羽音《はおと》が聞《き》こえた。

この案山子《かかし》になど追《お》えるものか。

バスケットの、蔦《つた》の血《ち》を見《み》るにつけても、青《あお》い呼吸《いき》をついてぐったりした。

廊下《ろうか》へ、しとしとと人《ひと》の音《おと》がする。ハッと息《いき》を引《ひ》いて立《た》つと、料理番《りょうりばん》が膳《ぜん》に銚子《ちょうし》を添《そ》えて来《き》た。

「やあ、伊作《いさく》さん。」

「おお、旦那《だんな》。」

Track 12

四《よん》

「昨年《さくねん》のちょうど今《いま》ごろでございました。」

料理番《りょうりばん》はひしと、身《み》を寄《よ》せ、肩《かた》をしめて話《はな》し出《だ》した。

「今年《ことし》は今朝《けさ》から雪《ゆき》になりましたが、そのみぎりは、忘《わす》れもしません、前日雪《ぜんじつゆき》が降《ふ》りました。積《つ》もり方《かた》は、もっと多《おお》かったのでございます。——二時《にじ》ごろに、目《め》の覚《さ》めます

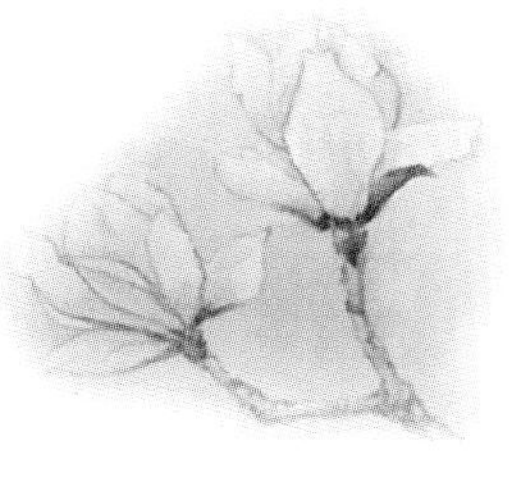

ような御婦人客《ごふじんきゃく》が、ただお一方《ひとかた》で、おいでになったのでございます。――目《め》の覚《さ》めるようだと申《もう》しましても派手《はで》ではありません。婀娜《あだ》な中《なか》に、何《なん》となく寂《さび》しさのございます、二十六七《にじゅうろくしち》のお年《とし》ごろで、高等《こうとう》な円髷《まるまげ》でおいででございました。――御容子《ごようす》のいい、背《せ》のすらりとした、見立《みた》ての申《もう》し分《ぶん》のない、しかし奥様《おくさま》と申《もう》すには、どこか媚《なま》めかしさが過《す》ぎております。そこは、田舎《いなか》ものでも、大勢《おおぜい》お客様《きゃくさま》をお見《み》かけ申《もう》しておりますから、じきにくろうと衆《しゅ》だと存《ぞん》じましたのでございまして、これが柳橋《やなぎばし》の蓑吉《みのきち》さんという姐《ねえ》さんだったことが、後《あと》に分《わ》かりました。宿帳《やどちょう》の方《ほう》はお艶様《つやさま》でございます。

その御婦人《ごふじん》を、旦那《だんな》――帳場《ちょうば》で、このお座敷《ざしき》へ御案内申《ごあんないもう》したのでございます。

風呂《ふろ》がお好《す》きで……もちろん、お嫌《いや》な方《かた》もたんとございますまいが、あの湯《ゆ》へ二度《にど》、お着《つ》きになって、すぐと、それに夜分《やぶん》に一度《いちど》、お入《はい》りなすったのでございます――都合《つごう》で、新館《しんかん》の建出《たてだ》しは見合《みあ》わせておりますが、温泉《おんせん》ごのみに石《いし》で畳《たた》みました風呂《ふろ》は、自慢《じまん》でございまして、旧《きゅう》の二階三階《にかいさんかい》のお客様《きゃくさま》にも、ちと遠《とお》うございますけれども、お入《はい》りを願《ねが》っておりましたところが――実《じつ》はその、時々《ときどき》、不思議《ふしぎ》なことがありますので、このお座敷《ざしき》も同様《どうよう》にしばらく使《つか》わずにおきましたのを、旦那《だんな》のような方《かた》に試《こころ》みていただけば、おのずと変《へん》なこともなくなりましょうと、相談《そうだん》をいたしまして、申《もう》すもいかがでございますが、今日久《こんにちひさ》しぶりで、湧《わ》かしも使《つか》いもいたしましたような次第《わけ》なのでございます。

ところで、お艶様《つやさま》、その御婦人《ごふじん》でございますが、日《ひ》のうち一風呂《ひとふろ》お浴《あ》びになりますと、(鎮守様《ちんじゅさま》のお宮《みや》は、)と聞《き》いて、お参詣《まいり》なさいました。贄川街道《にえがわかいどう》よりの丘《おか》の上《うえ》にございます。――山王様《さんおうさま》のお社《やしろ》で、むかし人身御供《ひとみごくう》があがったなどと申《もう》し伝《つた》えてございます。森々《しんしん》と、もの寂《さび》しいお社《やしろ》で。……村社《そんしゃ》はほかにもございますが、鎮守《ちんじゅ》と言《い》う、お尋《たず》ねにつけて、その儀《ぎ》を帳場《ちょうば》で申《もう》しますと……道《みち》を尋《たず》ねて、そこでお一人《ひとり》でおのぼりなさいました。目《め》を少々《しょうしょう》お煩《わずら》いのようで、雪《ゆき》がきらきらして疼《いた》むからと言《い》って、こんな土地《とち》でございます、ほんの出来《でき》あいの黒《くろ》い目金《めがね》を買《か》わせて、掛《か》けて、洋傘《こうもり》を杖《つえ》のようにしてお出掛《でか》けで。――これは鎮守様《ちんじゅさま》へ参詣《さんけい》は、奈良井宿《ならいしゅく》一統《いっとう》への礼儀挨拶《れいぎあいさつ》というお心《こころ》だったようでございます。

無事《ぶじ》に、まずお帰《かえ》りなすって、夕飯《ゆうはん》の時《とき》、お膳《ぜん》で一口《ひとくち》あがりました。――旦那《だんな》の前《まえ》でご

ざいますが、板前《いたまえ》へと、御丁寧《ごていねい》にお心《こころ》づけを下《くだ》すったものでございますから私《てまい》……ちょいと御挨拶《ごあいさつ》に出《で》ました時《とき》、こういうおたずねでございます——お社《やしろ》へお供物《くもつ》にきざ柿《がき》と楊枝《ようじ》とを買《か》いました、……石段下《いしだんした》のそこの小店《こみせ》のお媼《ばあ》さんの話《はなし》ですが、山王様《さんおうさま》の奥《おく》が深《ふか》い森《もり》で、その奥《おく》に桔梗《ききょう》ヶ原《がはら》という、原《はら》の中《なか》に、桔梗《ききょう》の池《いけ》というのがあって、その池《いけ》に、お一方《ひとり》、お美《うつく》しい奥様《おくさま》がいらっしゃると言《い》うことですが、ほんとうですか。——

——まったくでございます、と皆《みな》まで承《うけたま》わらないで、私《てまい》が申《もう》したのでございます。論《ろん》より証拠《しょうこ》、申《もう》して、よいか、悪《わる》いか存《ぞん》じませんが、現《げん》に私《てまい》が一度見《いちどみ》ましたのでございます。」

「…………」

「桔梗《ききょう》ヶ原《がはら》とは申《もう》しますが、それは、秋草《あきくさ》は綺麗《きれい》に咲《さ》きます、けれども、桔梗《ききょう》ばかりというのではございません。ただその大池《おおいけ》の水《みず》が真桔梗《まっききょう》の青《あお》い色《いろ》でございます。桔梗《ききょう》はかえって、白《しろ》い花《はな》のが見事《みごと》に咲《さ》きますのでございまして。……

四年《よねん》あとになりますが、正午《まひる》というのに、この峠向《とうげむこ》うの藪原宿《やぶはらじゅく》から火《ひ》が出《で》ました。正午《しょううま》の刻《こく》の火事《かじ》は大《おお》きくなると、何国《いずこ》でも申《もう》しますが、全《まった》く大焼《おおや》けでございました。

山王様《さんおうさま》の丘《おか》へ上《あ》がりますと、一目《ひとめ》に見《み》えます。火《ひ》の手《て》は、七条《ななすじ》にも上《あ》がりまして、ぱちぱちぱんぱんと燃《も》える音《おと》が手《て》に取《と》るように聞《き》こえます。……あれは山間《やまあい》の滝《たき》か、いや、ぽんぷの水《みず》の走《はし》るのだと申《もう》すくらい。この大南風《おおみなみ》の勢《いきお》いでは、山火事《やまかじ》になって、やがて、ここもとまで押《お》し寄《よ》せはしまいかと案《あん》じますほどの激《はげ》しさで、駈《か》けつけるものは駈《か》けつけます、騒《さわ》ぐものは騒《さわ》ぐ。私《てまい》なぞは見物《けんぶつ》の方《ほう》で、お社前《やしろまえ》は、おなじ夥間《なかま》で充満《いっぱい》でございました。

二百十日《にひゃくとおか》の荒《あ》れ前《まえ》で、残暑《ざんしょ》の激《はげ》しい時《とき》でございましたから、ついつい少《すこ》しずつお社《やしろ》の森《もり》の中《なか》へ火《ひ》を見《み》ながら入《はい》りましたにつけて、不断《ふだん》は、しっかり行《ゆ》くまじきとしてある処《ところ》ではございますが、この火《ひ》の陽気《ようき》で、人《ひと》の気《け》の湧《わ》いている場所《ばしょ》から、深《ふか》いといっても半町《はんちょう》とはない。大丈夫《だいじょうぶ》と。ところで、私陰気《てまいいんき》もので、あまり若衆《わかしゅ》づきあいがございませんから、誰《だれ》を誘《さそ》うでもあるまいと、杉檜《すぎひのき》の森々《しんしん》としました中《なか》を、それも、思《おも》ったほど奥《おく》が深《ふか》くもございませんで、一面《いちめん》の草花《くさばな》。……白《しろ》い桔梗《ききょう》でへりを取《と》った百畳敷《ひゃくじょうじき》ばかりの真青《まっさお》な池《いけ》が、と見《み》ますと、その汀《みぎわ》、ものの二《に》……三《さん》……十間《じゅっけん》とはない処《ところ》に……お一人《ひとり》、何《なん》ともおうつくしい御婦人《ごふじん》が、鏡台《きょうだい》を置《お》いて、斜《なな》めに向《む》かって、お化粧《けしょう》をなさっていらっしゃいました。

お髪《ぐし》がどうやら、お召《めし》ものが何《なに》やら、一目見《ひとめみ》ました、その時《とき》の凄《すご》さ、可恐《おそろ》しさと言《い》ってはございません。ただいま思《おも》い出《だ》しましても御酒《ごしゅ》が氷《こおり》になって胸《むね》へ沁《し》みます。ぞっとします。……それでいてそのお美《うつく》しさが忘《わす》れられません。勿体《もったい》ないようでございますけれども、家《いえ》のないもののお仏壇《ぶつだん》に、うつしたお姿《すがた》と存《ぞん》じまして、一日《いちにち》でも、この池《いけ》の水《みず》を視《なが》めまして、その面影《おもかげ》を思《おも》わずにはおられませんのでございます。——さあ、その時《とき》は、前後《ぜんご》も存《ぞん》ぜず、翼《はね》の折《お》れた鳥《とり》が、ただ空《そら》から落《お》ちるような思《おも》いで、森《もり》を飛《と》び抜《ぬ》けて、一目散《いちもくさん》に、高《たか》い石段《いしだん》を駈《か》け下《お》りました。私《てまい》がその顔《かお》の色《いろ》と、怯《おび》えた様子《ようす》とてはなかったそうでございましてな。……お社前《やしろまえ》の火事見物《かじけんぶつ》が、一雪崩《ひとなだれ》になって遁《に》げ下《お》りました。森《もり》の奥《おく》から火《ひ》を消《け》すばかり冷《つめ》たい風《かぜ》で、大蛇《だいじゃ》がさっと追《お》ったようで、遁《に》げた私《てまい》は、野兎《のうさぎ》の飛《と》んで落《お》ちるように見《み》えたということでございまして。

とこの趣《おもむき》を——お艶様《つやさま》、その御婦人《ごふじん》に申《もう》しますと、——そうしたお方《かた》を、どうして、女《おんな》神様《がみさま》とも、お姫様《ひめさま》とも言《い》わないで、奥《おく》さまと言《い》うんでしょう。さ、それでございます。私《てまい》はただ目《め》が暗《くら》んでしまいましたが、前々《ぜんぜん》より、ふとお見上《みあ》げ申《もう》したものの言《い》うのでは、桔《き》梗《きょう》の池《いけ》のお姿《すがた》は、眉《まゆ》をおとしていらっしゃりますするそうで……」

境《さかい》はゾッとしながら、かえって炬燵《こたつ》を傍《わき》へ払《はら》った。

「どなたの奥方《おくがた》とも存《ぞん》ぜずに、いつとなくそう申《もう》すのでございまして……旦那《だんな》。――お艶様《つやさま》に申《もう》しますと、じっとお聞《き》きなすって――だと、その奥《おく》さまのお姿《すがた》は、ほかにも見《み》た方《かた》がありますか、とおっしゃいます――ええ、月《つき》の山《やま》の端《は》、花《はな》の麓路《ふもとじ》、螢《ほたる》の影《かげ》、時雨《しぐれ》の提《ちょう》灯《ちん》、雪《ゆき》の川《かわ》べりなど、随分村方《ずいぶんむらかた》でも、ちらりと拝《おが》んだものはございます。――お艶様《つやさま》はこれをきいて、猪口《ちょく》を下《した》に置《お》いて、なぜか、しょんぼりとおうつむきなさいました。――

――ところで旦那《だんな》……その御婦人《ごふじん》が、わざわざ木曾《きそ》のこの山家《やまが》へ一人旅《ひとりたび》をなされた、用《よう》事《じ》がでございまする。」

Track 13

五《ご》

「ええ、その時《とき》、この、村方《むらかた》で、不思議千万《ふしぎせんばん》な、色出入《いろでい》り、——変《へん》な姦通事件《まおとこじけん》がございました。

村入《むらい》りの雁股《かりまた》と申《もう》す処《ところ》に（代官婆《だいかんばば》）という、庄屋《しょうや》のお婆《ばあ》さんと言《い》えば、まだしおらしく聞《き》こえますが、代官婆《だいかんばば》。……渾名《あだな》で分《わ》かりますくらいおそろしく権柄《けんぺい》な、家《いえ》の系図《けいず》を鼻《はな》に掛《か》けて、俺《おら》が家《いえ》はむかし代官《だいかん》だぞよ、と二言《ふたこと》めには、たつみ上《あ》がりになりますので。その了簡《りょうけん》でございますから、中年《ちゅうねん》から後家《ごけ》になりながら、手一《てひと》つで、まず……伜《せがれ》どのを立派《りっぱ》に育《そだ》てて、これを東京《とうきょう》で学士先生《がくしせんせい》にまで仕立《した》てました。……そこで一頃《ひところ》は東京住居《とうきょうずまい》をしておりましたが、何《なん》でも一旦微禄《いったんびろく》した家《いえ》を、故郷《ふるさと》に打《ぶ》っ開《ぱだ》けて、村中《むらじゅう》の面《つら》を見返《みかえ》すと申《もう》して、估券潰《こけんつぶ》れの古家《ふるいえ》を買《か》いまして、両三年前《りょうさんねんぜん》から、その伜《せがれ》の学士先生《がくしせんせい》の嫁御《よめご》、近頃《ちかごろ》で申《もう》す若夫人《わかふじん》と、二人《ふたり》で引《ひ》き籠《こ》もっておりますが。……菜大根《なだいこん》、茄子《なすび》などは料理《りょうり》に醤油《したじ》が費《つい》え、だという倹《けん》

約《やく》で、葱《ねぶか》、韮《にら》、大蒜《にんにく》、辣薤《らっきょう》と申《もう》す五蘊《ごうん》の類《たぐい》を、空地中《あきちじゅう》に、植《う》え込《こ》んで、塩《しお》で弁《べん》ずるのでございまして。……もう遠《とお》くからぷんと、その家《いえ》が臭《にお》います。大蒜屋敷《にんにくやしき》の代官婆《だいかんばば》。……

ところが若夫人《わかふじん》、嫁御《よめご》というのが、福島《ふくしま》の商家《しょうか》の娘《むすめ》さんで学校《がっこう》をでた方《かた》だが、当世《とうせい》に似《に》合《あ》わないおとなしい優《やさ》しい、ちと内輪《うちわ》すぎますぐらい。もっともこれでなくっては代官婆《だいかんばば》と二人住居《ふたりすまい》はできません。……大蒜《にんにく》ばなれのした方《かた》で、鋤《すき》にも、鍬《くわ》にも、連尺《れんじゃく》にも、婆《ばば》どのに追《お》い使《つか》われて、いたわしいほどよく辛抱《しんぼう》なさいます。

霜月《しもつき》の半《なか》ば過《す》ぎに、不意《ふい》に東京《とうきょう》から大蒜屋敷《にんにくやしき》へお客人《きゃくじん》がございました。学士先生《がくしせんせい》のお友《とも》だちで、この方《かた》はどこへも勤《つと》めてはいなさらない、もっとも画師《えかき》だそうでございますから、きまった勤《つと》めとてはございますまい。学士先生《がくしせんせい》の方《ほう》は、東京《とうきょう》のある中学校《ちゅうがっこう》でれっきとした校《こう》長《ちょう》さんでございますが。——

で、その画師《えかき》さんが、不意《ふい》に、大蒜屋敷《にんにくやしき》に飛《と》び込《こ》んで参《まい》ったのは、ろくに旅費《りょひ》も持《も》たずに、東京《とうきょう》から遁《に》げ出《だ》して来《き》たのだそうで。……と申《もう》しますのは——早《はや》い話《はなし》が、細君《さいくん》がありながら、よそに深《ふか》い馴染《なじみ》が出来《でき》ました。……それがために、首尾《しゅび》も義理《ぎり》も世《よ》の中《なか》は、さんざんで、思《おも》い余《あま》って細君《さいくん》が意見《いけん》をなすったのを、何《なに》を！と言《い》って、一《ひと》つ横頬《よこぞっぽ》を撲《くら》わしたはいいが、御先祖《ごせんぞ》、お両親《ふたおや》の位牌《いはい》にも、くらわされてしかるべきは自分《じぶん》の方《ほう》で、仏壇《ぶつだん》のあるわが家《や》には居《い》たたまらないために、その場《ば》から門《かど》を駈《か》け出《だ》したは出《で》たとして、知合《ちかづき》にも友《とも》だちにも、女房《にょうぼう》に意見《いけん》をされるほどの始末《しまつ》で見《み》れば、行《ゆ》き処《どころ》がなかったので、一夜《ひとよ》しのぎに、この木曾谷《きそだに》まで遁《に》げ込《こ》んだのだそうでございます、遁《に》げましたなあ。……それに、その細君《さいくん》というのが、はじめ画師《えかき》さんには恋人《こいびと》で、晴《は》れて夫婦《ふうふ》になるのには、この学士先生《がくしせんせい》が大層《たいそう》なお骨折《ほねお》りで、そのおかげで思《おも》いが叶《かな》ったと申《もう》したようなわけだそうで。……遁《に》げ込《こ》み場所《ばしょ》には屈竟《くっきょう》なのでございました。

時《とき》に、弱《よわ》りものの画師《えかき》さんの、その深《ふか》い馴染《なじみ》というのが、もし、何《なん》と……お艶様《つやさま》――手《て》前《まえ》どもへ一人《ひとり》でお泊《と》まりになったその御婦人《ごふじん》なんでございます。……ちょいと申《もう》し上《あ》げておきますが、これは画師《えかき》さんのあとをたずねて、雪《ゆき》を分《わ》けておいでになったのではございません。その間《あいだ》がざっと半月《はんつき》ばかりございました。その間《あいだ》に、ただいま申《もう》しました、姦通騒《まおとこさわ》ぎが起《お》こったのでございます。」

と料理番《りょうりばん》は一息《ひといき》した。

「そこで……また代官婆《だいかんばば》に変《へん》な癖《くせ》がございましてな。癖《くせ》より病《やまい》で——あるもの知《し》りの方《かた》に承《うけたまわ》りましたのでは、訴訟狂《そしょうきょう》とか申《もう》すんだそうで、葱《ねぶか》が枯《か》れたと言《い》っては村役場《むらやくば》だ、小児《こども》が睨《にら》んだと言《い》えば交番《こうばん》だ。……派出所《はしゅつじょ》だ裁判《さいばん》だと、何《なん》でも上沙汰《かみざた》にさえ持《も》ち出《だ》せば、我《われ》に理《り》があると、それ貴客《あなた》、代官婆《だいかんばば》だけに思《おも》い込《こ》んでおりますのでございます。

その、大蒜屋敷《にんにくやしき》の雁股《かりまた》へ掛《か》かります、この街道《かいどう》、棒鼻《ぼうばな》の辻《つじ》に、巌穴《いわあな》のような窪地《くぼち》に引《ひ》っ込《こ》んで、石松《いしまつ》という猟師《りょうし》が、小児《がき》だくさんで籠《こ》もっております。四十親仁《よんじゅうおやじ》で、これの小《こ》僧《ぞう》の時《とき》は、まだ微禄《びろく》をしません以前《いぜん》の……その婆《ばば》のとこに下男奉公《げなんぼうこう》、女房《かかあ》も女中奉公《じょちゅうぼうこう》をしたものだそうで。……婆《ばば》がえろう家来扱《けらいあつか》いにするのでございますが、石松猟師《いしまつりょうし》も、堅《かた》い親仁《おやじ》で、はなはだしく御主人《ごしゅじん》に奉《たてまつ》っておりますので。……

宵《よい》の雨《あめ》が雪《ゆき》になりまして、その年《とし》の初雪《はつゆき》が思《おも》いのほか、夜半《よなか》を掛《か》けて積《つ》もりました。山《やま》の、猪《しし》、兎《うさぎ》が慌《あわ》てます。猟《りょう》はこういう時《とき》だと、夜更《よふ》けに、のそのそと起《お》きて、鉄砲《てっぽう》しらべをして、炉端《ろばた》で茶漬《ちゃづけ》を掻《か》っ食《く》らって、手製《てづくり》の猿《さる》の皮《かわ》の毛頭巾《けずきん》を被《かぶ》った。筵《むしろ》の戸口《とぐち》へ、白髪《しらが》を

振《ふ》り乱《みだ》して、蕎《そ》麦《ば》切色《きりいろ》の褌《ふんどし》……いやな奴《やつ》で、とき色《いろ》の禿《は》げたのを不断《ふだん》まきます、尻端折《しりぱしょ》りで、六十九歳《ろくじゅうきゅうさい》の代官婆《だいかんばば》が、跣足《はだし》で雪《ゆき》の中《なか》に突《つ》っ立《た》ちました。（内《うち》へ怪《ば》けものが出《で》た、来《き》てくれせえ。）と顔色《がんしょく》、手《て》ぶりで喘《あえ》いで言《い》うので。……こんな時鉄砲《ときてっぽう》は強《つよ》うございますよ、ガチリ、実弾《たま》をこめました。……旧主人《きゅうしゅじん》の後室様《こうしつさま》がお跣足《はだし》でございますから、石松《いしまつ》も素跣足《すはだし》。街道《かいどう》を突《つ》っ切《き》って韮《にら》、辣薤《らっきょう》、葱畑《ねぶかばたけ》を、さっさと、化《ば》けものを見届《みとど》けるのじゃ、静《しず》かにということで、婆《ばば》が出《で》て来《き》ました納戸口《なんどぐち》から入《はい》って、中土間《なかどま》へ忍《しの》んで、指《ゆび》さされるなりに、板戸《いたど》の節穴《ふしあな》から覗《のぞ》きますとな、――何《なに》と、六枚折《ろくまいおり》の屏風《びょうぶ》の裡《なか》に、枕《まくら》を並《なら》べて、と申《もう》すのが、寝《ね》てはいなかったそうでございます。若夫人《わかふじん》が緋《ひ》の長襦袢《ながじゅばん》で、掻巻《かいまき》の襟《えり》の肩《かた》から滑《すべ》った半身《はんしん》で、画師《えかき》の膝《ひざ》に白《しろ》い手《て》をかけて俯向《うつむ》けになりました、背中《せなか》を男《おとこ》が、撫《な》でさすっていたのだそうで。いつもは、もんぺを穿《は》いて、木綿《もめん》のちゃんちゃんこで居《い》る嫁御《よめご》が、その姿《すがた》で、しかもそのありさまでございます。石《いし》松《まつ》は化《ば》けもの以上《いじょう》に驚《おどろ》いたに相違《そうい》ございません。（おのれ、不義《ふぎ》もの……人畜生《にんちくしょう》。）と代官婆《だいかんばば》が土蜘蛛《つちぐも》のようにのさばり込《こ》んで、（やい、……動《うご》く

な、その状《ざま》を一寸《いっすん》でも動《うご》いて崩《くず》すと——鉄砲《あれ》だぞよ、弾丸《あれ》だぞよ。）と言《い》う。にじり上《あ》がりの屏風《びょうぶ》の端《はし》から、鉄砲《てっぽう》の銃口《すぐち》をヌッと突《つ》き出《だ》して、毛《け》の生《は》えたヒキガエルのような石松《いしまつ》が、目《め》を光《ひか》らして狙《ねら》っております。

人相《にんそう》と言《い》い、場合《ばあい》と申《もう》し、ズドンとやりかねない勢《いきお》いでございますから、画師《えかき》さんは面喰《めんく》らったに相違《そうい》ございますまい。（天罰《てんばつ》は立《た》ち処《どころ》じゃ、足四本《あしよんほん》、手《て》四《よ》つ、顔二《つらふた》つのさらしものにしてやるべ。）で、代官婆《だいかんばば》は、近所《きんじょ》の村方四軒《むらかたよんけん》というもの、その足《あし》でたたき起《お》こして廻《まわ》って、石松《いしまつ》が鉄砲《てっぽう》を向《む》けたままの、そのありさまをさらしました。——夜《よ》のあけ方《かた》には、派出所《はしゅつじょ》の巡査《おまわり》、檀那寺《だんなでら》の和尚《おしょう》まで立《た》ち会《あ》わせるという狂《くる》い方《かた》でございまして。学士先生《がくしせんせい》の若夫人《わかふじん》と色男《いろおとこ》の画師《えかき》さんは、こうなると、緋鹿子《ひがのこ》の扱帯《しごき》も藁《わら》すべで、彩色《さいしき》をした海鼠《なまこ》のように、雪《ゆき》にしらけて、ぐったりとなったのでございます。

男《おとこ》はとにかく、嫁《よめ》はほんとうに、うしろ手《て》に縛《くく》りあげると、細引《ほそびき》を持《も》ち出《だ》すのを、巡査《おまわり》が叱《しか》りましたが、叱《しか》られるとなお吼《たけ》り立《た》って、たちまち、裁判所《さいばんしょ》、村役場《むらやくば》、派出所《はしゅつじょ》

も村会《そんかい》も一所《いっしょ》にして、姦通《かんつう》の告訴《こくそ》をすると、のぼせ上《あ》がるので、どこへもやらぬ監禁同様《かんきんどうよう》という趣《おもむき》で、ひとまず檀那寺《だんなでら》まで引《ひ》き上《あ》げることになりましたが、活《い》き証拠《じょうこ》だと言《い》い張《は》って、嫁《よめ》に衣服《きもの》を着《き》せることを肯《き》きませんので、巡査《おまわり》さんが、雪《ゆき》のかかった外套《がいとう》を掛《か》けまして、何《なん》と、しかし、ぞろぞろと村《むら》の女小児《おんなこども》まであとへついて、寺《てら》へ参《まい》ったのでございますが。」

境《さかい》はききつつ、ただ幾度《いくたび》も歎息《たんそく》した。

「――遁《に》がしたのでございましょうな。画師《えかき》さんはその夜《よ》のうちに、寺《てら》から影《かげ》をかくしました。これはそうあるべきでございます。――さて、聞《き》きますれば、――伜《せがれ》の親友《しんゆう》、兄弟同様《きょうだいどうよう》の客《きゃく》じゃから、伜同様《せがれどうよう》に心得《こころえ》る。……半年《はんとし》あまりも留守《るす》を守《まも》ってさみしく一人《ひとり》で居《い》ることゆえ、嫁女《よめじょ》や、そなたも、伜《せがれ》と思《おも》うて、つもる話《はなし》もせいよ、と申《もう》して、身《み》じまいをさせて、衣《き》ものまで着《き》かえさせ、寝《ね》る時《とき》は、にこにこ笑《わら》いながら、床《とこ》を並《なら》べさせたのだと申《もう》すことで。……嫁御《よめご》はなるほど、わけしりの弟分《おとうとぶん》の膝《ひざ》に縋《すが》って泣《な》きたいこともありましたろうし、芸妓《げいしゃ》でしくじるほどの画師《えかき》さんでございます、背中《せなか》を擦《さす》るぐらいはしかねますまい、……でございますな。

代官婆《だいかんばば》の憤《いきどお》り方《かた》をお察《さっ》しなさりとう存《ぞん》じます。学士先生《がくしせんせい》は電報《でんぽう》で呼《よ》ばれました。何《なん》と宥《なだ》めても承知《しょうち》をしません。ぜひとも姦通《かんつう》の訴訟《そしょう》を起《お》こせ。いや、恥《はじ》も外聞《がいぶん》もない、代官《だいかん》といえば帯刀《たいとう》じゃ。武士《ぶし》たるものは、不義《ふぎ》ものを成敗《せいばい》するはかえって名誉《めいよ》じゃ、とこうまで間違《まちが》っては事面倒《ことめんどう》で。たって、裁判沙汰《さいばんざた》にしないとなら、生《い》きておらぬ。咽喉笛鉄砲《のどぶえてっぽう》じゃ、鎌腹《かまばら》じゃ、奈良井川《ならいがわ》の淵《ふち》を知《し》らぬか。……桔梗ヶ池《ききょうがいけ》へ身《み》を沈《しず》める……こ、こ、この婆《ばば》め、沙汰《さた》の限《かぎ》りな、桔梗ヶ池《ききょうがいけ》へ沈《しず》めますものか、身投《みな》げをしようとしたら、池《いけ》が投《な》げ出《だ》しましょう。」

と言《い》って、料理番《りょうりばん》は苦笑《くしょう》した。

「また、今時《いまどき》に珍《めずら》しい、学校《がっこう》でも、倫理《りんり》、道徳《どうとく》、修身《しゅうしん》の方《ほう》を御研究《ごけんきゅう》もなされば、お教《おし》えもなさいます、学士《がくし》は至《いた》っての御孝心《ごこうしん》。かねて評判《ひょうばん》な方《かた》で、嫁御《よめご》をいたわる傍《はた》の目《め》には、ちと弱《よわ》すぎると思《おも》うほどなのでございますから、困《こう》じ果《は》てて、何《なん》とも申《もう》しわけも面目《めんぼく》もなければども、とにかく一度《いちど》、この土地《とち》へ来《き》てもらいたい。万事《ばんじ》はその上《うえ》で。と言《い》う——

学士先生《がくしせんせい》から画師《えかき》さんへのお頼《たの》みでございます。

さて、これは決闘状《はたしじょう》より可恐《おそろ》しい。……もちろん、村《むら》でも不義《ふぎ》ものの面《つら》へ、唾《つば》と石《いし》とを、人間《にんげん》の道《みち》のためとか申《もう》して騒《さわ》ぐ方《かた》が多い真中《まんなか》でございますから。……どの面《つら》さげて画師《えかき》さんが奈良井《ならい》へ二度面《にどつら》がさらされましょう、旦那《だんな》。」

「これは何《なん》と言《い》われても来《こ》られまいなあ。」

「と言《い》って、学士先生《がくしせんせい》との義理合《ぎりあ》いでは来《こ》ないわけにはまいりますまい。ところで、その画師《えかき》さんは、その時《とき》、どこに居《い》たと思《おぼ》し召《め》します。……いろのことから、怪《け》しからん、横頬《よこぞっぽ》を撲《は》ったという細君《さいくん》の、袖《そで》のかげに、申《もう》しわけのない親御《おやご》たちのお位牌《いはい》から頭《あたま》をかくして、尻《しり》も足《あし》もわなわなと震《ふる》えていましたので、弱《よわ》った方《かた》でございます。……必《かなら》ず、連《つ》れて参《まい》ります――と代官婆《だいかんばば》に、誓《ちか》って約束《やくそく》をなさいまして、学士先生《がくしせんせい》は東京《とうきょう》へ立《た》たれました。

その上京中《じょうきょうちゅう》。その間《あいだ》のことなのでございます、――柳橋《やなぎばし》の蓑吉姉《みのきちねえ》さん……お艶様《つやさま》が……ここへお泊《と》まりになりましたのは。……」

Track 14

六《ろく》

「――どんな用事《ようじ》の御都合《ごつごう》にいたせ、夜中《やちゅう》、近所《きんじょ》が静《しず》まりましてから、お艶様《つやさま》が、おたずねになろうというのが、代官婆《だいかんばば》の処《ところ》と承《うけたまわ》っては、一人《ひとり》ではお出《だ》し申《もう》されません。ただ道《みち》だけ聞《き》けば、とのことでございましたけれども、おともが直接《じか》について悪《わる》ければ、垣《かき》根《ね》、裏口《うらぐち》にでもひそみまして、内々《ないない》守《まも》って進《しん》じようで……帳場《ちょうば》が相談《そうだん》をしまして、その人《じん》選《せん》に当《あ》たりましたのが、この、ふつつかな私《てまい》なんでございました。……お支度《したく》がよろしくばと、私《てまい》、これへ……このお座敷《ざしき》へ提灯《ちょうちん》を持《も》って伺《うかが》いますと……」

「ああ、二《ふた》つ巴《どもえ》の紋《もん》のだね。」と、つい誘《さそ》われるように境《さかい》が言《い》った。

「へい。」

と暗《くら》く、含《ふく》むような、頤《おとがい》で返事《へんじ》を吸《す》って、

「よく御存《ごぞん》じで。」

「二度《にど》まで、湯殿《ゆどの》に点《つ》いていて、知《し》っていますよ。」

「へい、湯殿《ゆどの》に……湯殿《ゆどの》に提灯《ちょうちん》を点《つ》けますようなことはございませんが、——それとも、へーい。」

この様子《ようす》では、今《いま》しがた庭《にわ》を行《ゆ》く時《とき》、この料理番《りょうりばん》とともに提灯《ちょうちん》が通《とお》ったなどとは言《い》い出《だ》せまい。境《さかい》は話《はなし》を促《うなが》した。

「それから。」

「ちと変《へん》な気《き》がいたしますが。——ええ、ざっとお支度済《したくず》みで、二度《にど》めの湯上《ゆあ》がりに薄《うす》化粧《けしょう》をなすった、めしものの藍鼠《あいねずみ》がお顔《かお》の影《かげ》に藤色《ふじいろ》になって見《み》えますまで、お色《いろ》の白《しろ》さったらありません、姿見《すがたみ》の前《まえ》で……」

境《さかい》が思《おも》わず振《ふ》り返《かえ》ったことは言《い》うまでもない。

「金《きん》の吸口《くち》で、烏金《しゃくどう》で張《は》った煙管《きせる》で、ちょっと歯《は》を染《そ》めなさったように見《み》えます。懐紙《かいし》をな、眉《まゆ》にあてて私《てまい》を、おも長《なが》に御覧《ごらん》なすって、

——似合《にあ》いますか。——」

「むむ、む。」と言《い》う境《さかい》の声《こえ》は、氷《こおり》を頬張《ほおば》ったように咽喉《のど》に支《つか》えた。

「畳《たたみ》のへりが、桔梗《ききょう》で白《しろ》いように見《み》えました。

(ええ、勿体《もったい》ないほどお似合《にあ》いで。)と言《い》うのを聞《き》いて、懐紙《かいし》をおのけになると、眉《まゆ》のあとがいま剃立《そりた》ての真青《まっさお》で。……(桔梗《ききょう》ヶ池《がいけ》の奥様《おくさま》とは?)——(お姉妹《きょうだい》……いや一倍《いちばい》お綺麗《きれい》で)と罰《ばち》もあたれ、そう申《もう》さずにはおられなかったのでございます。

ここをお聞《き》きなさいまし。」……

(お艶《つや》さん、どうしましょう。)

「雪《ゆき》がちらちら雨《あめ》まじりで降《ふ》る中《なか》を、破《やぶ》れた蛇目傘《じゃのめ》で、見《み》すぼらしい半纏《はんてん》で、意気《いき》にやつれた画師《えかき》さんの細君《さいくん》が、男《おとこ》を寝取《ねと》った情婦《おんな》とも言《い》わず、お艶様《つやさま》——本妻《ほんさい》が、その体《てい》では、情婦《いろ》だって工面《くめん》は悪《わる》うございます。目《め》を煩《わず》らって、しばらく親許《おやもと》へ、納屋同然《なやどうぜん》な二階《にかい》借《か》りで引《ひ》き籠《こ》もって、内職《ないしょく》に、娘子供《むすめこども》に長唄《ながうた》なんか、さらって暮《く》らしていなさるところへ、思《おも》い余《あま》って、細君《さいくん》が訪《たず》ねたのでございます。」

(お艶《つや》さん、私《わたし》はそう存《ぞん》じます。私《わたし》が、貴女《あなた》ほどお美《うつく》しければ、「こんな女房《にょうぼう》がついて

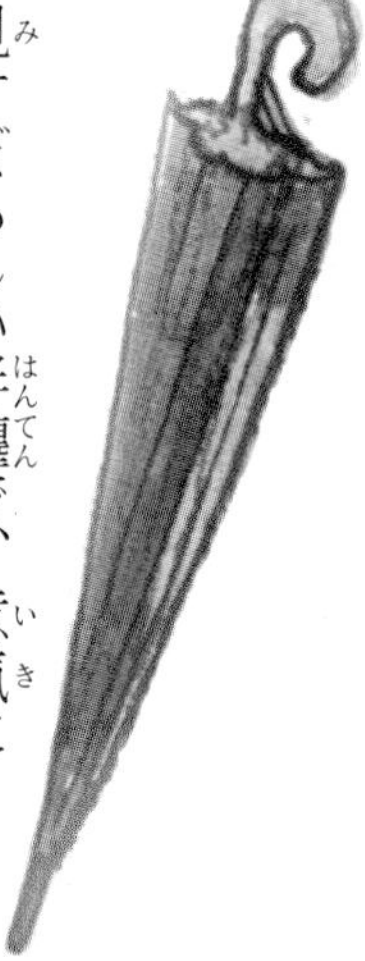

います。何《なん》の夫《やど》が、木曾街道《きそかいどう》の女《おんな》なんぞに。」と姦通呼《まおとこよ》ばわりをするその婆《ばばあ》に、そう言《い》ってやるのが一番早分《いちばんはやわか》りがすると思《おも》います。）（ええ、何《なに》よりですともさ。それよりか、なおその上《うえ》に、「お妾《めかけ》でさえこのくらいだ。」と言《い》って私《わたし》を見《み》せてやります方《ほう》が、上《うえ》になお奥《おく》さんという、奥行《おくゆき》があってようございます。――「奥《おく》さんのほかに、私《わたし》ほどのいろがついています。田舎《いなか》で意地《いじ》ぎたなをするもんですか。」婆《ばばあ》にそう言《い》ってやりましょうよ。そのお嫁《よめ》さんのためにも。）――

「――あとで、お艶様《つやさま》の、したためもの、かきおきなどに、この様子《ようす》が見《み》えることに、何《なん》ともどうも、つい立《た》ち至《いた》ったのでございまして。……これでございますから、何《なん》の木曾《きそ》の山猿《やまざる》なんか。しかし、念《ねん》のために土地《とち》の女《おんな》の風俗《ふうぞく》を見《み》ようと、山王様御参詣《さんおうさまごさんけい》は、その下《した》心《ごころ》だったかとも存《ぞん》じられます。……ところを、桔梗ヶ池《ききょうがいけ》の、凄《すご》い、美《うつく》しいお方《かた》のことをおききなすって、これが時々人目《ときどきひとめ》にも触《ふ》れるというので、自然《しぜん》、代官婆《だいかんばば》の目《め》にもとまっていて、自分《じぶん》の容色《きりょう》の見劣《みおと》りがする段《ひ》には、美《うつく》しさで勝《か》つことはできない、という覚悟《かくご》だったと思《おも》われます。——もっとも西洋剃刀《せいようかみそり》をお持《も》ちだったほどで。——それでいけなければ、世《よ》の中《なか》に煩《うるさ》い婆《ばばあ》、人《ひと》だすけに切《き》っちまう——それも、かきおきにございました。

雪道《ゆきみち》を雁股《かりまた》まで、棒端《ぼうばな》をさして、奈良井川《ならいがわ》の枝流《えだなが》れの、青白《あおじろ》いつつみを参《まい》りました。氷《こおり》のような月《つき》が皎々《こうこう》と冴《え》えながら、山気《さんき》が霧《きり》に凝《こ》って包《つつ》みます。巌石《がんせき》、がらがらの細谿川《ほそたにがわ》が、寒《さむ》さに水涸《みずが》れして、さらさらさら、……ああ、ちょうど、あの音《おと》、……洗面所《せんめんじょ》の、あの音《おと》でございます。」

「ちょっと、あの水口《みずぐち》を留《と》めて来《こ》ないか、身体《からだ》の筋々《すじすじ》へ沁《し》み渡《わた》るようだ。」

「御同然《ごどうぜん》でございまして……ええ、しかし、どうも。」

「一人《ひとり》じゃいけないかね。」

「貴方様《あなたさま》は？」

「いや、なに、どうしたんだい、それから。」

「岩《いわ》と岩《いわ》に、土橋《どばし》が架《か》かりまして、向《むこ》うに槐《えんじゅ》の大《おお》きいのが枯《か》れて立《た》ちます。それが危《あぶ》なかしく、水《みず》で揺《ゆ》れるように月影《つきかげ》に見《み》えました時《とき》、ジイと、私《てまい》の持《も》ちました提灯《ちょうちん》の蝋燭《ろうそく》が煮《に》

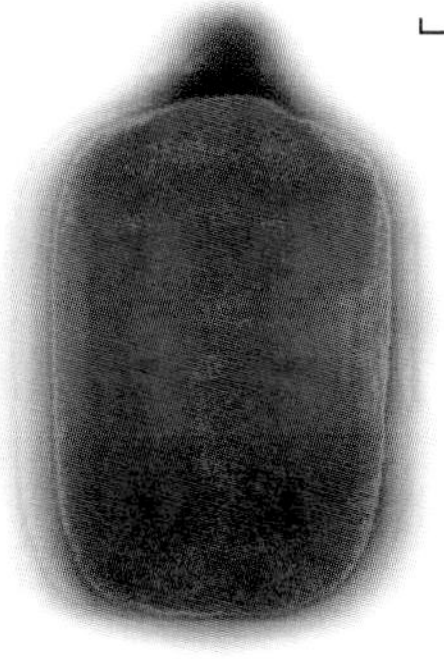

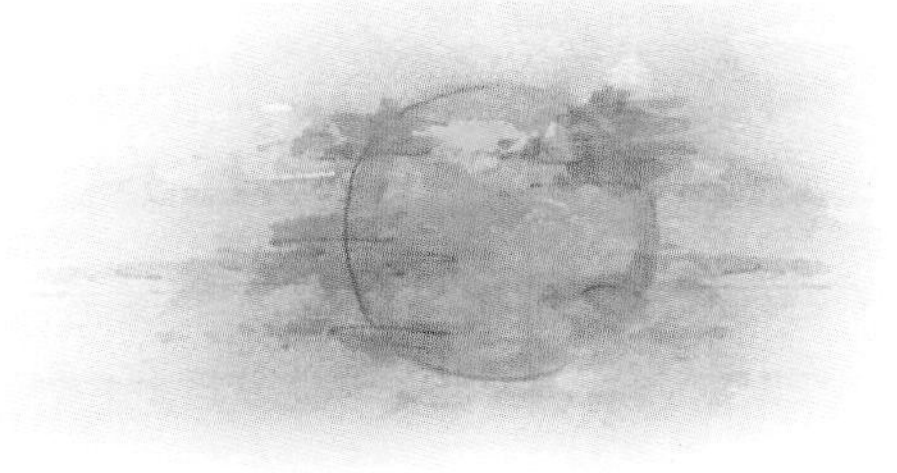

えまして、ぼんやり灯《ひ》を引《ひ》きます。（暗《くら》くなると、巴《ともえ》が一《ひと》つになって、人魂《ひとだま》の黒《くろ》いのが歩《あ》行《る》くようね。）お艶様《つやさま》の言葉《ことば》に――私《てまい》、はッとして覗《のぞ》きますと、不注意《ふちゅうい》にも、何《なん》にも、お綺麗《きれい》さに、そわつきましたか、ともしかけが乏《とぼ》しくなって、かえの蝋燭《ろうそく》が入《い》れてございません。――おつき申《もう》してはおります、月夜《つきよ》だし、足許《あしもと》に差支《さしつか》えはございませんようなものの、当館《とうかん》の紋《もん》の提灯《ちょうちん》は、ちょっと土地《とち》では幅《はば》が利《き》きます。あなたのおためにと思《おも》いまして、道《みち》はまだ半町《はんちょう》足《た》らず、つい一《ひと》っ走《ぱし》りで、駈《か》け戻《もど》りました。これが間違《まちが》いでございました。」

声《こえ》も、言《ことば》も、しばらく途絶《とだ》えた。

「裏土塀《うらどべい》から台所口《だいどころぐち》へ、……まだ入《はい》りませんさきに、ドーンと天狗星《てんぐぼし》の落《お》ちたような音《おと》がしました。ドーンと谺《こだま》を返《かえ》しました。鉄砲《てっぽう》でございます。」

「……………」

「びっくりして土手《どて》へ出《で》ますと、川《かわ》べりに、薄《うす》い銀《ぎん》のようでございましたお姿《すがた》が見《み》えません。提灯《ちょうちん》も何《なに》も押《お》っ放《ぽ》り出《だ》して、自分《じぶん》でわッと言《い》って駈《か》けつけますと、居処《いどころ》が少《すこ》しずれて、バッタリと土手《どて》っ腹《ぱら》の雪《ゆき》を枕《まくら》に、帯腰《おびごし》が谿川《たにがわ》の石《いし》に倒《たお》れておいででした。（寒《さむ》いわ。）と現《うつつ》のように、（ああ、冷《つめ》たい。）とおっしゃると、その唇《くちびる》から糸《いと》のように、三条《みすじ》に分《わ》かれた血《ち》が垂《た》れました。

――何《なん》とも、かとも、おいたわしいことに――裾《すそ》をつつもうといたします、乱《みだ》れ褄《づま》の友《ゆう》染《ぜん》が、色《いろ》をそのままに岩《いわ》に凍《こお》りついて、霜《しも》の秋草《あきくさ》に触《さわ》るようだったのでございます。――人《ひと》も立《た》ち会《あ》い、抱《だ》き起《お》こし申《もう》す縮緬《ちりめん》が、氷《こおり》でバリバリと音《おと》がしまして、古襖《ふるぶすま》から錦絵《にしきえ》を剥《は》がすようで、この方《かた》が、お身体《からだ》を裂《さ》く思《おも》いがしました。胸《むね》に溜《た》まった血《ち》は暖《あたた》かく流《なが》れましたのに。――

撃《う》ちましたのは石松《いしまつ》で。――親仁《おやじ》が、生計《くらし》の苦《くる》しさから、今夜《こんや》こそは、どうでも獲《え》ものをと、しとぎ餅《もち》で山《やま》の神《かみ》を祈《いの》って出《で》ました。玉味噌《たまみそ》を塗《なす》って、串《くし》にさして焼《や》いて持《も》ちます、その握飯《にぎりめし》には、魔《ま》が寄《よ》ると申《もう》します。がりがり橋《はし》という、その土橋《どばし》にかかりますと、お艶様《つやさま》の方《ほう》では人《ひと》が来《く》るのを、よけようと、水《みず》が少《すく》ないから、つい川《かわ》の岩《いわ》に片足《かたあし》おかけなすった。桔《き》梗《きょう》ヶ池《がいけ》の怪《あや》しい奥様《おくさま》が、水《みず》の上《うえ》を横《よこ》に伝《つた》うと見《み》て、パッと臥打《ふしう》ちに狙《ねら》いをつけた。俺《おれ》は魔《ま》を退治《たいじ》たのだ、村方《むらかた》のために。と言《い》って、いまもって狂《くる》っております。——旦那《だんな》、旦那《だんな》、旦那《だんな》、提灯《ちょうちん》が、あれへ、あ、あの、湯《ゆ》どのの橋《はし》から、……あ、あ、ああ、旦那《だんな》、向《む》うから、私《てまい》が来《き》ます、私《てまい》とおなじ男《おとこ》が参《まい》ります。や、並《なら》んで、お艶様《つやさま》が。」

境《さかい》も歯《は》の根《ね》をくいしめて、

「しっかりしろ、可恐《おそろ》しくはない、可恐《おそろ》しくはない。……怨《うら》まれるわけはない。」

電燈《でんとう》の球《たま》が巴《ともえ》になって、黒《くろ》くふわりと浮《う》くと、炬燵《こたつ》の上《うえ》に提灯《ちょうちん》がぼうと掛《か》かった。

「似合《にあ》いますか。」

座敷《ざしき》は一面《いちめん》の水《みず》に見《み》えて、雪《ゆき》の気《け》はいが、白《しろ》い桔梗《ききょう》の汀《みぎわ》に咲《さ》いたように畳《たたみ》に乱《みだ》れ敷《し》いた。

掩眉靈

秀緻高雅的雙眉，
被懷紙緊緊遮住，
大大的眼珠目不轉睛地盯著境贊吉。
她莞爾一笑，露出黑色的牙齒。

木曾街道上的奈良井車站，位於中央線的起點，距離飯田町一五八點二英哩，海拔三千兩百公尺處。但與其說這些，還不如想想《東海道徒步旅行遊記》❶裡的情節，反而更能提升我的遊興。

故事中的主角彌次郎兵衛和喜多八兩人，筋疲力盡地翻越過鳥居峰之後，已是日暮西山，女侍們紛紛從兩旁的旅社中走出來，開始招攬生意：「客人，要投宿嗎？洗澡的熱水已經準備好了，快請進來吧！」

喜多八：「時間還早哩……」

彌次郎：「也是時候該找間旅社投宿了，對吧？大姐。」

女侍：「在本店住宿晚餐有提供飯，也有蕎麥麵，附蕎麥麵的話比較便宜。」

彌次郎：「唔，那就價格便宜的好了，附蕎麥麵的話是多少錢呢？」

女侍：「嗯，一百一十六錢。」

由於兩人身上盤纏即將用盡，便決定住下來。等泡完熱水澡後，點好的蕎麥麵也端了上來，兩人馬上大快朵頤一番。

喜多八：「這裡的蕎麥麵還不錯，就是湯頭的味道差了些。」

彌次郎開玩笑地回道：「但這裡的女侍長得可挺美的呀，沒錯吧？大姐，再來一碗。」

女侍：「蕎麥麵只有這些而已。」

彌次郎：「什麼？已經沒啦？我們才各吃了兩碗而已，真掃興，吃這樣哪夠飽啊！」

喜多八：「真是不夠意思，便宜的只能吃兩碗呀？」

彌次郎：「……混帳，掏出錢來還沒得吃哩！」

還真夠慘！盤纏已經所剩無幾，卻為了蕎麥麵這種粗食，多花了不必要的錢，真教人沮喪。正巧那晚他倆遇上一位富有的熟人，是在家鄉江戶的衣櫃街、抽屜橫街上，製作把手的鐶兵衛。他們一同前往山腳的寺廟參拜，就在聽見鹿鳴聲之時……

思及於此，境贊吉興起了投宿此地的念頭，他說那時火車正準備離站了。

我這位朋友境贊吉，本來打算去長春藤環繞的木曾吊橋，還有寢覺之床等地遊玩，所以買了前往上松的車票。當時是農曆十一月中旬。

他說道：「……而且呀，說到那兩碗蕎麥麵，我可有段奇妙的際遇唷！」

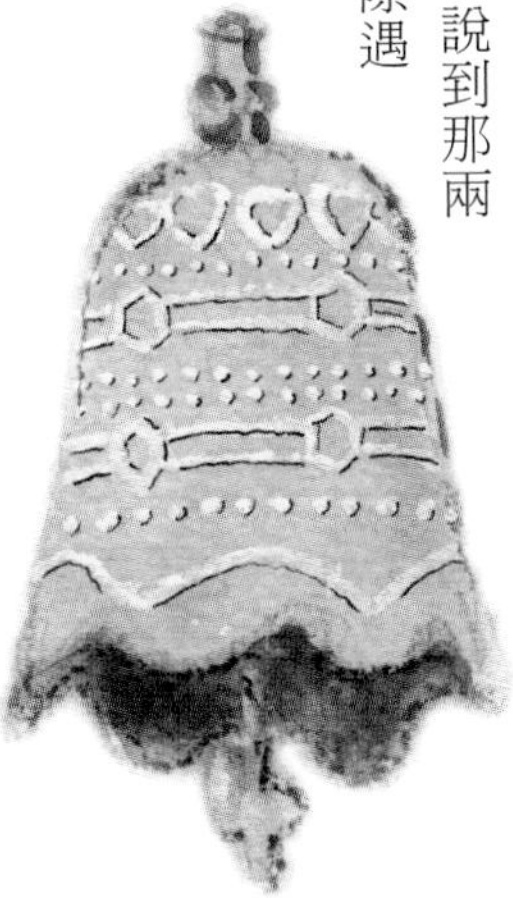

在那前一晚境贊吉在松本住了一夜。眾所周知的，搭乘這條路線的火車，必須在鹽尻車站換車，所以從東京前往上松的人，會在松本投宿那是很不尋常的。當然，如果要繞到松本辦事，那倒也無可厚非；不過若是沒特別的用意，那可就不合常理了，然而我並無意探個究竟。境贊吉接著描述道，

其實他旅行的天數很少，但他喜愛搭乘火車的樂趣，便一路從上野坐火車到高崎，眺望妙義山、橫川、熊之平、淺間，經過輕井澤、追分等地，再轉乘篠之井線，透過車窗觀賞姨捨的梯田風光，打算在松本停留住宿。

先前某位知名的畫家捎了封信給他，信裡提到松本那地方，「誠心的向您推薦一間旅館，裡面住了位美女。」……到了那裡發現確實是如此。當晚抵達旅館，便瞧見櫃檯有位紮起頭髮的絕色女子，雖然境贊吉將那封介紹信遞給了她，不過美女並沒有跟著過來……反而是女侍領著他前往房間。不僅如此，這個霜寒露重的夜晚，只端給他一杯微溫又苦澀無味的茶水，用餐時間也沒詢問他是否要用晚膳。華麗的房內搭配著紫檀木桌，火盆很大，但火勢卻很微弱，擱在裡頭的炭灰都已經轉白。境贊吉想喝點熱騰騰的東西，便點了壺溫酒，女侍卻冷漠地回說廚房爐火已經關了，沒辦法再烹煮任何東西。正如同火苗被熄滅般，寂寥的屋內不勝寒意，但現在還不到十一點……他只好叫瓶酒。他問女侍是否有清酒，怎知對方

卻回答：「抱歉，沒有。」——那麼，不然啤酒也好。結果女侍又答道：「不好意思，那也沒有。」「大姐……」境贊吉稍微坐起身子，問道：「可以去附近幫我打壺酒來嗎？」女侍回說：「這……已經很晚了，所以餐館都打烊了……」他心想這算哪門子餐館！

真是的，從車站搭車前來的途中，他冷得渾身發抖，即將抵達此處時，聽到了潺潺的水聲。河水上面架著座小橋，兩旁林立著像是妓院的樓房，眼前閃爍著一盞盞紅燈籠，上頭明明寫著茶館、飯館。——唉，早知如此，在輕井澤買的那二公合的酒，不該早早喝光了才是。他大大嘆了口氣，飢腸轆轆、咕嚕咕嚕作響，用悲慘的聲音哀求道：「大姐，既沒清酒也沒啤酒，更沒有酒菜……那飯呢？今晚旅館的晚飯呢？」

「咦，來不及了……都已經熄火啦！」——奇怪，真不知道是招誰惹誰了！竟然會受到這般無情的對待。方才既已拿出了介紹信，現下也不好擺出強悍的態度說要更換住宿，只好當作是自己前世造孽，才有此等果報。他戰戰兢兢地問道：「附近至少有賣蕎麥麵或烏龍麵的吧？」「烏龍麵嗎？我問問看。」「啊，麻煩幫我買兩份。」女侍就像想逃般地半蹲著身子，收回原本跨過門檻的膝蓋，無精打采地走出去了。

等了一會兒，只見餐盤被推到面前，上頭竟然只有一個碗公。境贊吉帶著責備的語氣說：「我實在餓得要命，所以方才不是拜託大姐買兩碗的嗎？」「是呀，兩份裝在一起了。」他還來不及說出「好了，妳可以先下去了。」女侍已經轉過身去，快步通過走廊離開。

境贊吉像是不受疼愛的繼子，用可憐兮兮的眼神目送她離去，一邊抱住碗公，掀開蓋子。沒錯，的確是兩份裝在一起，所以湯汁少得可憐，雪白的烏龍麵條看起來乾巴巴的樣子。

當初秋葉山三尺僧人❷在向飯綱權現❸大神祈福時，必須齋戒不得進食。難不成這間旅館也要客人齋戒嗎？真教人哭笑不得。

前一夜的那兩份烏龍麵，不禁讓他想起從前彌次郎和喜多八夜宿旅館時，所點的那兩碗蕎麥麵。或許是言過其實，但所謂不可思議的際遇，正是如此呀！讓他突然有了留宿在奈良井的念頭。

落日已移動到了木曾山頂，傍晚突然下起了陣雨。

他早就猜到了會下雨，沒有搭乘車站前的人力車，而是一個人撐著洋傘，沿著陰暗的屋簷走在碎石路上。他心裡有了主意。好！就來兩份蕎麥麵。昨晚吃了難吃的烏龍麵，今晚的蕎麥麵可真讓人引頸期盼哪！為了體驗旅程的艱辛，他刻意避開一兩間窗明几淨的旅館，穿著黑色外套，像隻烏鴉似地窺伺著外觀簡陋幽靜的旅舍。屋簷掛著竹籠和菜乾，廚房的爐灶正在生火。他打了聲招呼後走進去，見到一個用布巾包著頭的老人家，正往爐灶裡添柴火。門框寬闊，屋內有個大爐灶，被煙燻黑的天花板上掛著大燈籠，光芒映照在竹籠上。樓梯下方昏暗的櫃檯裡，老闆的光頭顯得非常有趣。

「歡迎光臨！」

境贊吉心想這簡陋的地方八成就只

點得到那兩碗蕎麥麵吧，此時老闆輕快地跑到他面前，殷勤地招呼他。他誤打誤撞碰上如此熱情的店家，有種出乎意料的驚喜感。

「客人上門啦！帶到鶴三號房去。」

年輕女侍皮膚白皙，穿著樸素的棉布衣裳和乾淨的圍裙，望著窗戶、欄杆，彷彿在松樹上攀爬似地，領著他來到了三樓，一間約有十張榻榻米大小的房間。柱子和天花板看來都很堅固，壁龕的擺設也很雅致。不同於玄關的感覺，房間裡的裝潢相當講究。

鋪棉的床鋪很暖和，上面居然還鋪了件熊皮。哈哈，《東海道徒步旅行遊記》描述的年代裡，獵戶在山路邊兜售猿猴胎兒、蟒蛇肝和獸皮，這熊皮大概就是這麼來的吧。玩心大起的他搞笑地扮起了大王，坐在那張熊皮上，正好女侍拿著小火鏟上來，大方地將炭火全數倒進了銅製的大火盆裡，火勢再度猛烈燃燒起來。藍色的火焰尖端，將堅硬的木炭燒得一片火紅。從窗戶縫隙中吹入一陣涼爽的山風，讓人精神為之一振。望著三樓內熊熊燃燒的炭火，在關東大地震之後，看到這樣的火勢總讓人心驚膽顫。

他還泡了個澡。

至於菜色呢，原以為只會有蕎麥麵那種粗食，沒想到往蝶形腳的餐桌上一瞧，頓時對於自己的妄加揣測，感到羞澀起來。除了幼鰤魚佐照燒醬和熱騰騰的日式蛋捲，還有一碗雪白的鮮魚蒸餅，上頭灑上了葛粉。盤中盛著五隻完整的烤斑鳩，據說是這一帶的佳餚。斑鳩的頭放在小陶碟上，兩腿撐開、從中剖開，香氣四溢。

「謝謝……實在好感動哪！」

境贊吉望著女侍笨手笨腳的模樣，心中還是萬分高興……他讓女侍為自己斟酒，感覺像是騎著熊，享用著神仙般的山珍海味，不停地向女侍道謝。

「這菜色實在太豐盛了。……真是教人感動……誠心誠意地感謝妳。」

這是他的肺腑之言，看來也絕無敷衍之意。

年輕的女侍也誠懇回道：「先生，很高興能合您的意。來，再來一杯酒吧！」

「那我就不客氣了，要好好喝個痛快！對了，大姐，我還有個請求……斑

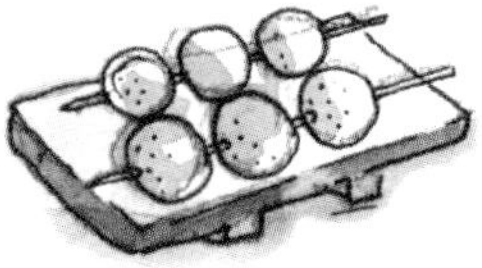

鳩應該還有不少吧？我可否多要一些，在這裡擺個鍋子，邊煮邊吃呢？」

「嗯，竹簍裡還有三隻，另外、廚房的柱子上也掛著一大束。」

「真是豪爽呀！我想多要些斑鳩在這裡烹煮……行嗎？」

「好，我這就去交代廚房。」

「順道拿壺溫酒來吧，現在火勢正猛，放在爐邊也不會冷掉。……真是不好意思，要麻煩妳走那麼遠。不如一次先拿個三瓶吧！……如何？像不像是戰國武將岩見重太郎❹在點菜呀？」

「呵呵呵。」

早上在松本的時候，境贊吉的胸口如同洗臉盆中的冷水般結了層冰，腦中一片空白；而這裡如此地溫暖，融化了他的心。……他頓時了悟，因烏龍麵而

備受冷落的理由。給他介紹信的畫家，是近期才成名的。畫家年輕流浪時行經信州路，曾在那間旅館中待了五個月。畫家說，旅館不但沒有催促欠繳的住宿費，離開時還給了他草鞋錢，是間親切善良的店家。啊，正是因為如此……因為是相同的人所介紹的，他們八成以為又是個付不出住宿費，還會索取草鞋錢的客人吧。

「唉，客人，真不好意思，只有粗茶淡飯。」

一位瘦瘦的、膚色黝黑，理個五分頭，大約三十六、七歲的男人，套著藏青色袖套，穿著同樣顏色的圍裙，愁眉苦臉卻看來誠懇，恭敬地跪坐在拉門邊。

「您太客氣了……菜色真的很棒。……請問您是老闆嗎？」

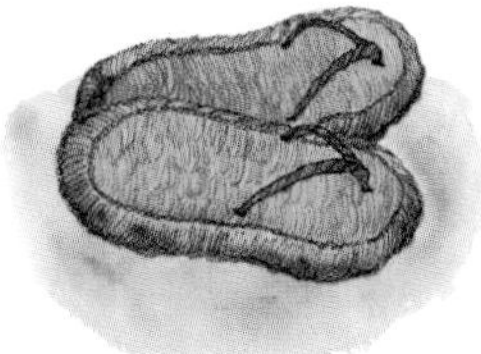

「不，我是這裡的廚師，手藝不佳請多包涵。……而且在這樣偏遠的深山裡，只怕沒有合您胃口的食物。」

「沒有這回事。」

「對了，……您剛剛吩咐女侍，說想用鍋子煮斑鳩來吃，但到底要怎麼煮呢？這女人真是個鄉巴佬，老是聽不懂人家說的話，所以我才冒昧過來請教您。」

境贊吉萬分尷尬。

「真是不好意思，要你們從那麼遠的地方拿來。」

他失神地說道：「雖然像是在開玩笑，不過要請你們拿到三樓來。」

「不會，您太客氣了。」

「這個嘛，請到這來……您忙不忙呢？」

「不忙，飯菜都已經送上來了。而除了您之外，只有另外兩組客人。」

「那麼，請到這來。來、再坐過來一點。」

「啊，謝謝。」

「實在是很失禮，來，喝一杯吧！……剛好溫酒也送來了，大姐，請幫他倒一杯吧。」

「啊，不用了，我不大會喝酒。」

「來吧，喝一杯就好。——真不好意思，竟然提出要煮斑鳩鍋這種要求，……該怎麼說好呢？」

「先生，櫃檯的人也說過，斑鳩用烤的最美味了。」

「我們都會連同菜餚一起送上來，這個要從頭一口咬下去，不要讓腦髓流掉，風味極佳，是很特別的地方菜。」

「廚子，真不好意思，……我絕不是對您的料理有意見。其實呢，是在某次的宴會上，在場的藝妓曾談起木曾斑鳩，——當時大家都醉翻了，開始七零八落地哼起小曲來，木曾小曲就是那時候唱的，——聽了就讓人心生嚮往，所以我依稀記得，歌詞大概是『往木曾，運往木曾的米』什麼的……」

「沒錯。」

廚子將小陶碟放在方桌上，從菸盒裡拿出抽了半截的菸管，不客氣地在金屬火盆上，咚咚地敲起鼓來。

「……伊那和高遠多餘的米……歌詞是這樣的。這女侍的名字正巧就叫做『米』呢，阿米。」

「哎喲，幹嘛啦，伊作先生。」女侍在一旁笑著瞪他道：「先生——這人的老家就在伊那喔。」

「是唷，那不就是跟武田勝賴❺同

鄉啦？」

「不過，勝賴可沒這般男子氣概哩！」

「那當然囉！」

原本繃著臉的廚子也不再苦笑，再度咚咚地敲著菸管。

「因此我才會特別偏袒伊那，這跟在木曾的唱法是不同的。『運往伊那和高遠的米，全是木曾多餘的米』他們是這麼唱的。」

「總之不管是哪種歌詞，都是因為木曾而引起的話題，由於我們都喝醉了，所以沒聽清楚，她指的到底是下一站的贄川，還是越過山頭之後的藪原、福島、上松地區。但是那位藝妓提到和客人一起前往木曾，架網獵補斑鳩的事情。他們趁著夜色昏暗的時候，迅速地沿著山路上山，來到嚮導指定的地方，架起細絲網，放出誘捕用的斑鳩。黎明前，一片白色的霧氣之中，一大群斑鳩突然從對面的山頂飛來，被誘往這邊的山頭，卡在細絲網上，拍動著翅膀。一隻一隻取下之後，馬上拿去火堆旁烤，趁著油脂滾燙的時候吸了一口，真是美味哪……她是這麼告訴我們的……」

「呵，她說的沒錯。」

「由於冷得發抖，就用溫酒的酒壺喝了一杯酒，接連著啃了幾口斑鳩，啊，真是美味！她吸了口氣，原本靠著火堆，這時卻突然站了起來。兩位同行的嚮導是當地的獵戶，忽然大叫了起來——那是因為，藝妓滿嘴鮮血，沾滿了半生不熟的小鳥鮮血。藝妓說到這事，不自覺地拿起手帕摀著嘴唇；我注視著她的臉，彷彿看見紅色的液體不停地滲出。她是個年輕女子，身材苗條，

纖瘦得彷彿不經一握。光是聽她描述就覺得很美味，實在太棒了！那時，身處東京的我想像著，黎明時分，在綿延不絕的高聳山峰和險峻深谷交錯的木曾山中……當她倏然起身，深色的裙擺拂過火堆，站在比視線下方的山峰更高之處，在濃霧中露出美麗的臉龐……」

「討厭啦，先生。」

「雖然是個拙劣的故事，不過滿嘴鮮血的那段，還是讓人感到很不舒服吧。」

「是的，的確是這樣呢。」

「我向那個藝妓說道：『幸好妳平安無事。』她問我為何這麼說，我告訴她，在這種情況下，對面山頂上的竹林野地中，驚慌失措或是著了魔的獵人，要是拿起槍來瞄準，妳準會吃上兩顆子彈。在那種地方、那種時間，據說從以前開始，在深夜埋伏，想趁著黎明時候捕鳥的人都會著魔，或是碰上怪事。而妳不就像是著魔似地，立即變成了美豔的女鬼嗎？『……反正哪我就是女鬼。——不過我是被人吃掉的那一方……』她邊說著，又感到萬分恐怖、毛骨悚然，便用手帕摀住嘴巴。」

「唔……」廚子忘我地發出低沉的聲音。

「嗯，先生，似乎是如此，不，這是真的。實際上是非常危險哪！那種情形下，肯定會受傷的，那位小姐居然平安無事。這裡是贄川上游的御嶽口，靠近美濃的峽谷，可以抓到很多斑鳩。但我不知道那位藝妓是在哪裡抓的，話說那些藝妓們是東京哪裡人呢？」

「大概是下町地區的人吧！」

「是柳橋嗎？」

他邊說著，兩眼直盯著我，像是窺伺著我的臉色。

「或者是新橋那邊吧？」

「不，是在兩地之間……是日本橋的人，不過方才提到的都是宴會上的對話而已。」

「您要是知道地方，也方便告訴我的話，我想請教捕鳥的地點，做個參考。這深山幽谷的奧秘，實非人類智慧所能及……」

女侍也低著頭，神色黯然。

這種時候不管是誰都會想要打探一下，境贊吉便伸出身子。

「這一帶是不是有什麼怪事？」

「並沒有什麼奇怪的傳言，不過，正如河中有激流，山中有深淵，總得諸事留神。剛剛端上來的斑鳩，是連著一兩天，好不容易在山頂口獵到的。」

「原來如此。」

境贊吉重新端起小陶碟。

「廚子，這斑鳩在您精湛的手藝下，作成了美味的料理，光看就覺得好吃，香氣四溢、油脂滴落，因此我才突然想起藝妓滿嘴鮮血的故事。而我既非和尚，也不茹素，想吃斑鳩也沒關係。您瞧，窗外下著雨，可看見紅葉，而霧氣環繞山頭，高聳的山峰直入雲霄，覆蓋著靄靄白雪，我突然有種奇妙的感覺。當那位藝妓倏然起身，滿嘴鮮血地抬起頭來……那些粗人竟因為這張臉，看不出她宛如是美艷山神的化身。說不定烏鴉還以為那嘴唇是殘留在樹上的柿子，還會從窗外去啄呢！」

廚子以低沉的聲音問道：

「阿米，已經很晚了，怎麼還不

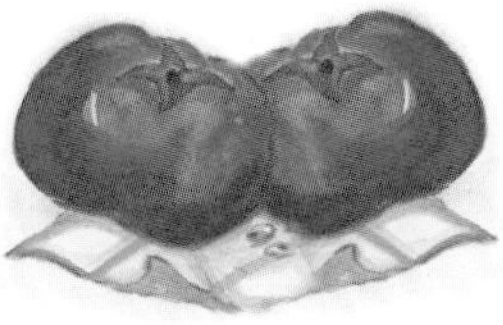

開燈呢？」

陣雨停歇、天氣轉晴，即將日落的木曾群山，耳邊迴響著奈良川湍急的水聲。

「怎麼了嗎？」

「啊，先生。」在下著雪的深夜，庭院中傳來回應。

「是鷺鷥飛來抓魚。」

原來是廚子伊作的聲音，就在窗外幾步之遙，他似乎正涉水過池。

「我聽到那麼大的聲響，嚇了一跳，還以為是有人落水，或是水獺在胡亂拍水。」

這是隔天晚上，在同一間旅舍樓下客房發生的事情。

境贊吉在奈良井住了下來。並非因為此處打從一早就開始降雪，此刻已是遍地積雪；也不是為了要到附近觀賞風景名勝而逗留。昨晚聊完之後，他告訴廚子，煮斑鳩鍋就跟料理鬥雞、雞肉一樣，只要將鍋子擺在餐桌旁的火盆上烹煮就可以了。廚子搞懂了，便將切成一塊塊的斑鳩肉堆滿盤子，在竹簍中加滿了蔥末，就連醬油、砂糖都拿過來了，阿米則在旁邊不停地添加木炭。

境贊吉的故鄉，在北陸道❻那一帶，當季的斑鳩可是十分昂貴的珍饈。餐廳會將斑鳩料理、治部煮❼、大阪燒等招牌懸掛在屋簷，就連蕎麥麵店都會張貼出「斑鳩烏龍麵」、「斑鳩蕎麥麵」的廣告。不過價格頗為昂貴，不管是用哪種碗或是鍋子盛著，也不過只有羹湯、小碗的份量，僅能勉強撈到三、

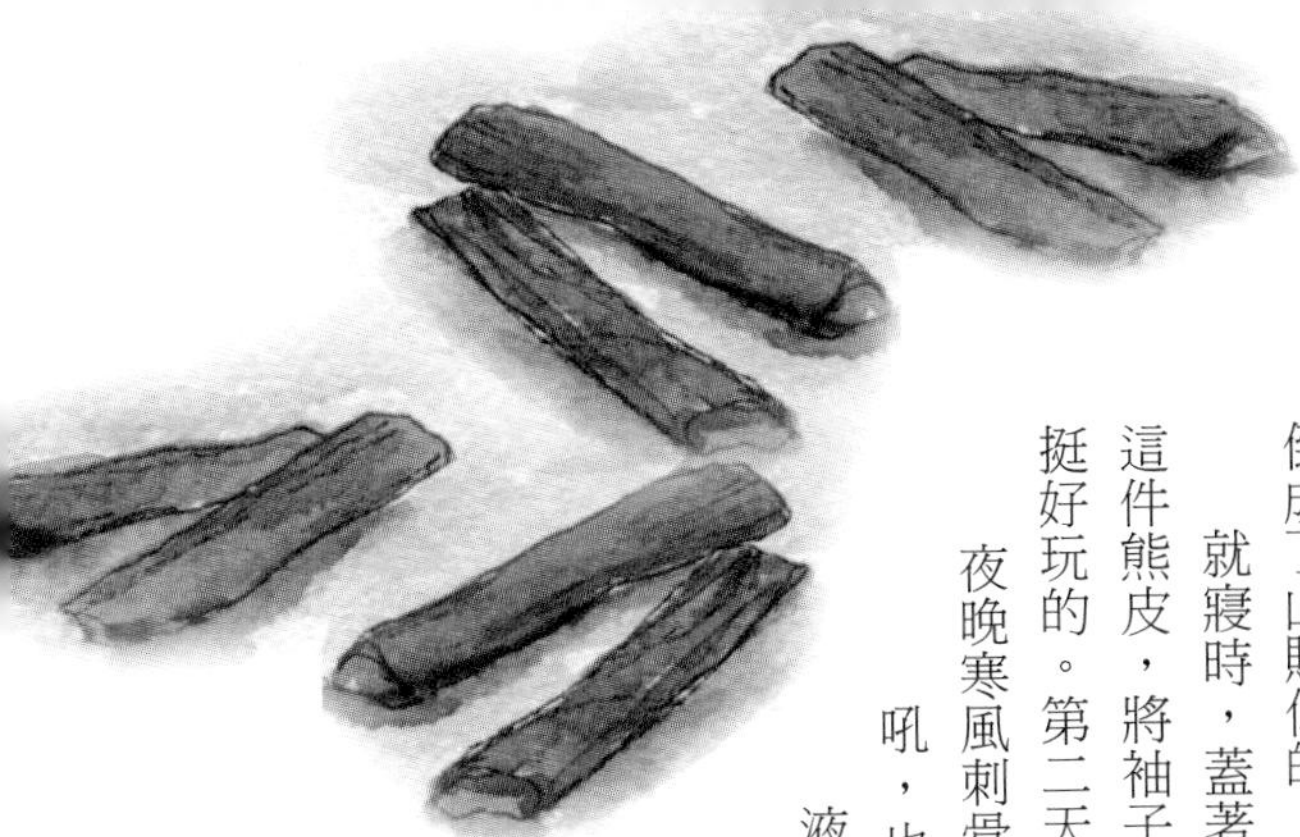

五片肉。但在這裡，卻是一堆肉塊上灑滿了蔥花，從鍋中奔騰而出的熱氣，直衝天花板，真令人開心。

加上一壺熱酒，境贊吉就這麼盤腿坐在熊皮之上。

之前那藝妓化身為女鬼，而這下他倒成了山賊似的。

就寢時，蓋著厚重的棉被，再披上這件熊皮，將袖子、衣角整個裹住，還挺好玩的。第二天應該會下雪吧？即便

夜晚寒風刺骨，木曾川激流奔騰怒吼，也都算不了什麼。血液中的酒氣加上禦寒的獸皮，他在三樓的客房裡，全身暖烘烘地沉入了夢鄉。

他一夜好眠。一早用餐時，徐徐吹涼後喝下的豆腐湯也很美味。

他回想起前天住宿的另一間旅館。……冰冷的湯汁宛如下水道表面清澈的溝水，其中漂浮著幾枚蛤蠣，半生不熟的腥味，令人難以下嚥……

山巒和晴空澄澈無比，耀眼的陽光在松葉與枯木間閃閃發光。白雪紛飛，彷彿深山之中直立起身子的熊，正在吹出細針般的飛雪。

用完早餐沒多久，境贊吉的肚子開始微微抽痛起來。不一會兒功夫，就跑了兩、三趟廁所。

八成是烏龍麵在作祟，絕不可能是因為吃了太多斑鳩的緣故！吃了兩份混在一起、半生不熟的烏龍麵，要不中毒也很難。他雙手捂著肚子，只要想到烏龍麵，胃部的肌肉便宛如針刺般地抽

痛起來。戶外晴空朗朗，雖然飄落著針般的飛雪，然而這輕微的腹痛，稍加忍耐，還不至於嚴重到不能搭火車。不過，境贊吉打算在此住下。有可能是因為這間旅舍住起來很舒服，也有可能是因為賭氣，沒人知道原因。

但是客房那頭——這是第二次了吧，從廁所走回來途中，正要進入自己的房間時，從三樓的欄杆瞧了一下二樓，只見樓梯下方敞開的拉門邊，立著掃帚和撢子，裡面的小房間有個暖爐桌，連壁龕都清楚可見。地上疊放著兩只行李，有個褪色的黃綠色包袱，用真田繩❽捆起來。一位貌似商人的中年男子，整個人躺在地上，而一名中年女侍面對他跪坐著，上半身略為傾斜，指尖伸入暖爐桌裡，稍微仰起頭來，和商人聊著天。

這情景彷若是令人懷念的浮世繪，從山崖中挖掘出土後，直接鑲嵌在旅舍似的。

房間內鋪著熊皮，境贊吉頓時有被棄置深山的錯覺，心中陡然湧現思鄉之情。

前天參觀松本城，登上了瞭望台，在清晨霜寒露重之際，站在第五層的高處上，感到膽戰心驚。此刻就像是那時一樣，有一股窗前高聳入雲的群山，猛然直逼眼前似的壓迫感。竹籃中半枯萎的小長春藤隨意纏繞著，原本是生長在城堡古蹟中崩毀的護城河旁，攀附著長滿青苔的石牆。那鮮豔的紅色，看上去彷彿斑鳩的鮮血滴落般。……境贊吉感到孤零零的。

「阿米，樓下還有客房嗎？我想鑽進暖爐桌裡睡個好覺。」

不巧二樓的客房正有許多商人們進進出出的，沒什麼多餘的空房間。不過侍女還是依照他的要求，領著他從主屋通過泥地上的長木板，來到偏遠的邊間。這房間大約有十疊榻榻米的大小。

窗台外面緊鄰著庭院，有個池塘。

白雪紛飛中，錦鯉艷紅的背鱗、真鯉銀灰色的魚鰭，顏色交錯美景如畫。當中點綴著梅樹和松樹，其餘大部分是喬木和山毛櫸等高大的樹木。朴樹的樹幹雖僅有兩人合抱的寬度，卻也筆直高聳。不過，樹葉搖晃的身影，就像是赤身裸體的山神偽裝而成的。

大約是下午三點左右吧，雪花綻放於樹梢上，境贊吉斜躺成く字型，窩在暖爐桌邊——真想和佳人共賞此景。

從窗台望出去，看見廚子交抱雙臂，呆呆地站在池塘另一邊的山茶樹下，直盯著池塘的水面。他仍舊身穿藏青色的窄袖和服，圍裙纏在臀部的位置，頭戴鴨舌帽擋雪。怪異的是，看上去與其說是廚子盯著水中的鯉魚，倒不如說像是壯碩的黑水雞，正伺機獵捕沼澤中的泥鰍。山巒、山峰間雲霧飄渺，環繞著天空。

境贊吉欣賞著山間明媚風光，邊問著：「大廚，今晚是要用那鯉魚來作菜吧？」

「嘿嘿。」廚子抬起頭來，表情有些憂鬱，卻對著境贊吉微微一笑，取下鴨舌帽敬了個禮，又戴回帽子，直接穿過了樹林，消失在屋簷下。

這裡離櫃檯有好一段距離，過了不久，雪又下得更大

了。

同時間傳來嘩啦嘩啦的水聲。

「又是誰將洗臉台的水龍頭開著不關啊？」這是第二次了。今天早上從三樓的房間換到這間房之前，女侍告訴境贊吉，這裡的廁所雖然比較遠，但是比較乾淨。他來到這離邊間較近的洗手台，這裡有三個水龍頭，但不管扭開哪一個都沒有水。雖然感覺天氣沒有很冷，但猜想水龍頭八成是結凍了，便拍手呼叫女侍。女侍回說：「是嗎，那我去汲水。」然後跑了出去。不久之後，水一下子就流出來了。換了房間之後，去上廁所時，由於沒有多的盛水臉盆，他便扭開其中一個水龍頭，但只流下幾滴勉強夠用的水。

過沒多久，洗手台那邊不斷地傳來水聲。他從暖爐桌裡爬出來，走下泥地，從通道望過去，看見從三個水龍頭裡，三道水柱正不斷地傾瀉而出。想到水已經不夠用了，他便將水龍頭一個個仔細地關緊，才回到房間。不過，那時廚子也站在池邊，跟方才一樣呆立在同一個位置。真的不是他多嘴，廚子站在池塘邊，這已經是第二回了。……那大概是早上大約十點鐘吧，廚子離去之後沒多久，洗手台的水再度大聲響起。

又是誰沒關水，讓三道水柱奔流而出。水明明就不夠用，想到待會要洗手時，肯定又會沒水，境贊吉便再次扭緊水龍頭。

現在是下午三點左右，此時又傳來了水聲。庭院之外的小河潺潺流動著，奈良井川的激流也正奔騰呼嘯。來到木曾，竟在意起周遭的水聲，像是搭船卻不想瞧見波浪一般，雖然不討厭也不打算迴避，但奇怪的是，他老是掛心著洗手台的水是否一直開著。

境贊吉再次來到走廊，果然，三個水龍頭還是一樣——放著沒關。

「先生，要洗澡了嗎？」手拿火鏟前來升火的阿米，看見拿著毛巾的境贊吉，便開口問道。

「不是——不過，可以洗澡了嗎？」

「馬上就好了。今天用的是新館的水。」

大雪紛飛中，的確微微飄著一股熱水的香氣。從這邊窗戶也能看見，洗手台旁邊的西式門內，似乎是間澡堂。澡堂內裸露出新搭建的柱子，有用草薦蓋住之處，也有搭著鷹架的地方，還有堆放木材的倉庫。不過，這一處像是被荒廢的馬廄，為落葉所掩蓋，是足以稱作別館的舊家。往昔，在景氣繁榮、暴發戶興盛的年代，種桑養蠶也能致富，這附近也搭上了那股如日中天的氣勢。贊川以前還稱作煮川，據說是溫泉湧出之地，老闆自信此處可望成為溫泉勝地，便開始大興土木、增建新館，但只完成了這一棟客房和澡堂就停工了，這些是後來才得知的。

「是大姐打開水龍頭的嗎？」見到女侍站著，一一打開原本關上的水龍頭，他忍不住責備似地質問道，聽了說明之後才瞭解。原來池水是藉由埋在樹根下的水管，從後方河流導引進來的，一年之中河水會乾涸個一兩次，池水也幾乎枯竭。聽說鯉魚、鰤魚都擠在一塊，虛弱地口吐白沫，而汲取出來的井水，原本要

提往廚房的大水桶，特地千里迢迢地送到這個洗手台，讓水穿過通道下方，流進池塘裡。

枕邊散落著兩三種新版的《木曾街道六十九次》❾，他整個人鑽進暖爐桌底下。

「阿米，……剛好有事情想要拜託妳。」才剛開口，便瞧見阿米羞怯地微低著頭，境贊吉突然想起了喜多八，獨自大笑了起來。「哈哈哈，別擔心。托妳的福，肚子已經不疼了。因為沒吃午餐，晚上可要大快朵頤一番。現在呢，伊作先生神色凝重地去看池塘了，像是去挑選肥美的鯉魚……我想肯定是為了準備今晚的菜餚吧？雖然不是昨晚的斑鳩，但我搬到池塘前面，和鯉魚當了鄰居，總算是有緣。要親眼看著牠們被撈起，淪為砧板上待宰的食材，真是殘忍。不過這是廚子份內的工作，我也不是故意要找麻煩……

我其實很喜歡鯉魚味噌湯，可實在不忍將牠們活活烹煮，能不能通融一下，改用魚店或是其他的鯉魚呢？恕我多事，若只需要一兩尾的話，看有幾位客人，可以由我來出錢買下今晚的用量。」

女侍回答道：「不是的，這池塘裡的魚並不是用來煮的。我們老闆和老闆娘在佛教節日發願時，會將鰤魚、鯉魚等放生到這池塘裡，連廚子也會這樣做。而且廚子很愛惜、重視這池裡的魚，或許因為如此，只要一有空，他就會默默地來到庭院，一直盯著池塘瞧。」

「所以魚類食材是另外訂購的呀，真是太好了！」境

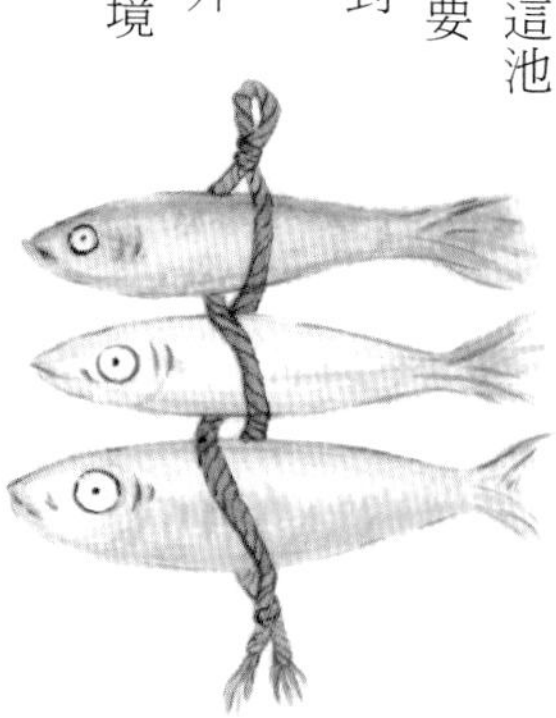

贊吉感動得甚至向女侍開口道謝。

一顆星星從覆雪的山巔上墜落，傍晚點起客房電燈時，女侍來通知可以洗澡了。

「待會馬上就回來用餐。」境贊吉吩咐女侍後，便前往等待已久的澡堂去。他立即打開洗手台對面那扇門，看來是更衣間，一片烏漆抹黑。不對，有盞燈籠發出朦朧的光芒，裡面還有一扇門緊閉著，那頭應該就是澡堂了吧。

應該是工程進行到一半，所以還沒裝上電燈吧。哦，有兩個巴紋⑩的圖案。在大星由良之助⑪的戲中，令人厭惡不安的巴紋，在此處卻讓人回想起木曾義仲⑫寵愛巴夫人⑬的史事，引人發思古之幽情哪！

他正解開衣帶時，突然傳來水聲，似乎有人在使用澡堂。此時，洗手台的水聲突然停止了。

境贊吉猶豫起來。

不是交代過，何時都無所謂，等其他人用完了，澡堂空著的時候，再來通知他的嗎？剛才並沒看到有人進去。

總之，他先挽住鬆開的衣帶，快步靠近，將臉頰緊貼著門，從那盞燈籠上方看過去，矮牆邊黯淡的燭火突然間明亮起來，映照出巴紋的影子，那影子就像是半邊臉頰上的痣一樣。霎時一陣陰風襲來，這時，澡堂裡頭的水面搖晃了起來，不知何時，傳來一陣胭脂香氣，猶如梅花香味溶解在熱騰騰的蒸氣中。

「是個女的。」

不管怎樣，這種昏暗的光線下，即使是和男性客人一同泡澡，也很可能會摸黑跨過別人的肩膀、手臂，或是撞到胸部，所以他匆忙穿上了草鞋返回房間。

「已經洗完澡了嗎？」阿米問道。

這間房離得遠，但阿米想在這裡熱酒，所以只帶了酒瓶過來。

「還沒，等下再洗吧。」

「是嗎，您肚子餓了吧？」

「的確是餓了，不過是因為其他的客人在裡面。」

「咦？這邊的澡堂很久沒人使用了，說這些實在很失禮，不過有陣子沒打掃了，所以整理好才讓您使用的，……應該沒有其他人才對。」

「沒關係，我可以等一等，剛才的好像是個女客人哪！」

「什麼？」

她滿臉驚愕的表情，一副快要哭出來的樣子，手裡拿著的酒壺在爐子上喀嚓喀嚓地抖動著。她向後退，倏然起身，往走廊那頭離去。腳步聲消失後，一下子靜悄悄的，但緊接著傳來喧囂嘈雜的聲響，有人從泥地上的木板跑過，發出啪噠啪噠的腳步聲。

境贊吉愣住了。

「那是怎麼回事啊？」

不久後端著飯菜過來的人，不是阿米，這次換了個年紀較大的女侍。

「啊，原來是二樓的大姐。」

和商人在暖爐桌邊開懷談天的，正是眼前這位。

「妳家老闆人呢？」

「我不知道耶。」

「我很想問問他呢！」

他半開玩笑地壓低聲音：「是出現了什麼東西嗎？在澡堂裡的那個，該不會是……？」

「那個呀，先生，說起來還真是

笑死人了！阿米說了沒人使用，但先生卻告訴她有位婦人先進去了，阿米膽小如鼠，被您嚇壞了。其實是因為澡堂很久沒人用了，所以我家老闆娘特意過去……」

「原來如此，我還以為那東西真的出現了呢！」

「沒事的，雖然您還沒洗澡，不過我先幫您把飯菜端來房間了。」

「好的。」

這位女侍的酒量倒是挺好的。

漫漫長夜裡開始下起雪來，床已經鋪好了，不如再喝點酒，帶著暖意進入夢鄉吧！晚餐吃得差不多後，便讓人撤下。

雜亂的腳步聲響起，啪噠啪噠地迴響在走廊中，似乎走到洗手台那邊會合了。嘩啦嘩啦的水聲再次響起，可以聽見夾雜著男人的說話聲。等一切都安靜下來了，阿米從拉門那頭露出圓圓的臉。

「請用，可以洗澡了。」

「妳沒事吧？」

「呵呵呵呵。」

她笑得很靦腆，身子退到了走廊上，接著境贊吉就拎著毛巾走出去了。

在通道的入口處，出現了昨晚待在櫃檯的光頭掌櫃，還有一位老婦人，看來不是女侍領班，不然就是掌櫃的老婆。另外還有一名女侍，一夥人並排著看向這邊。只見阿米小碎步跑過走廊，裙襬揚起，連襪套都清晰可見，像是直撲三人懷中，和他們擠成一塊。

「辛苦你們啦！」

我猜想眼前的這些工作人員特意為了我檢查了澡堂，所以和他們打了聲招呼，只見他們整齊地行了個禮，便踏上木板，從茅草屋頂的泥地長廊離開了。通道上那四個像大雜燴般擠在一起的一行人，離去的身影逐漸暗了下來。這時，一兩盞電燈像是有了氣息，突然轉成紅色。啪的一聲，通道上和洗手台的燈也一併熄滅了。

我深深吐了口氣，又聽見三道水柱嘩啦嘩啦、嘩啦嘩啦依序流出，打在洗手台上，下方的水面旁擺著剛才的燈籠，朦朧幽暗，浮現一個巴紋，形狀宛如水墨所畫出的火焰，又像是鯰魚跳躍的姿態。

電燈還開著吧，境贊吉來到澡堂的入口，想提著燈籠進去，正彎腰去拿時，燈籠突然消失不見了。

不是消失了。那燈籠仍舊像先前一樣，在澡堂的門口亮著。是因為水滴凝結，自然而然地流到下方的木板上，濕氣加上視覺昏暗，才會將那邊投射過來的影像錯認了吧！打一開始燈籠就不在此處。境贊吉的舉動，有如傾斜著身子在水中撈月一般。

他用腳尖試探著，走向先前的更衣間。他特地靠到門邊，讓人窒息的寂靜中，一陣啪嚓啪擦的聲響，讓他突然寒毛直豎。那聲音不像是水蒸氣凝結成水珠後，從天花板滴落，反而像是屋頂上的積雪融化，忽然地落下一般。

啪嚓啪嚓……澡堂的水面微微晃動，霧氣中又是一陣難以形容的冷艷芳香，彷彿裹著胭脂的肌膚香味，一下子沿著肩膀拂過他的頸部。

他抓緊原本打算脫下的和服衣領，

「是阿米嗎？」

「不是。」

隔了一刻呼吸之後，從澡堂裡頭傳來的聲響，自然地迴盪在他的心頭耳邊。不用說，那位當然不是阿米。

洗手台的水聲正巧停住了。

他驚懼不已，呆立原地，環顧四周後，打定主意。

「不好意思，我要進去囉！」

「不行。」

霧氣中清楚傳來濕潤而又澄澈的聲音。

「隨便妳啦！」

他失神地說出口，但這時他已轉身回到房間了。

電燈的光線明亮，巴紋的燈籠因此顯得黯淡。這時，三道水柱再度嘩啦嘩啦地奔流著。

「存心耍我嘛！」

遭人玩弄的反感油然而生，更勝於恐懼、驚訝的情緒，他鑽進暖爐桌裡，轉過身子仰躺著。

過沒多久，境贊吉一躍起身，因為緊鄰的窗外傳來池水被攪亂的聲音，嘩啦嘩啦、啪嚓啪嚓，聽來尖銳刺耳。

「怎麼回事？」

啪嚓啪嚓啪擦。

那時候，池塘邊響起喀哧喀哧的聲響，有人走過來了。因為廚子相當愛惜這池子裡的魚，所以猜想應該是他吧……

「怎麼了，到底是什麼事？」

打開雨窗，外頭是一望無際的雪景，他對著積雪較淺處喊叫。那池塘也是白茫茫的一片，池水清淺。

「到底是什麼呢？是白鷺鷥？或者是夜鷺？」

「唔——應該都有吧！我猜是這樣。」

廚子伊作來到窗台下方，緊抱雙臂，背對著我站立，如此地說道。

「鷺鷥是從對面山頭的森林飛下來的。」

言談中提及的森林在雲的另一端。降雪停歇之後，也只見一片漆黑。

「這可不尋常哪！先生您瞧，牠瞄準了池水較淺之處，鯉魚、鰤魚都露出了半個魚鰭，無路可逃只能坐以待斃。」

「真是機伶的傢伙哪！」

「我這愚笨之人可就苦惱了。因為那些魚實在可憐，但即便如此，我也無法整夜站在這裡看守。先生，天氣很冷，請關上窗戶吧。現在是點餐的時間，讓我幫您做些簡便的料理送過來吧！」

「你有空的話，何不過來喝一杯，陪陪我好嗎？我習慣熬夜。在這裡陪我一起喝酒的話，還可以嚇跑那些害鳥……」

「沒問題。廚房整理好後，我馬上過來。——這些愛胡鬧的餓死鬼！」

廚子發完牢騷之後，一邊凝視著天空，一邊穿過樹林離去，枝椏沙沙作響。

境贊吉並沒有關緊窗戶，留下了一道極小的縫隙。其實，窩在暖爐桌裡，看著幾隻鷺鷥飛到白雪迷濛的池塘邊，那獵魚的情景，宛如是故事中的圖畫。到了緊要關頭，要驅趕或是嚇跑牠們，再視情況而定；但首先，他心裡掛念的是，澡堂內接連兩次響起的水聲，他甚至以為，是鷺鷥不知何時，隨著飄雪混入了澡堂戲水。

境贊吉動也不動地凝視著窗外，昏暗之中，伊作窸窸窣窣地踏雪而去，他袖子旁的巴紋燈籠微微飄動。剛剛在窗前並沒有看到他提著燈籠。過了一會，燈火穿過庭院，以為就要通過狹窄的門廊、進入門口，沒多久卻遠遠地瞧見微弱的小火光，在還隔了門口一段距離之處，似乎調過頭來了。光芒稍微變大，沿著泥地走廊外的茅草屋簷緩緩走回來。是錯覺嗎？不知何時，燈籠進入了走廊，照亮了漆黑的泥地。走廊的一邊是洗手台，盡頭則是澡堂，正感到疑惑之際，猛然地心一驚，他早已將半邊身子探出了房外，從窗外的庭園看著那盞點燃的燈籠。

燈籠突然消失了。境贊吉頭皮發麻，僵硬地轉過頭來。房內坐著一名女子，從背後可看見她的脖子白得就像是隻白鷺鷥似的。

她坐在另一邊櫥櫃的隔板旁，望著放在十疊榻榻米東南方位的全身鏡，背對著境贊吉。霧氣瀰漫之中，那姿態宛如枯萎的山茶花，合身包覆住身子的藍灰色細條紋和服，看上去濕漉漉的，搭配著粉紅色的窄腰帶纏在乳房下方；腰枝纖細消瘦，腰帶上頭的白色松樹圖案鮮明；裙擺的花紋輕盈地搖曳著，一邊的膝蓋稍稍曲起，衣擺邊緣淺淺染著友禪印花；如露珠低垂般的圓形髮髻，桔梗色的髮帶反射著蒼白黯淡的光線；淺黃色的長襯衣色澤艷麗，包裹著白皙如玉的纖手。她優雅地用著刷子，微微彎身照著鏡

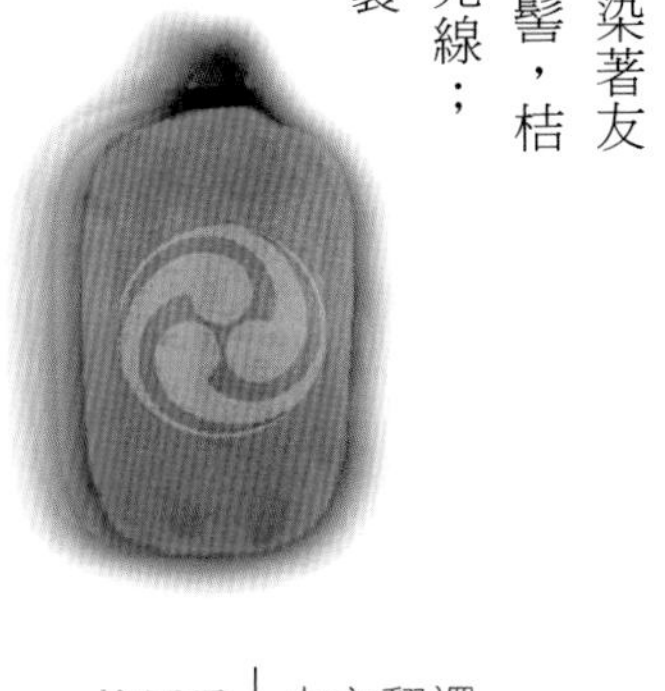

子，正在化妝。

境贊吉站也不是，坐也不是，唯有屏住氣息。

唉啊！她穿的和服，有如雪中的淺色楓葉，白皙的肌膚倒像是包覆著淺色楓葉的白雪。她一把抓住鬆開的衣領，攏緊前襟，跟著拿起放在膝蓋旁邊的懷紙，揉成一團，擦完手掌後丟掉，榻榻米上彷彿散落滿地的胭脂。

衣擺輕輕摩擦時，在澡堂聞到的那股人體肌膚的幽香飄散開來。她稍微斜過身子，嘴裡刁著菸。菸嘴是白的，菸管則黑得發亮。

咚的一聲，響起彈菸灰的聲音。

嚴肅地望著境贊吉的瓜子臉，眼眶浮腫、鼻樑高挺，臉色慘白。——秀緻高雅的雙眉，被懷紙緊緊遮住，大大的眼珠目不轉睛地盯著境贊吉。

「……好看嗎？」

她莞爾一笑，露出黑色的牙齒[14]，邊笑著邊將衣領拉攏，倏然起身。她的臉擴張到門框上方，身子也不斷地伸長。

境贊吉上半身飄起，腰部懸空，肩膀吊在空中，感覺像是被婦人的袖子一把抱起。不對，是被那女子叼住，連同榻榻米整個懸在半空中。

山野一片漆黑，不，眼前景象突然轉變為庭院中一片霧茫茫的雪景。登時身子被拋出了窗外，不知不覺間，手腳都化成了魚尾魚鰭。境贊吉活蹦亂跳地躍動時，婦人的身影就在屋簷旁邊，飄逸著的姿態看上去有如天上的神仙。

雪白的森林、白色的房屋，都在視線的下方。突然……境贊吉飛過高空，幾乎要掠過松本城的瞭望台時，傳來了

水聲。他栽了個大跟斗，落入池中，同時間在暖爐桌邊猛然回過神。

池塘傳來白鷺鷥嘈雜的振翅聲，那玩意兒才不是像我這種看守者能趕跑的啦。望見竹籃中鮮血般的長春藤，他臉色慘白的喘著氣，渾身發軟。

走廊上傳來微弱的人聲，境贊吉倒抽一口氣，起身站立，此時廚子帶了酒菜過來。

「啊，是伊作先生。」

「是啊，先生。」

「正巧是去年的這個時候。」

廚子捱近身子，縮起肩膀，開始說道。

「今天早上下起了今年的第一場雪，但我牢牢記著，去年在前一天就開始降雪，積雪也更厚。大約下午兩點鐘左右，有位女客人單獨前來，美得令人眼睛為之一亮。雖說美貌令人驚豔，但打扮並不華麗。不知何故，嬌媚之中，給人一種滄涼的感覺，她年紀約二十六、七歲，梳了個高貴的圓形髮髻出現。容貌秀麗、身材高挑，外表無可挑剔，但若說她是人妻，又顯得太過艷麗了。我這鄉下人也算是閱人無數，頓時便明白她是名煙花女子。後來我才知道，她是柳橋的簑吉大姐，而她在住宿的登記簿上，寫著阿艷這個名字。

先生，那時我待在櫃檯，便把那婦人領到這房間來。

她很喜歡泡溫泉……當然，不喜歡溫泉的人不多，但她可泡了兩次湯。才剛入宿就馬上去泡澡，而且半夜還再泡了一次。新館的興建雖然因故停工了，但為了愛好溫泉的客人所堆砌的石造浴池，是我們自豪的設施。對於住宿舊館二、三樓的客人來說，雖然距離有點遙遠，但也希望能提供客人享用。事實上，偶爾會有靈異事件發生。這房間也有段時間沒有使用了，我們討論過，也不曉得這樣做是好是壞，但想說讓先生這樣的客人住看看，或許怪事自然而然就不會發生了，因此今天才開放了許久未曾使用的澡堂和房間。

提到阿艷小姐，也就是那位婦人，白天泡了澡之後，打聽了當地境主[15]神社的所在，便前往參拜。地點位在贄川街道再過去的山丘上，那是個祭祀山神的神社，相傳古時候是以活人當作祭品的，是間威嚴卻冷清的神社。村裡還有其他神社，但她說要找的是境主公，人在櫃檯的我便告訴她，她問了路後就獨自出發了。她說她有眼疾，雪光閃亮得讓眼睛發疼。我告訴她本地就是會有這種困擾，要她買個現成的黑色眼鏡。她戴上之後，拿著洋傘當枴杖，就出發了。——參謁土地神，聽說是住宿奈良井，誠心向當地所有神靈致上問候之意。

她平安地回來了，晚餐時，吃了一口菜餚。當著老闆的面前，她很有禮貌地拿著小費到廚房給我，而我出去致謝時，她這麼問道：『我去參拜神社時，在石階下的那間小店買了甜柿子和柳枝當供品，店裡的老婆婆說，神社後方是深邃的森林，森林深處有片桔梗原野，裡面有個桔梗池塘，池子裡有位美麗的夫人，這話可是真的嗎？』

的確如此。由於其他人都不曉得，

我便開口回答了。

我說毋須爭論，是因為我曾親眼見證。也不曉得那是好是壞，但我確實看過一次。」

「…………」

「雖然稱作桔梗原野，但那裡也有美麗的秋季花卉綻放，不僅有桔梗而已。不過那大池塘裡的水，真如桔梗般湛藍，反倒是桔梗，開著燦爛的白色花朵……」

距今四年前，某天正午時分，這山頭對面的灌木原野中竄出火焰，日正當中的時刻，火勢越燒越猛，幾乎把山林燒得整片精光。

爬上神社的山丘後，一眼就能看見七道火焰熊熊燃起，啪喳啪喳的燃燒聲，聽起來近在咫尺。說起來那聲音就像是山澗的瀑布，不對，應當說是幫浦的抽水聲。在南風強烈風勢的助長之下，演變成山林大火，火勢猛烈，眼見不久就將延燒到山腳下來了。人們跑來跑去、吵吵鬧鬧，神社前面擠滿了像我一樣看熱鬧的傢伙。

初秋雨季來臨之前，殘暑氣溫依然酷熱，我一邊觀望著火災，一邊不自覺地一步步走進神社後面的森林中。平日不常來到這區域，但從觀賞火災的人潮洶湧之處算起，整塊面積不到半個市區那麼大，我心想應該沒什麼問題。我性格內向，不太和年輕人往來，所以也沒找人作伴，就走進濃密的杉檜林中。那片林子並沒有想像中的深邃，有一大片的花草。大約百疊榻榻米大的湛藍

水池，周邊開滿了白色桔梗，水邊的沙洲上，不到二三十疊榻榻米大的地方，有一位絕色傾城的夫人，在一面梳妝枱前攬鏡斜照，正在化妝。

那頭髮的樣式以及穿著打扮，一目了然。當時的驚訝恐懼，讓人難以言喻。現在回想起來，連溫酒也為之結冰，沁心入脾，教人毛骨悚然。儘管如此，那絕美姿色實在叫人難以忘懷。恕我高攀，我這無家之人，將她當作是佛壇上供奉的神明，每日都情不自禁的望著池水，想著她的容貌。——對了，當時我不知所措，彷彿折翼的小鳥從空中墜落，拔腿衝出森林，從高處的石階一溜煙地跑了下去，不過聽說我那時的臉上看不出慌張的模樣。當時從森林深處颳來一陣足以撲滅火勢的冷風，彷彿

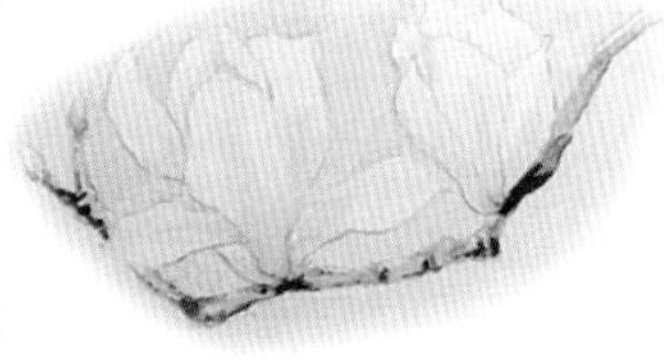

是蟒蛇要追擊獵物一樣，在神社前觀看火災的群眾，因而像雪崩似地向下奔逃。但我奔逃的姿勢，據說有如野兔飛躍而下一般。

我將這事件的來由告知了阿艷，就是那位婦人。她問道『為何不稱呼她為女神或是小姐，而要喚作夫人呢？』其實，這是有原因的。我現在的視力的確是退化了，但在多年以前，我無意中清楚看見桔梗池中的容貌，竟是削去了眉毛的……」

境贊吉寒毛直豎，卻將暖爐桌移到一旁。

「雖然不知她是哪位夫人，但先生，我不知不覺中便這樣稱呼了。我說給阿艷聽，她也靜靜地聆聽，她詢問道：『那麼，那位夫人的模樣，還有其

他人見過嗎？』我回說：『有哇，在明月映照的山巔上，花朵綻放的山間小道之間，螢火蟲飛舞時，陣雨中提燈時，積雪的河邊等等，許多的村民都曾見到她一閃而過。』阿艷聽了之後放下酒杯，不知為何低著頭沉靜不語。

　不過，先生……阿艷獨自一人，專程前來這木曾深山中的村落，其實是有要事的。」

「唉，那時候，這個村裡發生了一件匪夷所思的桃色糾紛，是件離奇的通姦案。

　剛搬進村裡不久的一戶人家，叫做雁股，家中有位代官⑯婆。要是稱她作村長的奶奶，聽來還較為親切，但這代官婆……聽名號就知道，她以擁有驚人權勢的家族歷史為傲，不停地對人提起『咱們家從前可是代官唷！』說著說著聲調也跟著高八度。正因為如此，她中年後雖成了寡婦，卻先是一手將兒子拉拔大，栽培得很有出息，讓他在東京唸完大學，當了老師。所以他們曾在東京住了一段時間，但代官婆說無論如何都要回到故鄉，重振沒落的家道，爭口氣讓村人們瞧瞧。他們買下破舊頹敗的老家，兩三年前開始，婆婆和學士老師的妻子，就是近來所謂的少夫人，兩人深居簡出。因為用蘿蔔、茄子作菜會浪費醬油，為了省錢，便在空地種植青蔥、韭菜、大蒜、野韰等葷的作物，再用鹽醃漬。從遠處就能聞到那家傳出的強烈味道，也因此她被稱作大蒜家的代官婆……

　不過少夫人，就是她媳婦，出身福

島商家，唸過書，乖巧溫柔，不同於當代的女性，個性比較保守。不過若非如此，只怕也無法忍耐與代官婆同住。她是個連大蒜都沒摸過的人，卻被婆婆逼著拿起鋤頭、圓鍬，扛起背架，都堅強忍受，教人同情。

農曆十一月中旬過後，突然有位客人從東京前來那間大蒜家拜訪。那人是學士老師的友人，沒有任何工作，聽說是位畫家，因此也不曾有過固定的工作。而學士老師，則在東京的一所中學風光地當上了校長。

那畫家會突然造訪大蒜家，據說是因為沒帶什麼旅費，就從東京逃了出來。說到這裡，且讓我長話短說，他已經有妻室了，卻在外頭結交了一位要好的煙花女子。為此，夫妻倆嚴重失和，畫家對責備他違反倫常的妻子大聲斥責，並打了她一巴掌。但他才是該被列祖列宗、父母牌位好好打上一頓的人。他無法待在家中面對佛壇，當場奪門而出，但朋友也全都站在妻子那一邊，畫家無處可去，聽說是連夜逃到這木曾谷躲起來的。竟然會逃跑哪！畫家和他的妻子原本是對戀人，當初多虧學士老師的鼎力相助，他才得以迎娶美眷。……沒想到竟會因此而躲到這個地方來。

當時那位懦弱的畫家所結交的青樓女子，竟然是阿豔——就是單獨留宿於本店的那位婦人。我事先說明，她並不是為了找尋畫家的下落，才冒著大雪來到此地。畫家逃跑後相隔了半個月光景她才來到這裡，在那期間，發生了我剛剛提到的通姦案。」

廚子喘口氣。

「而那代官婆有個怪癖，或許該說

是病態——聽一位知曉內情的人士說，她是個訴訟狂。蔥枯掉了，要告上村公所；小孩子瞄她，就要告上警察局……再來就是上派出所、法院。她以為凡事只要提出告訴，就是自己有理。先生，正因為她是代官婆，所以才會這麼想。

在那棟大蒜屋的雁股家附近，街道另一頭的十字路口，有個岩穴般的窪地，住著名叫石松的獵戶，還有許多孩子。石松是個四十歲左右的中年人，據說兒時在那家道尚未中落的代官婆家當過下人，他的妻子也當過女佣。那老太婆雖然對下人很苛刻，但石松是個耿直的傢伙，還是非常盡心地伺候著主人。

夜晚，雨水轉為降雪，那年的初雪，竟出乎意料地在夜半堆積了起來。山中的野豬、野兔慌張逃竄，正是打獵的好時機。三更半夜，石松慢吞吞地爬起床，檢查了獵槍，在火爐邊草草地吃了碗茶泡飯，戴上了手工製的猿毛頭巾。此時高齡六十九歲的代官婆，一頭白髮凌亂地披散著，穿著蕎麥色的貼身襯裙，來到草蓆門前，光腳站在雪中。她老嫌這襯裙不方便，平常總將這褪成粉紅色的襯裙捲起，現下她將衣擺用束帶紮起。『我家鬧鬼了，快來人呀！』她滿臉驚恐，比手劃腳，喘氣連連地說道。這種時候獵槍可靠多了，喀嚓，石松將子彈裝填進槍枝。由於老主人的未亡人打著赤腳，石松也就赤著腳。他通過街道，迅速地穿過種植著韭菜、野韰、蔥的田地，為了看清鬼怪，悄悄地移動著，循著老太婆出來的倉庫門口進去，躲藏在泥地房間裡，順著老太婆手指的方向，從雨窗的縫隙望進去——哪

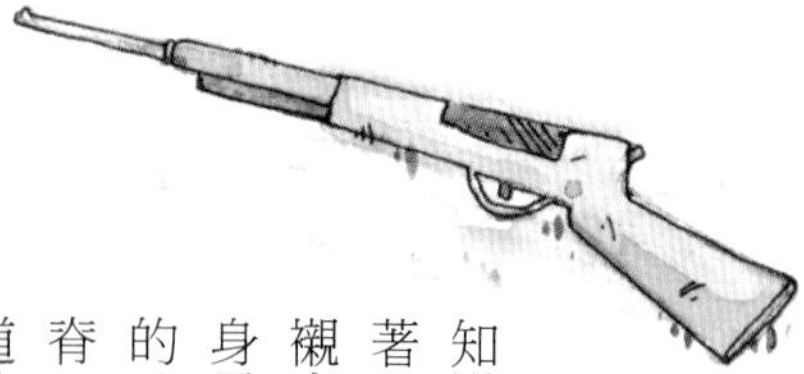

知道六片式的屏風那頭，有兩人並肩躺著，尚未入睡。少夫人穿著深紅色的長襯衣，單薄睡衣的衣領從肩膀上滑落，身子半裸地趴著，白皙的纖手擱在畫家的膝上，聽說那男人正在撫摸她的背脊。看到總是一身棉布工作服，謹守婦道的主人家媳婦，居然做出那種事情，石松比見到鬼怪更為驚訝！『你們這兩個不仁不義的畜生！』代官婆像土蜘蛛般迅速衝入房內，『喂，別動！保持這姿勢，膽敢移動一分一毫，那可是裝著子彈的獵槍唷！』石松用膝蓋爬上屏風的另一邊，將槍口向前挺出，宛如長毛的癩蛤蟆，目光炯炯地瞄準這兩人。

說到石松的表情，在那種情況下他隨時會開槍，而畫家肯定是神色慌張。『老天會立即懲罰你們，將兩人的手腳綁起來，遊街示眾！』代官婆用腳大聲踹門，叫醒附近的街坊，石松則持槍瞄準，向大家公佈他們的醜態。黎明時分，連派出所的巡佐、檀那寺的和尚都前來會合，亂成一團。學士老師的年輕夫人和好色的畫家，這下子全身為白雪所覆蓋，垂頭喪氣的，身上的深紅花布和服腰帶也沾上了稻草，簡直像被染色的海參一般。

先不說那男人，老太婆真要拿出細麻繩將媳婦雙手綑綁時，巡佐出言斥喝。被這麼一罵，她大吼大叫了起來，隨即向法院、村公所、派出所、村民大會提出通姦的告訴。她怒火中燒，無論如何也要拘禁他們兩個，只好先把兩人暫且送往壇那寺。但是代官婆堅持保留證據，不准讓媳婦穿好衣服，巡佐就幫她披了件沾滿雪的外套。豈料，連村裡的小女孩也緊跟在後，前往寺廟。」

境贊吉聽著，也只能嘆幾口氣。

「結果讓他給逃了！當晚畫家趁著夜色從寺廟逃出，不見了蹤影。他本來就是這種人。聽說因為對方是兒子的好友，是如同兄弟般的客人，所以老太婆也把畫家當成是自己的孩子，要半年多來獨守空閨、寂寞難耐的媳婦，將對方當成先生，傾吐內心話。老太婆還要媳婦幫忙畫家整理衣物，甚至為他更衣，就寢時面帶微笑地替人家鋪床。媳婦自然將對方當成可以分擔心事的弟弟，甚至也曾想靠在他膝上哭泣。對於為了藝妓而敗壞名聲的畫家而言，撫摸背部這等行為，他根本不當一回事吧！

　代官婆的憤怒可想而知，她發了封電報叫兒子回家。怎麼勸她也不聽，堅持要提起通姦告訴，她已顧不得羞恥了。代官婆威脅兒子：『代官從前可是配刀的，身為武士，懲奸除惡乃是為了維護名譽。媳婦作出這等醜事怎能算了，你要是不告上法庭，那我也不想活了！我會用槍射向喉嚨，或用鐮刀切腹。你知道奈良井川的河水有多深吧？……還是我會投身桔梗池中自盡……』這、這、這個死老太婆，竟想投身桔梗池中。如果她跳下去，只怕池子會把她拋上來吧！」

　廚子說著說著，一臉苦笑。

　「難能可貴的是，當今這學士在學校也從事倫理、道德、修身方面的研究，更傳道解惑，侍親至孝，早已贏得美名。但看在同情媳婦的旁人眼中，就覺得他未免太過懦弱了。『我甚為苦惱，也無話可說，更沒臉見人。但懇請你來此處一趟，萬事拜

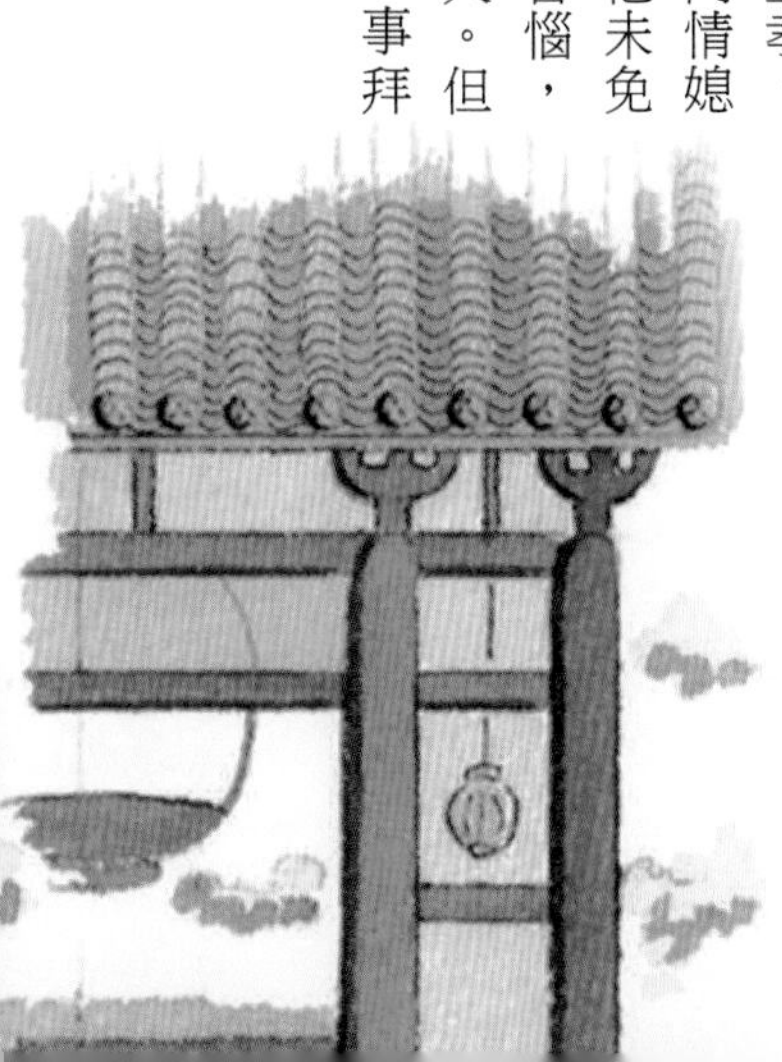

託！』學士老師對畫家提出了請求。

這可比下決鬥書還要可怕哪！當然，村民們也準備往不義之徒臉上吐口水、丟石塊。說是為了伸張正義，群情激憤。……先生，那畫家又有何面目，再次出現於奈良井呢？」

「不管怎麼說，他也不會來了吧！」

「話雖如此，但以他和學士老師的交情，他豈能不赴約？不過，您猜那畫家當時人在何處呢？為了藝妓掌摑妻子的懦夫，竟然還躲在妻子的衣袖後面，拿著父母親的牌位遮頭、遮屁股，雙腳抖個不停，真是沒用的傢伙！『我一定會把他帶來的。』學士老師答應了代官婆，並立下誓言，便出發前往東京。

就在他前往東京的期間，柳橋的簑吉姐，也就是阿豔，便來到此地投宿。」

「四周一片靜悄悄的深夜裡，阿豔也不知有何要事，向櫃檯打聽了代官婆的住處。員工聽她這麼說，不同意她單獨外出。雖然她只是問路，但櫃檯商量之後，覺得若不好派人跟著，就差人躲在籬笆或後門，暗中保護她。而被挑選出來的人，正好是我。

準備就緒之後，我來到這裡，提著燈籠往房間一看……」

「啊，是兩個巴紋的燈籠吧！」境贊吉像是被引導似地說道。

「沒錯。」

廚子壓低聲音，下巴打顫，含糊不清地回答：「您很清楚嘛！」

「兩次澡堂裡燈籠都亮著，所以我

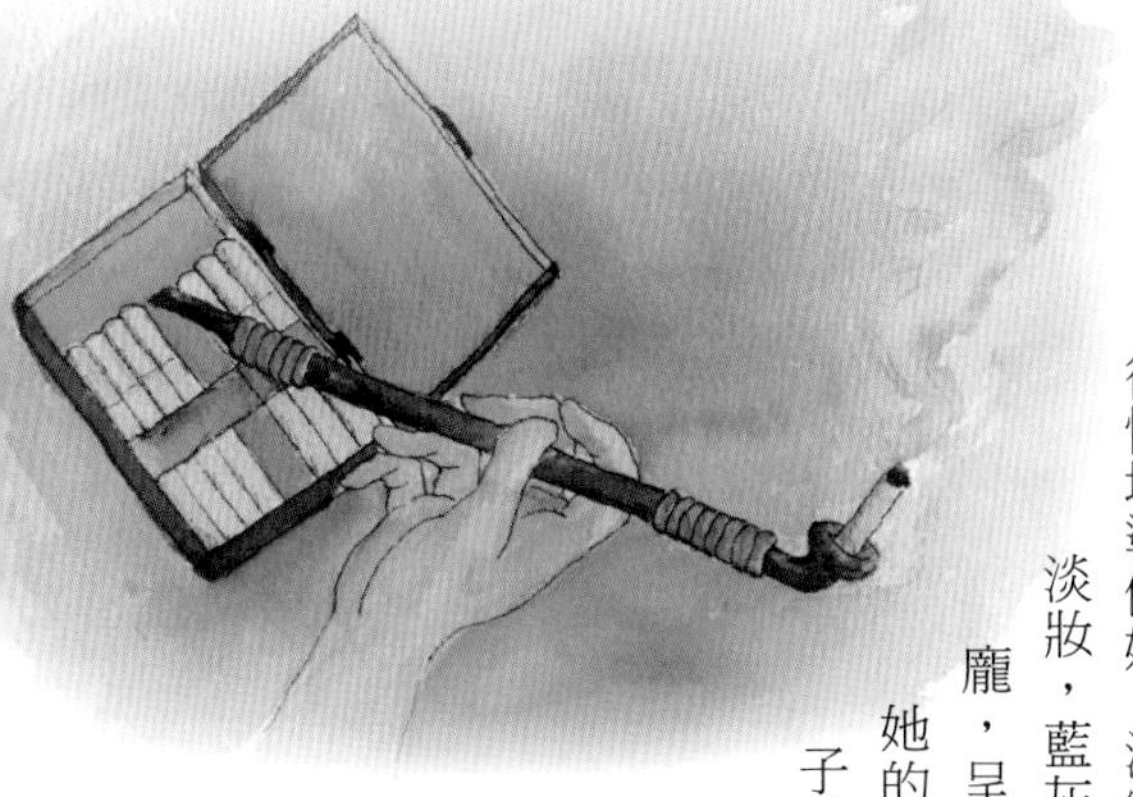

才知道的。」

「咦，澡堂……澡堂裡並沒有點著燈籠這回事呀！難道是……啊！」

看他驚恐的模樣，境贊吉也不好說出剛才廚子走過庭院時，那盞燈籠尾隨著他通過的事。境贊吉催促著廚子往下說。

「然後呢？」

「我覺得有點不對勁。──嗯，她很快地準備好，洗完了第二次澡，化了淡妝，藍灰色的和服襯托著臉龐，呈現淡紫色的陰影。她的臉白皙剔透，在鏡子前面……」

境贊吉不加思索地轉過頭去。

「她刁著金色的濾嘴以及古銅色的菸管，牙齒看來染了顏色。然後將懷紙貼住眉毛，用瓜子臉望著我，開口問道──『好看嘛？』」

「呃、這……」境贊吉像是口中塞滿了冰塊似地，聲音卡在喉頭。

「榻榻米的周圍滿是桔梗，看上去白茫茫一片。我對她說道：『是啊，真是美若天仙呀！』聽了這話，她取下懷紙，只見眉毛剛剛剃掉，呈現淺青色。……『跟桔梗池中的夫人比起來又如何？』『像是姊妹……不，比她還要美上一倍！』就算會受天譴，我仍情不自禁地說出這話。」

「接下來請您仔細聽了……」

「恕我冒昧請教。阿豔小姐，這是怎麼回事呢？」

白雪夾雜著雨水紛落，畫家夫人撐

著一把螺旋花紋的破傘，穿著件破爛的羽棉外套，神情憔悴，她沒責罵阿豔是偷她男人的情婦，而阿豔小姐——元配都這種情況了，情婦的財務狀況就更加糟糕了。她因為眼疾，暫時回到父母身邊，隱居在形同倉庫的二樓，以教導孩童長歌為業，艱苦過日。而這一天，焦慮憂煩的畫家妻子突然來訪。

「阿豔小姐，我心裡頭有這樣的想法。要是我像妳這般美麗，我會對著那位大喊通姦的老太婆說，『有這等貌美如花的妻子，哪個丈夫還會看上木曾街道上的女人呢？』我想，這種說法是最行得通的。」

「嗯，的確是很好的辦法。另外，還可以說『連小妾都如此美麗動人』，然後讓她看看我，再加上夫人，應該可行吧。——『除了夫人，還有我這樣美艷的情婦，又何必要招惹鄉下女人。』就這樣告訴那老太婆吧！就算是為了她媳婦……」

「之後從阿豔小姐整理、撰寫的文章中，可以得知事情的來由。總之，最後演變成這樣。畫家怎麼可能看上木曾的鄉巴佬呢？但是我猜，阿豔想為此事先瞧瞧當地女性的生活，所以才去神社參拜的吧！她聽說桔梗池中有個絕色佳人，而且不時有人目睹，代官婆自然也是見過的。萬一自己的容貌差了一大截，又怎能以美貌取信於老太婆呢？她心中有所覺悟，甚至還攜帶著西洋剃刀，如果行不通的話，為了救人乾脆宰了這個囉唆的老太婆吧！——她還寫了這段話。

她沿著積雪的道路前往雁股家，拄著枴杖的頂端，來到奈良井川支流的湛藍色池邊。月色皎潔如冰，山嵐凝結成霧氣，瀰漫四周。岩石邊嘩啦嘩啦的細谿川，河水因寒冷而枯竭，水聲微弱。……啊！那聲音……不正像是洗手台傳來的聲音。」

「等等，可以去將那水龍頭關緊嗎？我覺得冰冷的水氣彷彿滲入了四肢百骸。」

「我也有同感……但我實在是……」

「不敢一個人過去嗎？」

「您呢？」

「別管了，對了，接下來怎麼啦？」

「岩石間架著座土橋，對岸立著棵枯萎的大槐樹，月光下樹影不安地在水中搖曳，這時滋的一聲，我手上燈籠的蠟燭化成了一攤蠟液，光線微弱。『火光一暗，巴紋就像是一團黑色的鬼火四處遊走呢。』聽了阿豔小姐所說的話，我猛然一看，蠟燭已即將燒盡，但自己大概是醉心在阿豔小姐的美貌之中，竟忘了帶替換用的蠟燭。有人隨侍著，而且又是月夜，要行走是沒什麼問題，但印著本店圖案的燈籠，在這時多少派得上用場。我心想為了她，便跑過這不到半條街的路途，衝回店裡。哪裡知道，這竟是大錯特錯！」

一時之間，他不發一語。

「當我從後面的土牆往廚房門口走去……還沒走進去之前，砰的一聲，像是天狗星墜落似的，回音在山谷間迴盪，原來是槍聲。」

「…………」

「我嚇了一大跳，衝到堤防，但沒見到河邊那抹淡銀色的身影。我將燈籠

丟掉，大吼大叫地衝上前去。她距離不遠，枕著堤防上的雪堆，倒臥在谿川的岩石上。『好冷哪！』她半夢半醒似地說著『啊，真的好冰。』三道絲線般的血跡，從她嘴唇滴落。

那情景真是人間悲劇，我想從裙角將她抱起，但她的衣領鬆開，友禪染的印花似乎凍結似地印在岩石上頭，有如碰觸到結霜的秋草。有人趕過來了，我抱起了她，衣裳的皺褶因為結冰而啪啪作響，就像是將浮世繪從破舊的紙門上剝下的聲響。我甚至以為她的身體裂開了，她胸口的積血正溫熱地流淌而出。

開槍的是石松。那傢伙因為生活困苦，為求當晚有所收穫，特地準備了糕餅祭祀山神後外出。他拿著塗上味噌的飯糰串烤，據說飯糰會引來妖魔。當阿豔小姐走到那座名為喀哩喀哩的土橋時，為了避人耳目，她將一隻腳跨在岩石上，打算從幾近乾涸的河道上過河。石松以為是桔梗池中的魔女想要渡河，立刻臥倒狙擊。他叫喊著：『我為村民趕走妖魔了！』他到現在還是瘋瘋癲癲的。

先生、先生、先生，那盞燈籠！往那裡，啊！從澡堂那邊的通道……啊、啊、啊啊！先生，往這邊來了！是我，和我一模一樣的男子過來了！哇，一旁的阿豔小姐……」

境贊吉咬緊牙根對廚子說：「振作點！別害怕，別害怕。……她不會怨你的。」

當燈泡漸漸化為巴紋，黑影輕輕浮現時，燈籠突然懸在暖爐桌的上方，傳來一聲

「好看嗎？」

房內水光粼粼，落雪紛亂地灑落在榻榻米上，宛如白色桔梗綻放於沙洲之上。

註1◆東海道徒步旅行遊記：十返舍一九著，江戶後期所發表的作品。描述主角彌次郎兵衛與喜多八從江戶經由東海道前往京都參拜沿途發生的滑稽笑談。內容穿插當時流行的狂歌及各地的風俗奇聞，同時暗諷江戶時代趨炎附勢、諂媚逢迎和冒充專家等光怪陸離的現象。

註2◆秋葉山三尺僧人：平安時代初期傳說的僧人，外出修行來到了秋葉山之後，便以此地作為寺院的根據地。

註3◆飯綱權現：屬於天狗傳說的信仰，是以管狐為化身的神佛，主要流傳於江戶地區，為廣受世人信奉的防火大神。

註4◆岩見重太郎：桃山時代的武將，傳說曾擊退敵軍和鬼怪。

註5◆武田勝賴：戰國時代的武將，為武田信玄的四男。

註6◆北陸道：古代日本的行政區域之一，位於本州日本海側的中部，包含今日的福井、石川、富山、新瀉等地。

註7◆治部煮：石川縣金澤的代表性鄉土料理，將雞、鴨肉用濃稠的醬汁熬煮，再加上山葵、蔥等蔬菜食用的料理。

註8◆真田繩：條帶式編織法的綿繩，天正年間武將真田昌幸用於包裹刀柄，固有此名。

註9◆木曾街道六十九次：天保年間的浮世繪合集。

註10◆巴紋：日本流傳已久的紋樣，日人多視其神秘具有靈力，也被視為防火的護符，平安時代末期的屋瓦、車輿、衣物上可見到。

註11◆大星由良之助：歌舞伎「假名手本忠臣藏」中的角色，是歌舞伎的代表作之一。

註12◆木曾義仲：平安時代末期著名的武將，一生充滿傳奇色彩，因敗給堂兄弟源範賴、義經而戰死，為日本傳統的悲劇英雄。

註13◆巴夫人：武將中原兼遠的女兒，武藝不凡兼具美貌，被譽為日本第一女武將，傳說喜愛使用巴紋。

註14◆染黑牙齒：江戶時代，女子婚後須剃眉染牙，讓人可以一眼辨識其身分，並預防懷孕婦人發生蛀牙和牙周病。

註15◆境主：為鎮守當地區域的土地神，性質和中國的土地公相似。

註16◆代官：江戶時代，幕府直轄領地的地方行政官，作用為管理農民，職位類似今日的市長。

泉鏡花紀念館

IZUMI KYOKA KINENKAN MUSEUM

是魔幻？亦是現實！是靈界？亦是俗界！

採訪・撰文／蔡佩青

富姬：「哦！多想再見你一眼，我歷經千年百年後唯一的愛……」

圖書之助：「哦！我也想再見妳一眼，那高貴、美麗的臉龐……」

我永遠不會忘記，泉鏡花在台灣國家戲劇院佈下的那場炫麗華美的舞台。

時為晚秋深更，景為播州姬路白鷺城。

故事從天守閣第五重閣裡的嘻鬧聲開始，彷佛從天而落五色絹絲，釣起了翩翩起舞的白蝶、黃蝶和紫蝶……是妖界與人界交錯的〈天守物語〉世界。

主計町的茶屋街。

紀念館內的出生地碑

泉鏡花的文學，正如他取自「鏡花水月」這似幻如夢的名，充滿了妖美、異色、浪漫與幻象。出生於石川縣金澤市的泉鏡花，在雪國的北陸，是深刻體驗了白雪襯托黑夜那種彷若異界的寂靜吧，他所說出來的故事，只是一句神秘的夢幻。

泉鏡花紀念館現址正是泉鏡花的出生地，位於金澤城外淺野川邊，百鬼紛亂的鏡花道內，於一九九九年開館，木造與黑瓦的建築，與金澤的舊街風情緊緊融合，穩重沉靜地守著淺野川。但一進入展示室，四周空氣瞬時化成了霧，眼前淨是一片美艷與夢幻。第一展覽室的主題便是「美麗的人」與「美麗的書」。九歲時的喪母之痛，留給泉鏡花終其一生思母的情懷，他在作品裡描畫了許許多多美麗的女人。因此鏡花作品的封面或插畫，自然也多是纖細筆觸所繪出的婀娜多姿的女人。展覽室裡展出畫家鰭崎英朋、鏑木清方、小村雪岱等人用色彩描繪的鏡花世界，不論是〈高野聖〉中誘人的山中裸女，或是〈婦系圖〉裡的悲戀藝女，當文字的訴說轉為圖像的主張時，才

鏡花道

教人深刻體會，為何泉鏡花如此堅持戲曲的創作。這些裝訂得美美的書被稱為「鏡花本」，本身也成了一種鏡花世界的創作。

紀念館展示室

泉鏡花絕大多數的作品都在東京完成，第二展覽室以泉鏡花在東京以及逗子的九所落腳之處為主軸，詳細介紹了泉鏡花的創作活動。牛込橫町四十七番地，是泉鏡花在東京的第一個住處。因憧憬尾崎紅葉而立志成為小說家的泉鏡花，上京一年後便順利入門為尾崎的子弟，並於翌年以報紙連載小說的方式，發表處女作〈冠彌左衛門〉。父親過世後，泉鏡花將祖母與弟弟接到東京，搬到小石川大塚町五十七番地，留下以故鄉為背景的〈照葉狂言〉〈化鳥〉等作品。爾後搬入位於牛込神樂町二丁目二十二番地的新家，為臥病在床的恩師寫下〈藥草取〉。不同的門牌號碼下，有著不同時期的鏡花創作。這樣特別的展示設計，可以想見泉鏡花對家庭的深切眷戀。

紀念館中也展示了泉鏡花生前所使用過的各種生活道具。菸管和菸灰缸、消毒完畢灑淨水後留下水漬的稿紙，更多的是泉鏡花的生肖——兔子模樣的收藏品。看到裝著酒精棉花的隨身盒，讓我想起泉鏡花的重度潔癖和神經質的傳說，據說他對細菌極為恐懼，不吃生食，只吃夫人做的菜，連水果都要煮

泉鏡花父子青銅像

熟才入口。他甚至因為討厭「豆腐」的「腐」字，於是把該詞彙改寫為「豆府」；並因害怕走路出門會被狗咬而得狂犬病，出門一定叫車代步。不知道這些傳聞逸話是否誇張，但可以確信的是，無論是文學世界裡的鏡花或現實生活裡的鏡太郎，都是能一手幻化出唯美藝術的魔術師。

久保市乙劍宮

走出紀念館，泉鏡花父子的青銅雕像目送我沿著〈照葉狂言〉裡所述「我所居住的地方，是一條細細長長由東往西的緩坡小道」，往尾張町走去，來到久保市乙劍宮，這裡是鏡花少年的遊樂場。再往後巷的急坡小路去，便出淺野川，主計町裡還留著鏡花作品中明治時代的風景。往上游走，是母子相依的〈化鳥〉故事舞台「中之橋」，此處為少年之戀蠢蠢欲動的〈三之卷〉現場，是泉鏡花自傳式作品〈由緣之女〉的盡頭。他說：「此川水流溫柔，蒼綠淺灘如波動柳葉，自古稱之為女河」。淺野川孕育的不只是前田利家的加賀百萬石金澤城旁的城下町，更是鏡花文學的浪漫幻想世界。

來到金澤，當然不能不到日本三大名園之一的兼六園走走。兼六園最

紀念館後巷坡道

知名的莫過於冬季為防雪害而架在樹上的「雪吊」。但事實上，林泉迴遊式的庭園設計，是為春夏秋冬的四季景象所準備，春櫻、夏泉、秋楓、冬雪，無一美景不構築在泉鏡花的文學世界裡。〈櫻心中〉描寫松月寺「御殿櫻」與兼六園「旭櫻」相戀的故事。日文「心中」是殉情之意，草木百年千年可幻化成精，卻難以描述生命的終結，而泉鏡花給了櫻樹一個最完美浪漫的結局：「君櫻，從朦朧中，將花精抽離……」

〈義血俠血〉女主角「瀧之白糸」塑像，座落於淺野川畔。

以繩子吊起樹木枝幹，防止雪害。

淺野川旁的東茶屋街，孕育了多位文人。

景點資訊

泉鏡花紀念館

泉鏡花的舊家遺跡改建而成，鄰近有至今仍保有當時風貌的淺野川、主計町茶屋街和東茶屋街。館內展示了鏡花的遺物、作品手稿以及與作品相關的演劇、電影資料。

- **交通資訊**：搭新幹線或JR線至「金澤」車站。在東口11號公車站，轉乘「金沢ふらっとバス」，在「彦三綠地」站下車，步行約三分鐘。或在東口3號公車站，轉乘「城下まち金沢周遊バス」在「橋場町」站下車，步行約三分鐘。
- **開館時間**：上午9點30分至下午5點
- **休 館 日**：12月29日至1月3日
- **地址**：石川県金沢市下新町２番３
- **電話**：076-222-1025
- **網址**：http://www.kanazawa-museum.jp/ikkinen/

石川四高記念文化交流館

位於兼六園旁，介紹包括被稱為「金澤三大文豪」的泉鏡花、室生犀星、德田秋聲以及其他與金澤地區相關的文人作家約六十餘人。

- **開館時間**：上午9點至下午5點
- **休 館 日**：12月29日至1月3日
- **地　　址**：金澤市廣坂2-2-5
- **電　　話**：076-262-5464
- **網　　址**：http://www.pref.ishikawa.jp/shiko-kinbun/access.html

※在此特別感謝泉鏡花紀念館協助提供相關資料。

國家圖書館出版品預行編目資料

日本文學大師映象：泉鏡花名作選 / 田澤編著
-- 初版 . -- 臺北市 ; 寂天文化 , 2011.08
面 ;　公分 .

ISBN 978-986-184-905-8(25K 軟皮精裝附光碟片)

1. 日語　2. 讀本

803.18　100014032

日本文學大師映象

泉鏡花名作選【日中對照】

編　著　田澤
主　編　黃月良
企劃編輯　樂大維 ・ 何佩蓉
插　畫　田中實加、林聖玉
翻　譯　沈依穎（外科室、掩眉靈）・ 董崇驊（夜行巡查）
ＣＤ朗讀　須永賢一（外科室、夜行巡查）・ 早田健文（掩眉靈）
製程管理　林欣穎
出 版 者　寂天文化事業股份有限公司
電　話　(02)2365-9739
傳　真　(02)2365-9835
網　址　www.icosmos.com.tw/
讀者服務　onlineservice@icosmos.com.tw

出版日期　2011 年 8 月　初版一刷
劃撥帳號　1998620-0 寂天文化事業股份有限公司
劃撥金額 600 以下者，請外加郵資 60 元